# 化け者心中

蝉《せみ》谷《たに》めぐ実

角川書店

# 化け者心中

装画　紗久楽さわ
装丁　須田　杏菜

すべて今都会の婦人女子の楽しみは、歌舞妓に止まり、愛敬はかの役者に止まりたる事にて、婦人女子の心離るゝ事なし。依つて今の芝居は世の中の物真似をするにあらず、芝居が本となりて世の中が芝居の真似をするやうになれり。

『世事見聞録』武陽隠士　文化十三年

### 歌舞伎役者の格付

座《ざ》頭《がしら》

名《な》題《だい》

相《あい》中《ちゅう》

中《ちゅう》通《どお》り

下《した》立《たち》役《やく》

＝

稲《い》荷《なり》町《まち》

【主な登場人物】

**田《た》村《むら》魚之《ととの》助《すけ》**　大坂《おおさか》生まれの元女形。屋号・白魚屋《しらうお》。当代一の女形として活躍していたが、三年前、贔屓《ひいき》の客に足を切られ、檜《ひのき》舞台から退く。

**藤《ふじ》九《く》郎《ろう》**　日本橋《にほんばし》は通油《とおりあぶら》町で「百千《ももち》鳥《どり》」という鳥屋を母と営む青年。

**中村《なかむら》勘三郎《かんざぶろう》**　江戸随一の芝居小屋、中村座を仕切る座元。

**松島《まつしま》五牛《ごぎゅう》**　中村座付きの狂言作者。

**尾《お》山《やま》雛《ひな》五《ご》郎《ろう》**　演じるすべてが当たり役になるという立役の伊達《だて》男。屋号・桜羽《さくらば》屋。

**佐《さ》野《の》由之丞《ゆいのじょう》**　相中《あいちゅう》の女形、屋号・玉升《たまます》屋。

**初島平《はつしまへい》右《え》衛門《もん》**　今回の芝居『堂島連理柵《どうじまれんりのしがらみ》』の座頭として上方から迎え入れた人気役者。屋号・京谷《きょうたに》屋。

**岩瀬《いわせ》寅弥《とらみ》**　中村座の立女形。名門・虎田《とらた》屋の三代目。

**三《み》つ谷《たに》猿車《えんしや》**　白髪《しらが》交じりの相中役者で、名脇役として鳴らす。

**花田《はなだ》八《や》百《お》吉《きち》**　芝居を純粋に愛する素朴な旅役者。

**富吉《とみきち》**　上方出身の若い女形。大部屋から、座頭の平右衛門の女房役に抜擢《ばってき》される。

**める**　本名・メルヒオール馬吉《うまきち》。長崎出島《でじま》の遊女と異国阿蘭陀《オランダ》人のあいだで父《てて》なし子として生まれる。蘭方医の見習いの傍ら、魚之介を献身的に世話している。

「なんでい」と猫の尻《しり》に向かって啖呵《たんか》を切るのは、いくらなんでも情けないことはわかっている。だが、目の前をこんなにも軽い足取りで歩かれると、不貞《ふて》腐《くさ》れたくもなってくるのだ。

ときは文政《ぶんせい》、ところは江戸《えど》。

夏の暑さも少しばかり落ち着いてきた長月の朝早く、橘《たちばな》町の大通りで猫を追いかける藤九郎《ふじくろう》の腹はふつふつと煮えている。

いってえどうしてこの俺が、猫の尻相手に喧嘩《けんか》を売る羽目になっちまってんだ。

半刻《はんとき》前の己とは月とすっぽん、雲泥万里。なにせ好いた女子《おなご》の唇にちゅっとやる目前だったのだ！

あのとき、神社裏手のどぶ板を踏み締めて、好いた女子、おみよの肩を正面からしっかと摑《つか》んだ藤九郎が、思い出していたのはある一枚の枕絵のことだった。

もしものことがあっちゃあ困ると急ぎ買い求めた枕絵、又の名を春画の中に描かれている男は、若い女子を押し倒していた。歯の間に通ってしまいそうな細い指が女子のもも裏に食い込み、小指だけが得意げにすらりと立ち上がっている。今紫の浴衣《ゆかた》の裾《すそ》はこれでもかとめくれ上がっているのだが、その奥の茂みを、藤九郎は三日経っても見ることができていない。左太ももに連なった二つの黒子《ほくろ》から下へと目線を動かそうとすると、どうにも顔が火照ってしまう。

女子の体というものは、こんなにも男とちがうものであったのかい。

布団の中に潜り込み、絵を目の前にした藤九郎は魂消《たまげ》たものだ。藤九郎が前髪を落としたのはもう何年も前のことではあるけれど、鳥の体は雌雄ではっきり違うものが多いから、ついつい忘れてしまっていた。今だって摑んだ肩があまりにもふわふわしていて、藤九郎は思わず怖気《おじけ》づいてしまう。目の前のこの体が己と同じものでできているとはどうも思えない。そういえば、昨日、入込湯《いりごみゆ》でちらと目に入った女子の体もふわふわしていた。とくにあの、胸にくっついている柔らかくて、甘そうな、肉ふたつ……。そんなことを思い出していると、目の前の唇がちう、と鳴って、藤九郎は慌てて女子に視線を落とす。目を閉じ、口を動かしながら恋人の唇を待っているおみよは、藤九郎が数日前から育てている駒《こま》鳥《どり》の雛《ひな》に似ていて、粟玉《あわだま》を放り込みたくなるほど可愛らしい。

そうだよ、好いた女子がこうして待ってくれているんじゃねえか、と藤九郎はどぶ板を踏む足に力を込める。ここで唇を吸うてやらねば、江戸っ子の名が廃《すた》るってもんだ。固まっていた腰をそっと折り、紅《べに》の引かれた唇に自分のものを重ね合わそうとしたそのときだ。

ねうねう。

藤九郎はすぐさま草履《ぞうり》で、足元の砂利をずりりとやったがもう遅い。蜜《みつ》に漬け込んだ餡《あん》子《こ》のような鳴き声は、すでにおみよの耳に入ってしまっている。凄《すさ》まじい勢いで首を回しぎょろぎょろとなにかを探している女子に、もはや先ほどの雛鳥の愛らしさはない。

「ああ、ほら、信《しん》さん。見つけたよっ」

あすこだ、と路地奥のお稲荷《いなり》様に向けられた人差し指を、藤九郎は優しくぎゅうと握りしめる。

今日こそは諦《あきら》めてたまるかい！　驚いたように顔を上げるおみよの口に、藤九郎がもう一度ゆっくり顔を近づけてゆく、と。

ねうねう、にゃあう。

「しらんぷりはいけないよ、信さん。あの子はあんたを呼んでるんだから」

藤九郎の頑張りなど気にも留めないで、おみよはお稲荷様の前で伸びをする猫の様子をじぃっと見ている。睫毛《まつげ》で猫を搦《から》めとってしまいそうなその視線。それを藤九郎はどうしても取り戻したい。

「あいつは通りすがりの野良猫だよ。俺の着物についた匂いに興奮しちまって、それであんなに鳴いてるだけなんだ。ほら、猫ってのは鳥が大好物だからさ」

軽い口調で言ってはみたが、口先だけの出まかせはすぐに真っ赤な鼻緒の駒下駄《こまげた》にからりころりと蹴《け》り飛ばされてしまう。

「信さん、なに言ってんだい。あんた、あの子のお目目が見えないの？」

見えないわけがなかった。黄色の右目と青色の左目はこんなにもまっすぐに藤九郎を見つめている。

「とぼけたって無駄だよ。ここいらで三毛の金目銀目といえばあの人の飼い猫、揚巻《あげまき》でしかありえないもの」

江戸の人間は総じてみんな猫好きだ。ここ最近では、阿蘭陀《オランダ》からやってきた象やら駱駝《らくだ》やらに夢中になっている者も多いと聞くが、鼠《ねずみ》を狩ってくれるこの獣は変わることなくずうっと大切にされてきた。なかでも特別鼠狩りのうまいものには馬よりも高い値がつけられることもあると言う。だが、おそらくこの三毛よりも高い値のつく猫は江戸中どこを探してもいやしないだろう。そのことを揚巻は己でようく知っていた。なにせ町中を毎日闊《かっ》歩《ぽ》して、行く先々に己の珍しい瞳《ひとみ》の色を披露して回るのだ。

飼い猫ってのはやっぱり主人に似るんだねぇ、とその姿を目にしたおみよはよく口にする。

あの人もしょっちゅう見せつけてきたもの。わざと丈の短い小袖《こそで》の裾をこうやってちょいとつまんでね、ふくらはぎまでたくし上げるんだ。そりゃあもう艶《なまめ》かしくてねぇ。それを見た誰かが「脚の中を白魚が上《のぼ》っていきやがった」なんて叫んじまったのがあの人のあだ名のゆえんだよ。ねえ、信さん知ってたかい。

その時、藤九郎が知りたかったのは、あの人のあだ名のゆえんなんかより、団子屋の床几《しょうぎ》の上に乗せられた、隣に座るおみよの左手の温《ぬく》もりだったが、それだってこの三毛に邪魔されてしまったのだ。

金目銀目を持つ猫は人に幸せを運ぶだなんて、嘘を築地《つきじ》のご門跡。

赤手拭《てぬぐ》いを首に巻くこの三毛猫が、運んでくるものときたらとんでもない厄介事ばかり。ただ一つの恩恵といえば、おみよに会える回数が増えたことだろうか。月に二、三度ふらりと藤九郎を呼びに来る揚巻に出会えることを期待して、おみよはこうやって会ってくれるようになった。だからもう、揚巻が現れた時点で藤九郎はいつもと同じく、素直に諦めるべきだったのだ。諦めて、この言葉を言ってやらなければならなかったのだ。

「……今日はあの人の、なにを見てくりゃあいいんだい」

とたん、おみよの目は輝いた。

「そうこなくっちゃ、信さん！　今日は目当てを決めてきたの！」

雛のように慎《つつ》ましく尖《とが》っていた唇から言葉が飛び散り、つんと上を向いていた愛らしい鼻からふんすふんすと荒々しい鼻息が漏れ出ているのが、藤九郎はちょっぴり悲しい。

でも、しょげちゃあいけねえ。藤九郎は己で己をなぐさめる。これはおみよちゃんに限っての話ではないんだから。

〝すべて今都会の婦人女子の楽しみは、〟好いている男のことは勿論《もちろん》、親のこと、子のこと、夫のことをすっぽり忘れさせてしまうものなのだ。

うんうん頷《うなず》いたところでふと気付くと、喋《しゃべ》り続けているおみよの指はもう三本も折れていて、藤九郎は慌てておみよの言葉を遮った。

「すまねえ、おみよちゃん。もう一度最初から言ってくれねえかな」

すると、娘はぷうと頬を膨らませる。

「しょうがないねぇ信さんは。今度はゆっくり言うからきちんと頭に叩《たた》き込んでよ。そうじゃなきゃ、もう会ってあげない」

「そんなぁ」

人より大きめの図体《ずうたい》を縮こめて項垂《うなだ》れると、おみよはそれを見てころころと笑う。えくぼの似合うこの可愛らしい顔が、あの人の描かれた錦絵《にしきえ》を目の前にした時にだけあんな形相になるなんて、藤九郎はいまだに信じられない。

「ひとつ、髪の結い方を見て欲しいの」

そう言って、おみよは己の頭をぐいと藤九郎に近づける。白簪《しろかんざし》の挿さったふくら雀から、鬢《びん》付け油の艶《えん》な香りがぷんとする。

「あとであたしに教えられるくらいじっくり見ておいてよ。簪と笄《こうがい》も忘れちゃ駄目。花簪、玉簪、びんびらに鹿の子留って種類が沢山あるからね。素材だって、珊瑚《さんご》に瑪瑙《めのう》にギヤマンって色々なんだから」

花に玉にびんびらに、と必死に口の中で反芻《はんすう》をしている藤九郎をよそに、「ふたつ目は小袖の柄行きね」とおみよの舌はくるくると回る。

「着る物にはとっても凝《こ》るお人だから、裏地の糸の色まで注意してくれなきゃいけないよ。贔屓《ひいき》同士での喧嘩ももっぱらそいつが火種なの。おいおい、あんた、そんな雑な柄行きの着物であの人の贔屓のつもりかい、いやいや、あんたこそそんな吝臭《けちくさ》い染め方で贔屓だって名乗ってんじゃないだろうね、って、しまいにゃ摑み合いになっちまうこともあったんだよ」

　着物については、藤九郎は殊更不安だ。鳥の羽の模様なら百も二百も頭に入っているが、小袖の柄行きは数は多いし複雑だしで、どうにも頭に残ってくれない。そうかと思えば、この頃は道を歩けば、あちらの娘も淡藤色の花格子《はなごうし》、こちらの娘も淡藤色の花格子。こぞって一つの柄行きばかりを身につけている。店に来る女子の客も同様で、藤九郎はいつも、どの女子から金を受け取り、どの女子に鶯《うぐいす》の糞《ふん》を渡したのかわからなくなってしまう。

「みっつ、帯の結び方」

　こちらに背を向け、おみよがぽんと打ち鳴らす茜《あかね》色の帯には三匹の白魚が泳いでいる。思わず眉《まゆ》を寄せてしまったが、こりゃいけねえ、と藤九郎は両手でぐいぐい顔を擦《こす》る。鱗《うろこ》の一枚一枚にまで銀糸の刺繡《ぬい》がされているこの縮緬《ちりめん》帯は、おみよが二着もの振袖を質に入れて購《あがな》ったものなのだ。

「前みたいに背中でぎゅっと結んでました、じゃあ堪忍しないよ。結び目が縦なのか横なのか、余り帯がどれだけ残ってて、どんな風に垂れてんのか、ひねって上に引っ張り上げてんのか、帯先を帯の中にねじ込んでんのか。そこまで見てもらわないと真似ができないからね」

　そこで一段落つけたらしいおみよは、手拭いで首元を押さえながら、ふぅ、と小さく息をついているが、藤九郎はそれどころではない。

簪、笄、びんびら飾りに、柄行き、結び目、余り帯。見なければいけないものが多すぎて、耳の穴から煙が出てしまいそうだ。おみよの手拭いの中をこれまた泳いでいる白魚に、もう一度眉を寄せる暇だってありゃしない。しかし、ここにきてまだ白い手は「できればでいいんだけどね」と藤九郎の袖を引く。

「できれば、あの人の鏡台の抽斗《ひきだし》の中も覗《のぞ》いてきて欲しいの」

そうらきたぜ。藤九郎は項垂れたまま、上目遣いでおみよを見る。

「それは無理な話だって、何度も言ってきたじゃねえか」

「一回だけ試してみてもいいじゃないっ。信さんがやれば、怒られたりしないってば」

「それが駄目なんだよ。鏡台の近くだけは絶対に近づけさせてくれねえ。頼んでみても、阿呆《あほう》、ここは女の戦場や、男なんて死んでも入《い》れるかいな、って言われちまう。でも、女子にとっての化粧ってのはそういうもんなんだろ？」

「そういうものだけど、見たいものは見たいんだもん！　あの人と同じ紅が使いたいんだもん！」

両手で袖を引っ摑まれて、思わず前につんのめる。藤九郎のこの図体を動かすほどの力が紅ひとつのためなんかに出てしまうというのだから、やっぱり女子というのはわからない。

「だけどさ、おみよちゃんが今、唇に塗ってるやつもあの人の紅なんだろ？」

機嫌をとるためにそう言葉をかけると、「あら」と、おみよは袖を引っ張る手を止めて、目をぱちくりさせた。「どうしてわかったの？」

「紅の塗り方がいつもより丁寧だ。唇の皺《しわ》の間までぴっちり塗りこんでんのは、その紅が気に入ってる証拠じゃねえのかなって」

「うふふ、さすが信さんだよ！　きちんと気づいてくれるんだもの。生き物を商いにしているだけあるわよね」

　これは藤九郎の病みたいなものだった。ものが言えぬあの動物たちは、目やにで目が塞《ふさ》がっただとか、尻穴が糞で詰まってしまっただとか、そんなことでころりと死んでしまう。そのために毎日、羽毛の艶《つや》や嘴《くちばし》の色に目を光らせている藤九郎が、紅の塗り方ぐらい気づかない方がおかしな話なのだ。

「そうなの、これ、あの人の紅なの！　でも、もうなくなっちゃいそうであんまり使えないんだぁ。新しいのが欲しいけど、あの人はもう店を畳んじゃってるでしょ」

　へぇ、と頷いておきながらも、やっぱり藤九郎はあの人の商い姿が想像できない。

　人の堪忍袋をつついては喜んでいるその性分を、どうやって客から隠しておけたのだろう。なにより、畳を覆い尽くす振袖の海にいつだって体を沈めているあの白魚が、板の間の陸《おか》に上がって客の応対をしていただなんて、それはまことの話だろうか。

　腕を組む藤九郎を置いてけ堀にして、おみよはもう、うっとり顔だ。

「ほんといい色で好きだったのになぁ、白魚紅《しらうおべに》……。その白魚紅を薬指で唇にさす魚之助《ととのすけ》様……」

小さく呟《つぶや》かれた名前に足元にいる揚巻の耳がついついと動く。暇だと零《こぼ》しては尻尾《しっぽ》をつまみ上げてちょっかいを出してくる主人でも、どうやらこの猫は好いているらしい。

「やっぱり魚《とと》様の贔屓はやめられないわ！　当代一の女形と言ったらこれまでだってこれからだって田《た》村《むら》魚《とと》之《の》助《すけ》、その人しかいないんだから！」

片手を天に突き上げたせいで、めくれ上がっているおみよの袖を直してやりながら、藤九郎はため息をつく。

今日もまた、毎度お馴《な》染《じ》みこの筋書きになっちまった。

おみよの肩越しにちらりと路地の角をうかがうと、案の定、人影がふたつ争っているのが見える。藤九郎は肩を落として渋々、心の中の拍子木を取り出した。はじまりぃ、はじまりぃとやけくそに打ち付けると、江戸中が夢中のあの檜《ひのき》舞台と同じ音がする。

チョンチョンチョンチョンチョン……チョチョン！

「ちょいとちょいと。それは聞き捨てならないね！　当代一の女形と言ったら、佐《さ》野《の》由《ゆい》之《の》丞《じょう》、由《ゆい》様を措《お》いて他にいねえのよ！」

背高の娘が長煙管《ギセル》片手に、路地の角からばっと姿を現せば、

「だめだよぅ、お吉《きち》っちゃあん。おみよちゃんたちの邪魔はしちゃぁいけないよってあれほど言ったのにぃ」

手《て》鞠《まり》がはずむようにして、丸い娘も一緒に飛び出してくる。神社裏手の路地を舞台に、

これで三人、役者は揃ったというわけだ。

「やだあんたたち、まさかまた陰から覗き見してたわけ？　趣味が悪いったらありゃしないね。そりゃあ役者の趣味だって悪いはずだよ」

呆《あき》れたようなおみよの言葉に、「役者の趣味だって……？」背高娘、お吉《きち》はぷっと煙管の火皿から灰を吹く。

「あんた今、わっちの由様を馬鹿にしたね。謝ったって容赦しねえ！」

片手で袖をたくし上げると肩に引っ掛けている長羽織が揺れて、裏地の髑髏《どくろ》が見え隠れする。怒るとお吉は、女だてらに徒党を組んで町を練り歩く莫連《ばくれん》の地金が透けて出るのだ。

「でもぉ、おみよちゃんのそのお着物だって淡藤色の花格子柄、由之丞格子に見えるんだけど」

歯を剝《む》き出しあう二人の横で、手鞠娘、お蔦《つた》はおっとりとした口をきいた。爪紅の塗られた両手でおみよの袂《たもと》を持ち上げると、さわさわと手のひらを這《は》わせて生地を確かめている。

「経《たて》糸の捩《ねじ》りが丁寧な変わり絽《ろ》だねぇ。この仕立ては、うーんと、隣町の三津屋《みつや》さんかしら」

さすが小間物屋の一人娘は目利きがあって、値打ち物は見逃さない。蕩《とろ》けた口調で人の着物を褒めていても、その指はいつだって空の算盤珠《そろばんだま》を弾《はじ》いている。

「今日だけよ。ちょっと流行《はや》りに乗ってみただけだもん」

口籠《くちごも》ったおみよが横目でちらりとこちらを見るから、藤九郎は気付かれぬよう苦笑する。俺を気にするのはともかくとして、猫があの人に告げ口をするわけでもあるめえに。

「で、でもやっぱり魚様の方が洒落《しゃれ》てるわ。ほら見てよ、この帯。魚様の紋が入ってんの。泳ぐ白魚が艶っぽいでしょ」帯の刺繍をなぞるおみよに、

「馬鹿だね、艶っぺえってのは、こういう帯の結い方のことを言うのさ。由様の玉升結《たまますむす》びだ。どうだい、真似したくなるだろ」尻を揺らすお吉。

「えーでも、派手なのがなんでもいいってわけじゃあないよう。ほぉら見て見て、この雛《ひな》五郎縞《ごろうじま》の煙草《たばこ》入れ！　このくらい渋みがかった方が乙粋《おついき》でしょぉ。おとっつぁんにねだってようやく作ってもらったものなの」

跳ねるお蔦で、そうら始まった。藤九郎は黙って天を仰ぐ。己の贔屓役者の張り合いに始まり、物自慢合戦。こうなりゃ藤九郎の出る幕はない。

「いい出来じゃない。紋の白抜きがきれいだわ。これ、どこの染屋で染めたの？」

「堀江《ほりえ》町通りの蓮谷屋《はすたにや》だよぉ。ほら、斜向《はすむ》かいに絵草紙屋がある」

「絵草紙屋……ああ、蝸牛堂《かぎゅうどう》のことだね。あれはいい店だよ。由様の役者絵をたあんと揃えてあるからね」

「いいなぁ、由之丞は品揃えがあって。魚様の役者絵って数が少ないんだもん。魚様っていったら脚千両でしょ。だから、足まで描かれてるものが欲しいのに、ちっとも出会えやしないんだから」

「そんなら、この後、蝸牛堂に連れてってやるよ。あすこなら、古い役者絵だって置いてあるんじゃねえかな」

「やだ、お吉ったらいい女」

「ねえねえ、その前にいつもの見せ合いっこしようよぉ。あたし、ちょいと前に雛様の大《おお》首絵《くびえ》を買ったのよ。雲母《きら》摺《ずり》でね、雛様の男振りがよぅくわかるんだからぁ」

お蔦が急《せ》かすように塗り下駄でどぶ板を踏みしめて、ここでようやっと二幕目の始まりだ。大詰めまで待っている時間は藤九郎にない。路地裏芝居を見ているもう一人の客が焦《じ》れたように「にゃあん」と裾に噛《か》み付いている。藤九郎はため息をつき、すごすご三人娘に背を向けた、と。

「あ、信さぁーん」

飛んできたおみよの声に、藤九郎の背筋は自然と伸びた。骨ばった指先で海松《みる》茶《ちゃ》の帯をきゅっとしごく。そうだよ、これでも好き好かれの間柄。引き止めてくれるとは期待していた！

「な、なんだいなんだい、おみよちゃん！」

勢いよく振り返ったが、藤九郎の目に映ったのは生首三つ。女子たちの体はもう、曲がり角を曲がってしまっていて、頭だけが塀から突き出るようにして縦に並んでいる。

「あの人の髪の結い方、柄行き、帯結び。この三つを忘れちゃあいけないからね！」

「おい信天《しんてん》。ついでに由様の話も聞いてきておくれよ。魚之助だって腐っても役者だったんだ。芝居者同士、なにか繋《つな》がりぐれぇあるだろう」

「信さん、あたしは、雛様のなにかが欲しいねぇ。懐紙でも煙管の灰でもいいからちょいと拝借してきてほしいって白魚屋さんにお願いしてよぉ」

次々と飛んでくる声に、藤九郎は帯をしごいた手を力無く上げると、

「……おうよ、任せておくんなせぇ」

ぐずんと洟《はな》をすすった音はもう、じゃれ合う三人娘の耳には届いていないようだった。

あれからおみよたちが首を引っ込めると、揚巻はやけにゆったり伸びをした。やれやれやっと終わったよ、とばかりに鼻を鳴らし、たんぽぽの綿毛のような短い尻尾を揺らしながら歩き始めた三毛を、藤九郎はとぼとぼ追いかけているというわけだ。

「あ、お前。今、俺のこと、意気地のねぇ男だって笑いやがったな」

着物に付いていた山雀《やまがら》の羽毛を猫の尻に投げつけていた藤九郎だったが、神社の裏から大通りに抜けるとすぐに体を縮こめる。

半里離れているとは言え、まだここは天下の芝居町にほど近い。猫の尻に向かって啖呵をきるには、人の目が多すぎる。そのうえ、ここいらの人間が揃いも揃って芝居狂いの役者狂いというのも、藤九郎の背を丸くさせるのだ。

朝餉《あさげ》のための売り物は捌《さば》ききったのだろう、空桶《からおけ》に肘《ひじ》を乗せた棒手振《ぼてふ》りが茶屋の床几で一服つけている煙管の柄には、團十郎《だんじゅうろう》贔屓の三《み》升紋《ますもん》。

ちりちりとん、と聞こえてくる三味線稽古《しゃみせんげいこ》のこの音は、先月の芝居で流行った口説き節だと、店に来ていた若い娘が鼻歌を歌って教えてくれた。

軒下では子供らが面打《めんうち》で遊んでいる。洟垂《はなた》れ小僧が地面に投げつけたその石ころの顔模様……そのおすまし顔はたしか、お蔦の贔屓役者の雛五郎と言うのではなかったか。

こんなところで、あの人の飼い猫である金目銀目と連れ立っているのを見つかった日には、簪やら帯紐《おびひも》やらを押し付けられるのは目に見えている。だから、藤九郎は広い背中をこれでもかと丸め込み、暗い軒下をこそこそと進むのだ。

「二度と鰹節《かつぶし》をやったりしねえからな」なんて恨み節を吐き出す藤九郎の声も、今や猫の鼻息で散ってしまいそうなほどになっている。

「飯の代わりに木兎《みみずく》をけしかけてやる。お前みたいな小さい体なんて、ぎっちょんちょんだぜ。ざまあみろぃ」

性根の優しいこの男にそんな真似できやしないのを知っている揚巻は、わざわざ振り向いてから、ねうねうと笑った。

日本橋《にほんばし》川の川沿いから北に数町、汐見橋《しおみばし》の近くにある通油《とおりあぶら》町は、芝居事さえ絡まなければ藤九郎好みのおっとりとした町だ。なかでも藤九郎の店まわりは、店を倅《せがれ》に譲って家移りしてきたご隠居さんが多く、とくに温味《ぬくみ》がある。まるで椎茸《しいたけ》でも煮染《にし》めているかのようなその空気が、藤九郎は気に入っていて、この町に母と二人、ゆるゆると暮らしていた。

藤九郎の母が一代にして築き上げた鳥屋、百千鳥《ももちどり》は、小体ながらも表店《おもてだな》で客の入りもいい。かの徳川《とくがわ》の将軍様もお城で孔雀《くじゃく》を飼い始めるくらいのこと、江戸の鳥流行りは明らかで、鳥屋はここ数年で五十も六十も増えたというが、客足が伸びずに潰《つぶ》れてしまう店はこれまた多い。そんな中、百千鳥は根強く生きながらえていた。

あの人慣れしない郭公《かっこう》が、お店者《たなもの》の肩に体を落ち着けて客を出迎え、店先の鳥籠《とりかご》から飛び出した雲雀《ひばり》は、空高く飛んだかと思えばきちんと自ら籠の中へと帰ってくる。畳の上を悠然と歩く鸚鵡《おうむ》の毛艶を見て、客は百千鳥で鳥を購うことを決めるのだ。だから、奥の間、中の間、店の間、の三間きりの店にもかかわらず、客は引っ切り無しにやってくる。先月の鶉合《うずらあわせ》でも、関取に選ばれたのが百千鳥で育った鶉だということもあって、もう鳥好きの間で百千鳥の名を知らぬ者はいない。加えてこのところ女子の客が多くなったのは『都風《みやこふう》俗化粧伝《ぞくけわいでん》』が巷《ちまた》に出回ったのが要因だ。女子たちのお目当ては鶯の糞。それを糠《ぬか》と一緒に混ぜ合わせ、顔に擦って洗い流せば、白肌を手に入れることができるのだそうだ。

鳥を購った客の家を一軒一軒回る藤九郎の細やかさも、百千鳥が極上上吉と番付に載る理由のひとつだろう。

背丈があり、すっきり締まった体つきをした青年が、家に上がって鳥を前にするなりその大きな図体を縮こまらせ、手のひらに小さな生き物をそうっと乗せて見分する。顔は二枚目というわけではないけれど、くっきりとした鷲《わし》鼻に笑った時の犬歯が可愛い。その姿がまた、客に安心印を与えることになって、百千鳥の繁盛ぶりに一役買っていると言うわけだ。

だが藤九郎は、それをしなければ気がすまないだけだった。

自分の愛《いと》しい子どもたちは、大事に飼ってもらっているだろうか。病気や怪我はしていないだろうか。間違った餌をもらっていないか、はたまた、苛《いじ》められてはいやしないか……。

そこで藤九郎は、三毛について歩いていた足を止め、ぽん、とひとつ手を打った。

そうだよ、こいつがすべてのはじまり。あの日、買われていった金糸雀《カナリア》は大丈夫だろうかと、こんな風に扉を叩いたのがあの人とのはじまりだった。藤九郎は、紅殻《ベンガラ》の格子戸を叩きながら思い出す。


芝居町から通りを三本、お堀を一本挟んだ橘《たちばな》町の中にある、このえらく立派な家屋を目の前にしたときは胸を撫《な》で下ろしたものだった。表通りに黒い板塀をめぐらす大塀造《だいべいづくり》といえば金持ちの証《あかし》であるし、五間余りもある間口だって「いいところに嫁《とつ》げてよかったなぁ」なんて、藤九郎にほぅっと安堵《あんど》の息を吐《は》かせたりした。二階の壁が一階よりも引っ込んだつくりになっているのを見て、この家は上方の慣《なら》いで建てられているのだと気付いたものの、そういや、上方者は江戸者とは舌のつくりが違うと聞いたな、あんまり奇天烈《きてれつ》すぎる餌を喰《く》らわされていいねえといいが、くらいのもので、大した心配はしなかった。

だが、あれは。

この家に金糸雀が嫁いでひと月が経ち、案内の女中にへこへこしながら通された奥の小部屋で目にしたあの景色。

飼い主一人に、猫一匹、そして、床にぼろ切れのように転がっている小鳥が一羽。

藤九郎は持っていた風呂敷《ふろしき》包みを投げ捨て、金糸雀に飛びついた。だが、動かしちゃあいけねえ。手のひらの皮一枚で触れるよう、そろりと小鳥に両手を伸ばす。

羽毛に覆われた胸が震えるように上下していて、体はほんのり温かい。

生きている。藤九郎は喉《のど》にこびりついていた息を細く吐き出した。

しかし、翼の尺骨、橈骨《とうこつ》は左右ともに折れていて、これでは骨がくっついたとしても、一生空を舞うことはできないだろう。

這い蹲《つくば》って金糸雀の状態を確認していく藤九郎の一挙一動を、その飼い主は寝そべったまま、ただ見ていた。

事故ではない。藤九郎にはわかる。翼は外からなんらかの力が加えられている。その事実に飼い主の態度をこより合わせれば、答えは自《おの》ずと見えてくる。

よくもこんな真似ができますね。

体の中で膨らみきった怒りが脳天を突き抜けてしまうと、こんなにも冷たい声が出ることを己でも初めて知った。

あの人はゆうらり首を動かして、藤九郎に目を合わせる。そうして、薄紅の唇が綻《ほころ》んで向けられた言葉は、ああ、今思い出しても腸《はらわた》が煮え繰り返るほどの——

「どこで呆《ほう》けようが勝手だけどもさぁ」

すぐ近くで聞こえた声に藤九郎ははっと我に返る。いつの間にやら格子戸は内から開けられていたらしい。門に寄りかかって腕を組んでいる女子の顔は見知りのものだ。

「あんたが愚図愚図してると、あたしが怒られちまうんだよ」

ぶっきら棒に言い捨て、女中はさっさと後ろを振り返ると、門の奥、前庭に挟まれた畳石をずんずん進んでいく。

「す、すいやせん。待たせちまいましたかい」

慌てて追いつき、その顔を横から覗き込んで見れば、

「あの人は首を長ぁくしてあんたを待ってんだ。いい加減にしとかねえと、あの人のお首が天井にくっついちまうよ」

目尻にくくった糸を両側から引っ張ったかのように離れた団栗目《どんぐりめ》は細められ、仔犬《こいぬ》一匹飲み込んでしまいそうな大口はにやりと笑みを浮かべている。蛙顔の女中、河鹿《かじか》の答《いら》えに、藤九郎はひとまず胸を撫で下ろした。

前庭を抜け、母屋の内玄関に入ると、土間の台所ではこれまたひとりの女中が立ち働いている。長箸《ながばし》片手に鍋《なべ》を覗き込んでいた顔がこちらを向くと、「あら、信さん」と笑顔で手を振ってくれる。藤九郎がこの家に呼び出されはじめて三月が経つ。他人が見れば、思わずわっと声をあげてしまうその顔にも、藤九郎は動じることなく「虎魚《おこぜ》ちゃん、ちっと

上がらせてもらいやす」と笑顔で返せるようになった。

「お呼びがあったら、はよう来ておくれよ。あのお人の機嫌が悪うなったら、ぶす、だの、おかちめんこ、だの、苛められるのはあたしらなんだからね」

面皰《にきび》が所狭しと吹き出ている顔の上で唇がむうと出て、藤九郎が素直に謝罪を口にすれば虎魚は朗らかに笑った。

虎魚から鍋の中の金柑《きんかん》の甘露煮を一粒貰《もら》い、河鹿の案内で引き続き屋敷を進む。十以上も通っていれば入り組んだ屋敷も見慣れたものだったが、縁側を抜け、両脇に座敷を連ねた廊下に出たとたん、藤九郎はきょろりとあたりを見回してしまう。音を立てぬよう抜き足差し足で進み始める藤九郎に噴き出してから、河鹿は「でぇじょうぶだよ」と藤九郎を振り返る。

「めるは、朝っぱらから出かけちまって、今はいねえよ。なんでも早くかっさばかなきゃいけねえ腹があったみたいでね」

「そ、そうかい」と答えた声は裏返って、これまた河鹿を笑わせる。

「それにしても、あの男相手に、よくここまで嫌われることができたもんだね」

「嫌われたくて嫌われてんじゃねえやい」

ぼそりと零した声は河鹿の耳に届いているはずなのに、河鹿はふふんと鼻でいなすだけで、また前を向いて歩き出してしまう。

物腰が柔らかく、誰にでも優しい男だと聞いていた。笑うと目尻にきゅうっと可愛く皺が寄るらしいのだが、藤九郎はいまだその皺にお目にかかったことがない。その二皮目《ふたかわめ》は、目の中に藤九郎を映したときだけ燃え爆《は》ぜるのだ。上背は藤九郎より一寸《ちょっと》ばかり高いだけなのに、首が太く顔が縦に長いのが手伝って、その睨《にら》みには凄《すご》みがきいている。

そうだよ、俺が嫌われているのもすべてあいつのせいじゃねえか。そう思うと段々むかっ腹が立ってくる。

廊下を渡り切り、辿《たど》り着いた一等奥の部屋の前で膝をつく。ここに来るまでに通り過ぎてきた部屋はどれもが広く、そして贅《ぜい》が尽くされていた。だが、それらには目もくれず、この家の主人ともあろう者が、こんな六畳半の小さな部屋で一日を過ごしているのが、藤九郎には不思議でならない。閉め切っている目の前の襖《ふすま》に視線をすべらせると、そこには大きな魚が一匹でかでかと描かれている。金箔《きんぱく》で縁取られた白魚はまるで生きているようで、中から聞こえてくる衣擦《きぬず》れも鱗《うろこ》の擦れる音のように思えてくる。その音が次第に大きくなってくるものだから、藤九郎は思わずぎゅうと眉間《みけん》に皺を寄せた。こいつはわざとだ。やっとこさ現れた客人の気をひくためにわざとやっているに違いない。

これだから嫌なのだ、と藤九郎は口の中で舌を打つ。人を蕩かして給金をかせぐその生《なり》業《わい》も。その生業で千両をかせいだといわれているその人も。

案内をしてくれていた河鹿はいつの間にやらいなくなっていた。ため息を吐きつつ襖の前へ躙《にじ》り寄れば、ここまでおとなしくついてきていたもう一匹の案内役が、藤九郎の股《また》の間をするりと抜けていく。ぶわりと尻尾を膨らませている金目銀目は、襖をさりさりと掻《か》いては、はよう開けてくんな、とばかりにこちらに目をやってくる。

　あの人の股座《またぐら》は特別温かったりするんだろうか。襖に手をかけながら、藤九郎は考えてみる。確かにあの人の足は普通とは少し違ってはいるけれど。ゆっくり襖を開けてやると、金目銀目は勝手知ったる様子でその隙間に体を滑り込ませる。と、

「なんやの、揚巻。やけに遅かったやないの」

　耳の穴に甘い蜜を注ぎ入れるかのような声に、少しばかりどきり、とする。当時はこの声を声色好《こわいろずき》がこぞって真似をしていたらしい。この人が出た芝居の台詞本《せりふ》、鸚鵡石《おうむせき》は飛ぶように売れて、厠《かわや》で尻を拭《ふ》くための落とし紙でさえ江戸から半月ばかり消えてしまったのだと言う。

「唐変木《とうへんぼく》に、ほんまに根ぇでも生えてもうたんかと思うたわ。図体が六尺もあったら、そら根も深くなるわいな」

　敷居を跨《また》いで部屋に入ると、先に入っていた揚巻が振袖の海を渡っている。鴇《とき》色、紅緋《べにひ》に京紫。柿色、玉子色に鶯茶。部屋に所狭しと敷き詰められた艶《あで》やかな波をものともせず、揚巻は部屋の真ん中にぽつりと座り込む、白の振袖を着た離れ小島の膝に前足をかける。

「なんやて？　おたんちん？　あらあら、そないなこと言うたりな。阿呆鳥が鈍間《のろま》なんは、前々からわかっとる話やろ」

　ねうねうと鳴いている金目銀目にその人が耳を寄せれば、頭に挿さった簪の飾りが音をたてて揺れる。細い指が伸びて毛むくじゃらの喉を撫でようとするが、揚巻はその手をす

るりとかいくぐり、横座りの足にその頭をこすりつける。

「ほんまに何回言うても聞かん子ぉやね。そこから、お前の好物の匂いはもうせえへんでって言うとるのに」

窘《たしな》めるように言いながら、その人は畳に広がる裾を勢いよく払う。そうして現れた二本の足は、どちらも短い。いや、短くなったというべきか。

「ほれ、よく見やしゃんせ。嘘やないやろ。ぷっつり無くなってしもうとるやろ」

臑《すね》の半ばより下がつるりと丸く、薄桃色の縫い目の残る二本の足には、一本たりとも足指がついていない。だが、足指がきちんとあったときにはなあ、とこの人の名前が挙がると皆が言う。親指も人差し指も、ちびっこい小指までもが手前勝手にひらひら動いて、ありゃあ、まるで十のひれよ。あの人が道を歩けば猫がこぞって付いていく、あの人の通ったあとには白い鱗が落ちている、なんて言い出す奴もいたんだぜ。


こちらが頼んでもいないのに散々喋り散らした後、皆は揃ってこう聞いてくる。なあ、お前さん、あのお人がなんて呼ばれていたか知っているかい。

「しゃあないんや。白魚の尾びれは、ちょっきん切ってしもうたんやから」

藤九郎は後ろ手に襖を閉め、その人の前で荒々しく膝をついた。剣呑《けんのん》な目つきをしたままで、ゆるゆると顔を上げる。


小部屋を埋め尽くす振袖の海の真ん中で、じゃれつく猫を短い足でつっついてはころころと笑っているこの男を、人々は皆、人魚役者と、そう呼んだ。

誰が書いたか、誰が言うたか。なんでも人魚役者、田村魚之助は、痒《かゆ》みのような女形だという。意識がなくとも痒いところには自然と手が伸びてしまうように、魚之助が舞台に現れれば、芝居客は自然とその姿に目が吸い付いてしまうらしい。そんな己の自慢話を毎度毎度聞かせてくるものだから、藤九郎はここに来るとわざと魚之助から視線を逸《そ》らすことにしている。唇を突き出し、ぷいと顔を横に背けると、

「あらまあ、不細工」

呼びつけた客を前にしても居住まいを正そうとしないこの屋敷の主人は、おちょくるような声を出す。

「信天がそないなことしても気色悪いだけやで。そういうのはな、あたしがやるから意味があるんや。あたしがこう、流し目をくれてやるだけでひっくり返る客もおったわいな」

目尻にすうと紅の入った切れ長目がこちらを向くが、藤九郎はふんと鼻息でいなす。

「あんたの流し目なんていりません。俺が欲しいのはおみよちゃんの流し目ですから」

「おみよちゃん？　誰のことやのん、……ああ、そうか、お前の愛しの小娘か」

とたん、つまらなそうに煙管に手をやる男に藤九郎はむっとする。なんてえ言い草だ。今、火皿に詰めているその刻み煙草は、おみよちゃんがわざわざ帯紐を質に入れて購った贈り物だってのによ。部屋の中に居座る錦鯉が表面に泳ぐ丸火鉢も、金色らんちゅうの蒔《まき》絵《え》が描かれた黒漆の煙草盆だって贔屓からの贈り物で随分と高直《こうじき》な物らしいが、この男が

大事に扱っている様子は見たことがない。

「そんで、そのおみよちゃんとはどのくらいまで進んだんや」

魚之助は迎え舌で煙管を咥《くわ》えると、にやにやと笑みを浮かべながら煙をこちらに吹き付けてくる。なめられてたまるかい。眉をあげ、口の吸い方など心得ていると言わんばかりの顔をしてみせるが、

「その顔じゃ、手ぇのひとつも握られへんかったね、この初蔵《うぶぞう》」

これだから役者というものは、おそろしい。こうやって、いとも簡単に顔の裏にあるものを見透かしてくる。こほん、と一つ誤魔化《ごまか》すような空咳《からぜき》をしてから、「その初蔵ってのはやめてくださいよ」と魚之助を睨《ね》めつける。

「そうやってあんたが俺の名をきちんと呼ばないから、皆も俺のことをあだ名で呼ぶようになっちまってるんです。俺の本の名を知らねえわけじゃあねえでしょう」

「せやから、こうやってちゃあんと呼んだってるやないか、信天翁《しんてんおう》」

藤九郎が口をへの字に曲げると、魚之助は甘えたような声色を出して「なんやのん」と、藤九郎の眉間の皺に指をつっこむような言い方をする。

「もしかして、これが自分の名前やってわかったあれへんのか？　阿呆鳥」

わからないはずがない。なにせ藤九郎は鳥飼いだ。藤九郎という名が読みは違うものの、それが阿呆鳥の別の名で、信天翁との呼び名もあることなんて、鳥屋を商う己は勿論のことと知っている。しかし、いくら名前が同じであっても藤九郎は人間だ。どうか本の名で呼

んでもらいたいものだが、なんでも歌舞伎役者の真似をするのがこの世の流行り。ねえねえ、信さん。おい信天。信天翁やい、と皆、魚之助の呼び方を真似て、藤九郎をそう呼ぶのだ。

　藤九郎はぎりりと歯を食いしばる。もう我慢がならねえや。俺ぁ、もう、この人の呼びかけには答えねえ、いや、口さえきいてやるものか！

「口の吸い方、教えたろか」

え、と思わず口が開いた。そんな藤九郎の顔を見て、魚之助の口端が黒子《ほくろ》と一緒につり上がる。

「え、やないわ。あたしの手管を教えたろうって言うたってるんやないか」

んふふ、とふくみ笑いをするこの男は、人を蕩かせれば天下一品の元千両役者。そんな人間に手ずから教えてもらえる機会なんてこの先、ありはしないだろう。枕絵の中の男よりも立派な師になることは間違いなくて、いやでも、この人は鳥を苛めた下手人だと藤九郎は慌てて小さく首を振る。あれから改心しただのなんだの言うが、役者の言うことには信用が置けない。今だって男のくせに女子の格好なんぞして、嘘でべったり塗り固めた似せ者じゃないか！

　思わず剣呑になる藤九郎だが、魚之助は臆《おく》した様子もなく体を引きずって躙《にじ》り寄り、

「人に言うたらあかんで」と言いながら、耳に口を寄せてくる。

「こういうのは舌が要《かなめ》やねん。ちゅちゅちゅちゅと喉を舌先でなぞってからな、口まわりの毛

を舐《な》めたるんや」

得意げなその言葉を聞いた途端、かっと頭に血がのぼった。

「おみよちゃんにそんなもん生えてねえ！」

惚《ほ》れた女子が馬鹿にされるのを黙って聞いていたとあっては、男が廃る。藤九郎は嚙み付くようにして魚之助に詰め寄ったが、この男はほんの一寸目を丸くしただけで、次の瞬間には、ああ、なんや、と口端を上げている。

「なんや、野暮なお前のことやから野暮天娘を好いてんのやと思とったわ。そのおみよちゃんとやらは、ちゃんと毎日口まわりの毛を剃《そ》っとるんやろな？」

「当たり前でしょう！　おみよちゃんはあんたと違って、きちんとした女子なんですから！」

かん、と煙管が煙草盆に打ち付けられる音が部屋に響く。あっと思った時にはもうすでに揚巻は小さな唸《うな》り声を上げていた。

「そない大きな声を出すんやないわ。ただの転合《てんごう》やがな。これやから江戸者はおもんない」

ぐるぐるぐると鳴る喉は間違いなく藤九郎に向けられている。ああ、言いたいことは嫌でもわかる。この阿呆。余計なことを言いやがって。

「情も粋《すい》もわかったれへん阿呆《あほ》んだらばっかりや。そんなんやから、荒々しいだけの芸事をもてはやしたりする。人の心玉の動きっちゅうのはな、細かい所作に出るもんなんや。

江戸雀の目ん玉は鳥目どころか節穴やで」

愚痴が次々と飛び出してくるこの口を止める術《すべ》を藤九郎はもっていない。始まっちまったよ大坂《おおさか》者の一人相撲。藤九郎は肩を落とす。なにをそんなにむきになるのか知らないが、大坂者はなにかにつけて江戸を目の敵にする。洒落《しゃれ》が臭いの、食いものの味がどっぷり濃いの、飯粒程度の難癖をつけては江戸を己より下へと置きたがるのだ。

「檜舞台がそないに偉いんか。荒事の何がええっちゅうねん。江戸の芝居が一等見応《みごた》えがあるやなんて、そんな戯言《ざれごと》、阿呆らしくて笑えもせん。ほら見ぃ、この絵本。あたしとこの江戸者の大根が同じ極上上吉なんやと」

床から拾った絵入りの紙を指で弾く魚之助に、藤九郎は呆れたように目をやった。

おみよによれば、この役者は生まれは大坂ながら、江戸に住まいを構えてもう十数年になるという。郷に入れば郷に従え。そんなに居着いているのなら、江戸の芸を演《や》りゃあい い、と藤九郎は思うのだが、大坂者には大坂者の意地とやらがあるらしく、魚之助は「なんやのこの狆《ちん》くしゃは」と絵本の似せ絵相手に悪口《あっこう》を吐いている。

「どう見ても、あたしの方が別嬪《べっぴん》や。こないな小粒役者と比べるまでもあらへん。あたしは素敵、こいつは不細工……せや」

魚之助は思い出したように顔を上げて、こちらを見た。そして、

「お前の好きな女子、野暮天やないんやったら、さてはぶすやろ」

よくもまあ、そんな嬉《うれ》しそうな顔をして、そんな言葉が吐けるものだ。

「ぶすじゃありません。飛び切り可愛いです」

返してやると、魚之助は「なんや」と、これまたつまらなそうに唇を尖らせる。

「ぶすやったら、あたしの女中に加えたろうと思たのに」

藤九郎は魚之助を睨みつける。やっぱりそうだ。魚之助は己の容子を引き立てるためだけに河鹿たちを選んでいる。非難の言葉が喉元に迫《せ》り上がってきたところで、ちょっと待て。藤九郎は一旦《いったん》、言葉を噛み砕く。こうして似せ者の女子に構ってやる時間がどこにある。己には本物の女子たちのためにやるべきことがあるではないか。

まずは頭だ。藤九郎は黙って目を光らせる。水浴びしたての烏羽色の長く伸ばした黒髪は緩く一つにまとめられ、天辺《てっぺん》に挿した簪へと巻きつけられている。頭の簪は高直そうな鼈甲《べっこう》で出来ており、螺鈿《らでん》の施された二枚貝と珊瑚玉が揺れている。こいつの説明は簡単そうだが、逆に説明が難しいのは着物の柄行き。会うたびに違っている魚之助の振袖は、いつもその季節ごとの旬の魚があしらわれている。雪色縮緬の袂を泳ぐ今日の魚は黍女子《きびなご》で、その銀刺繍の鱗模様を目に焼き付けていると、

「なんなんだす。女子の顔は、そないにじっくりと見たらあきまへん」

見れば、魚之助は恥ずかしそうに扇子で顔を隠している。思わずしかめ面を作りそうになったが、いやいや、こいつは好都合と藤九郎は出来るだけ優しい声を出す。

「こいつはすいません。実はおみよちゃんに小物を見てこいと頼まれまして」

魚之助の目が隠れているうちにとあたりを見回したが、どうもお蔦の言う雛五郎様の描

かれた代物は落ちてはいなそうだ。

「ああ、そういや、お前の好きなおみよちゃんとやらはあたしの贔屓やったっけか」

　己の役者団扇《うちわ》を拾い上げ、魚之助はふふん、と声を出して笑う。

「本の音を言うたら、女の贔屓はいらんのやけどな。男の贔屓をつけてこそ、真の女形、太夫《たゆう》っちゅうもんなんよ。でもまあ、小娘が釣れんのも仕方があらへんわ。あたしみたいな別嬪の顔、一度目に入れてもうたら忘れたくとも忘れられへんようになるさかい。ほれ、そのおみよちゃんとやらも、あたしみたいになりたくて、ここにふたつ墨の黒子をこさえとんのやろ」

　魚之助が己の口元にある黒子を指先でとんとんと叩く。その黒子のなにがいいのか知らないが、あるときには江戸中の娘が魚之助の真似をして、黒子を己の口元に描いていたというから驚きだ。おみよもそのうちの一人だったらしいが、それはもう随分と昔の話で、藤九郎の口端はきゅっと上がる。

「いつの話をしてるんですか。おみよちゃんはもうそんな七面倒なことしていませんぜ」

　ざまあみろ、と言葉尻にくっつきそうだった啖呵は飲み込んでやったが、どうにも笑みはこぼれてしまう。ついでに、おみよの小物に白魚以外の役者紋が増えていることを伝えたらこの態度もちょっとはしおらしくなるんだろうか。

　藤九郎の言葉に少しばかり黙っていた魚之助だったが、団扇をぽいと投げ捨てて「ふん」と鼻をならす。

「それじゃあ、お前も気ぃつけなあかんなぁ」

藤九郎はきょとんとしてから「なにをです？」と聞く。

「そないな女はな、すぐに違う男に手ぇ出すで。そうお里が知れとんねん。お前なんぞ恋仲になったとたん、すぐにぽいやで。どうせあたしの贔屓やって吐《ぬ》かしときながら、流行りの由之丞格子でも着とるんやろ」

思わず頷きそうになった首をすんでの所で止めた。おみよちゃんの株は下げちゃあならねえ。真実は心の裡《うち》に隠しておこうと決めたとたん、これまで大人しかった猫がにゃあん、と今日一番の大声を出して、藤九郎はぎょっとする。こいつ、人の言葉がわかっているのか。慌てて手を伸ばしたが、「ふふん、せやろ」と笑う魚之助に抱き上げられてしまったんでは、もう、裏切り者の口は止められない。ここぞとばかりに、ねうねう、と告げ口をする金目銀目の喉を細い指が撫であげる。

「せやろせやろ、あたしの言うた通りやろ。贔屓をすっきり替えるのと同じように、男もすっきり替えちまうに決まっとるわ。ええ子や、揚巻。よう教えてくれたわいな。ええ子ええ子」

その甘やかな声にのせられるようにして、ぐるぐると喉を鳴らす揚巻の短い尻尾を魚之助はいきなりきゅうっと摑んだ。跳び上がる己の飼い猫を見て、魚之助がころころと笑うのもいつものことだ。畳の上を転がる金目銀目などお構いなしに、藤九郎に向かって両手をするりと突き出してくる。

「ほな行くで」

これだから、この人の手を取るのが藤九郎はおそろしい。いまだ目を白黒させている猫と同じように、己もこの手の上で転がされるのは真っ平御免だった。

「行くってどこにです」

すっとぼけてみたところで突き出た両手は下げられず、逆に上がるのは、きれいに墨の引かれたその柳眉《りゅうび》。

「耳だけやなくて、頭の中まで羽毛がつまっとるんかい。あたしが行くゆうたら、向かう場所はひとつしかないやろ」

ほら、はよう背中を出さんかい、と魚之助は言うが、素直に背を向けるほど己はそんな阿呆な鳥ではない。

「どうして俺が行かないといけねぇんです」

毎度毎度のことながら、やはり文句は口に出しておかなければ気が済まない。

そもそも藤九郎は、通い慣れてはいるものの、この家へ来ることをよくは思っていないのだ。

あの日はそのまま怪我を負った金糸雀を連れ帰った。一晩明けてから、鳥屋なりのけじめとして受け取った金子《きんす》を返そうともう一度家をたずねれば、なにやら家の中からぴいぴいと鳴き声がする。慌てて奥へ通してもらうと、部屋の真ん中にぽつんと置かれた鳥籠の中には雀が一羽。

相も変わらず寝そべったままの主人が言うには、近所の寺の境内で動かなかったのを女中が拾ったのだという。見たところ、どこにも外傷はなさそうだが、この家に置いておくのは危険すぎる。雀を連れて帰ろうとすると、そんならあたしの頼みを一つ聞けと主人が持ちかけてきた。なにを馬鹿なと断る藤九郎に、主人、魚之助は微笑んだ。そんならその子はあたしのものや。さあ、鳥さん、あたしと何して遊びましょ。


その脅しは藤九郎に、草津《くさつ》の湯よりもよおく効く。言われるがまま魚之助の頼みに付き合って、もう二度と会わねえぞと心に決めて十日足らず、今度は店まで女中が呼びに来た。

ああ、おいでやす藤九郎はん。鳥さんがまた落ちてはりましたんや。


そのあとはもう済《な》し崩しだ。怪我した鳥がそんなほいほいと見つかるものかとうたぐったところで、鳥の話と聞けば、藤九郎は持ち前の性分で向かわざるを得ない。いつの間にやら鳥は用意されなくなったが、いつ同じ手練手管を使うとも限らない。お呼びがかかれば、渋々ながら腰を上げてしまうようになったというのが事の顚末《てんまつ》だ。

くわえて、藤九郎が魚之助に弱い理由はもう一つある。


「店をさばいてんのは確かに母ですけど、俺だって暇なわけじゃあねえんですから」

口を尖らす藤九郎を見て、まあまあまあ、と魚之助は大袈裟《おおげさ》に驚いたふりをする。

「なんちゅう男や。鬼や鬼」

勢いよく裾をからげて、太ももを摩《さす》り、

「あたしにこの足で歩けっていうてんのか」

そらこれだ。藤九郎は心の裡で低く唸る。睫毛の茂った目蓋《まぶた》をそっと伏せ、小さな前歯できゅっと下唇を嚙まれると、藤九郎はもうその場から動けない。

なにがあったのかは知らないが、魚之助の短くなった両足は立ち上がることはできるものの、縫い目の肉の盛り上がり方が左右で違うのか、歩き方はよたよたと歪《いびつ》だ。そのうえ、尋常の人間では使わない筋を使うらしく、上がった息をしぃしぃと歯で漉《こ》し殺している魚之助の姿を何度も見てきた。外に出るなら人の手が必要なことを藤九郎はよくわかっている。だから、なにも魚之助を見放して、その役目から下りようっていうわけじゃないのだ。

「別に俺じゃなくても、いいんじゃないかって言ってんです。ほら、前々から、お供してぇと願い出ている人がちゃんといるわけですし」

そのときだ。廊下の奥から聞こえた、ごん、という鈍い音に藤九郎は思わず口をつぐむ。噂をすればなんとやら、おそらく頭を梁《はり》にぶつけたというのにその足音は、止まることなく一目散といった様子で近づいてくる。藤九郎は急いで部屋の隅へと移動しながら、一つ小さくため息をつく。ああ、やっぱり今日も来ちまった。部屋の外で膝をつく音が聞こえたかと思うと、「魚《とと》様、ああ、魚様」と襖の向こうから低い男の声がする。男は襖に唇をつけているのだろう、喋るたびに襖はぶうぶうと細かく震えている。

「すんまへん、えろう遅れてしまいまして。いやね、そこの井戸端で会《お》うた女子らと話が盛り上がってしもたんだす。その中のひとりが魚様の贔屓やて言うんやもの。めるはもう、嬉しくなってもうて！　まあ、由之丞格子の小袖を着ておったんは白魚屋贔屓としていただけへんけど、帯は銀刺繍の抱き白魚やったから目をつぶってやりました。両手で魚様の大首絵《おおくびえ》を広げてお友達と一緒に眺めてはってね、そんなところを見たらもう、めるは居てもたってもいられへん。持ち歩いてるめるの秘蔵の品を見せてやったんだすわ」

　ほら、これのことだす、との言葉と一緒に紙を捲《めく》る音がいくつか続き、そのあとでほう、と甘いため息が襖に染み入ってくる。

「やっぱりいつ見ても、魚様はお美しいだすなぁ。あの女子もこの絵を見て息を呑《の》んではりましたわ。めるの貼付帳《はりつけちょう》を見て目ぇをきらきらさせとったから、目利きはある贔屓なんでしょう。勿論、めるに並ぶほどではありまへん。魚様の一番の贔屓といったら、このめるを差し置いて他に誰がおりますんや。めるは魚様のためなら、火の中、水の中……あっ、めるとしたことが申し訳ありまへん、長話が過ぎました。はようお足を揉《も》まなあかん。ほな、お部屋入らせていただきます」

　勢いよく開けられた襖の向こうでは、一人の男が平伏していた。床に擦り付けられていた頭が上がり、藤九郎の姿がその目に映り込んだ途端、男の笑顔は転がり落ちる。手拭いからはみ出た赤茶けた髪色と目と鼻がつくるお城の堀のような深い凹凸。それは、男の体に半分流れる異国阿蘭陀の血が原因だった。その血のおかげで目の玉も綺麗《きれい》な鶯の羽色をしているのだが、己を映すとこうも赤々と燃えてしまうのが藤九郎はなんとも悲しい。だが、その火は、「このすかたん」魚之助がものを言うと、一瞬の内にすん、と静まってしまう。

「女子の部屋は、お入りぃ、言われてから入るもんやぜ。何度言うたらええのん」

「こ、これはえろうすいまへん。でも、仕方がないんだす。魚様にはよ会いたくて、足が勝手に動きよるんやもの」

「医者の卵がそないなこと言うてどないすんねん。足のひとつやふたつ己で管理せえ」

頭にかぶっていた手拭いを外しながら、へへ、と笑うめるの耳たぶは髪色よりも赤く染まっている。めるは静かに部屋に入ると、襖の前でもう一度その長い足を折り畳む。

「小屋からのお呼び出しがあったんですね」

「ふふん、当たりや」

「魚様にお声がかかったのは久方ぶりで」

「せやね、ふた月ぶりやね」

めるの顔はまっすぐに魚之助に向いているというのに、火花はちりちりと、藤九郎の頬を焼く。

「そんで、藤九郎さんがこうして出しゃばっていらっしゃるということは、此度《こたび》もめるを連れて行ってはくださらない」

よくもまあ、こんなに上手《うま》く、人の名前に針をくっつけることができるものだ。その鋭さに藤九郎は体を縮こめてしまうが、魚之助は「あらかわいらし」と扇子で口元を隠しながらんふふ、と笑っている。

「なんやの、める坊。あたしに連れてってもらえへんから焼き餅《もち》やいてんの」

「もう！　めるよりその人のなにがいいって言うんだす」

「ええとこなんぞあらへんわ。ただ、こいつは蘭方医見習いのめる坊よりも手が空いとるだけや」

「だから、俺も暇じゃあないですってば」

　そう口に出すも、声は少しばかり尻すぼみになってしまう。

　そりゃあ、蘭方医の見習いなんぞと比べられては鳥屋は暇ということになってしまう。める、正しくはメルヒオール馬吉《うまきち》は勉強熱心で異国の医術を吸収しようと日夜、蘭方医の下で走り回っていると聞く。それでいて、この家の差配をすべて一人で仕切っているというのだから驚きだ。女中たちの指図に、金のやりくり。なんてったって、日がな一日着物の波に揺られてばかりいる尾無し魚の世話まで、めるは一手に引き受ける。長崎出島《でじま》の遊女から父《てて》なし子として生まれたらしいめるが、どのようにして魚之助と出会ったのかは知らないが、めるの魚之助に対する思いは深く、重く、そして熱い。それなのに、魚之助は己のお供にめるではなく、藤九郎を選ぶのだ。

　当然のごとく、藤九郎の呟きなんぞ素知らぬ顔のめるは「このあとは、すぐのお出かけだすか」と、廊下に用意をしていた水入りの手桶を手元に引き寄せている。

「昼前にはあっちに着きたいからな。阿呆鳥の足は遅いからしゃあないわ」

「足按摩《あんま》はどうするんだす」

手桶の枠にかかっていた手拭いを水に浸すと白魚紋がくっきりと浮かび上がる。鱗の刺繍が光る様はまるで水の中を泳いでいるかのようだ。

「帰ってからでええわいな」

「血の流れに一番効くのは昼八つまで。何回言うたと思うんだす」

「ああ、わかっとる。わかっとるがな」

魚之助は顔の前でひらひらと手を振る。そんなおざなりな応対をされても、めるは丁寧に白魚部分を避けながら手拭いを絞る。

「……帰ってきたら、いつもの倍の時間、お揉みしますからね」

猫の涎《よだれ》が光っていた魚之助の左足にするりと手拭いを走らせてから、めるは姿勢をしゃっきり正し、魚之助に向き直った。

「めるはただ、魚様のお望みを叶《かな》えるお手伝いをしたいだけなんですから」

その時、藤九郎は魚之助の左手が、やけに素早く己の腹を撫で上げるのを見た。なにかのまじないだろうか。思った次の瞬間には、その手はもう袖口の中へと引っ込んでいる。

「ああ、める坊にゃあ期待してんで」

そう言って魚之助はわざとらしく笑みを浮かべた。

昼餉時。慌ただしく人の行き交う大通りを、魚之助をおぶった藤九郎はこそこそと進む。できるだけ端っこを歩いているつもりだが、やはり向けられるのは訝《いぶか》しげな視線で、藤九郎たちを追い越した後、もう一度こちらを振り返る人間も少なくない。しかし、大通りを抜け二丁町《にちょう》に入れば、その目は一転、羨望《せんぼう》の眼差《まなざ》しへと変わる。

魚之助の屋敷がある橘町から歩いて四半刻、堺町《さかい》とその隣の葺屋町《ふきや》はそれぞれが芝居小屋を抱える芝居町だ。合わせて二丁町と呼ばれるそこに居を構える町人たちは、そのほとんどが芝居好きか芝居小屋に係《かか》わる者で、魚之助の正体なんて一寸の内に気づいてしまう。その上、その元女形は己に集まる熱い視線に応えようと片手を挙げたりするものだから、藤九郎はより一層、人の目を集めることになる。藤九郎がいくら背を丸めたところで、そんなのもう意味がない。これだから歌舞伎役者というものは性に合わない。派手で、身勝手で、人の視線が大好物だ。だが、と藤九郎は正座をしたまま背を伸ばす。こうまでなると、歌舞伎役者の人気ぶりは認めなければならないようだ。三年前に檜舞台から退いてしまった元役者に対し、芝居好きの町人たちは声をあげるし、目の前の男は餡子に粉砂糖を振ったような、こんなに甘い声を出す。

「ようよう来てくださいましたな、白魚屋」

豪奢《ごうしゃ》な部屋の真ん中で、男は真向かいに座っている魚之助に向かってゆっくりと頭をさげた。

江戸随一の大きさを誇る芝居小屋、中村座《なかむら》のすぐ裏手に建てられているこの家屋は、外面は質素ながらも中身は贅がつくされている。左から右へと目を流してみるだけで、稲荷狐の掛け軸に、志戸呂《しとろ》焼の猫足火鉢と、調度品はよいものばかりで、さすがは座元の自宅といったところ。芝居小屋をまとめ上げている人物だけある。そんな男の家に呼び出されたとあれば、傍若無人な元役者だってこの態度になるのも頷けた。

「えらいご無沙汰《ぶさた》でござんした」

野郎帽子をのせた頭をしんなりとさげると、髪がはらりと一本額にかかる。その一本は、部屋に入る前に魚之助がわざと指でほぐしていたものだが、いいねぇ、と男は肉に埋まっている目をさらに細めている。

「相も変わらないその艶姿。わたしゃあ、蕩けちまいそうですよ。ほら、頰《ほ》っぺただってこのとおり、落っこちそうだ」

両手で包むようにして持ち上げたそのふくよかな頰に、魚之助はおほほと小さく笑い声をあげる。

「もう座元。そいつはあたしのせいやありまへん。ただの餅の食い過ぎだす。どうせまた、阿呆ほど食べはったんやろ」

「おや、ばれちまったかい。こいつは恥ずかしい」

照れたように頭を搔く男を、藤九郎は魚之助の斜め後ろからそっとうかがい見る。中村勘三郎《かんざぶろう》。手足が短く、でっぷり太った狸のような男だが、その年季が入った腹には貫禄《かんろく》がしっかりと詰まっていて、だらしなさは感じられない。むしろ銀鼠《ぎんねず》の上品な着物に身を包んでいるその体からは、大所帯の中村座を切り回せるだけの豪的さが立ち上っているのがわかって、藤九郎は居住まいを正してしまう。

「よろしゅうおすなぁ」と動くこの唇にも、いつもより紅が念入りに塗られているようだ。

「先の芝居も札止め御免の大入りやったと聞きましたで。座元のお好きな餅もそれだけ買い溜《た》められるっちゅう話だすな」

「なんのなんの。白魚屋が太夫であったときと比べたら、こんな大入りなんて小さい小さい」

「あら、あたしのときはそないに大入りだしたっけ」

扇子を口に当て、小首を傾《かし》げる姿はわざとらしいったら、ありゃしない。へっと藤九郎は下唇を突き出すが、勘三郎はうっとりとした口振りだ。

「大入りも大入り、至極上上吉の大入りだよ。ありゃあ、夢のようなお祭り騒ぎでありました。魚之《ととの》太夫《たゆう》を一目見ようと、日の本中から人がこの小屋に押し寄せて、二丁町は弾け飛びそうになっちまって」

言ったところで、「そうですよねえ、藤九郎さん」と勘三郎は急にこちらにお鉢を回す。

「藤九郎さんも覚えておりますでしょう、白魚屋のあの人気ぶり」

小さくとも輝いている目に、「い、いや、俺は」と言葉を濁していると、ぽんと扇子が打ち鳴らされた。

「ああ、座元、こいつに聞くのはあきまへん。前にも言うたとおり、こいつは芝居のことはなあんもわかりゃあしまへんのや」

穏やかに微笑まれると少しばかり肚《はら》は煮えるが、言い返す言葉はない。

「そういえばそうでしたな。でも、あの人気ぶりを知らないとは驚きですな。もしや、藤九郎さんは江戸のご出身ではないだとか？」

勘三郎の揶揄《やゆ》するような口振りに、ああ出たぜ、出たぜ、と藤九郎は心の裡で息を吐く。芝居者の悪い病気だ。芝居を見なければ人ではない。この小屋に身を置く人間は本気でそう思っているらしい。だから、さして芝居に興味のない藤九郎はここにくるといつだって肩身がせまい。

「隠れて阿蘭陀船にでも乗っていらっしゃいましたか。それだけ上背があるなら、あの異国の天狗《てんぐ》どもに紛れていても気づかれなかったでしょうに」

「んふふ、たしかにばれへんやろな」と魚之助の加勢が入ると、勘三郎はさらに調子付く。

「それとも、藤九郎さん。あなた、本当に人あらざる者でいらっしゃるとか」

これには藤九郎もかちんときた。

「馬鹿にするのもいい加減にしてくだせえ」と思わず声が出てしまう。

「俺はたしかに芝居を見ませんがきちんと人間です。大体からして、人あらざる者なんぞこの世にいるわけないでしょう」

窘めるようにしてそう言うと、途端、勘三郎は口をつぐんだ。そうして、蠟燭《ろうそく》の火を吹き消すような声で、いいえ、と言う。

「いいえ、おるんですよ」

「……なにがです」

問う藤九郎に、勘三郎はゆっくり顔を近づける。

「人あらざる者。……鬼ですよ」

藤九郎は黙り込み、しかしそのすぐ後に、はははは、と大きな笑い声をあげてやった。

「急に真面目腐ってどうしたんです。そんなもの、信じる齢《とし》じゃありませんよ」

だが、一緒に笑い飛ばしてくれる声はどちらからも聞こえてこない。

「舞台の上にゃあ、あたしの舌を引っ張ったり、頭を真っ白にして台詞をとちらせる妖怪《ようかい》がいるとは気づいていたけども、そいつが鬼やったとは初耳やね」

そう言って、ようやく一人がんふふ、と笑ったところで、
チョン。

藤九郎は振り返るが、そこには誰も立ってはいない。

空耳だろうか。

顔を戻すと、勘三郎はじいっとこちらを見つめていた。肋《あばら》の間に指を入れ、ほじくるようなその視線。肉厚の膝が躙《にじ》って畳を擦《す》るその音に、藤九郎は背筋を何かが走り抜けるのを感じた。

「ええ、ええ。おふた方。この芝居小屋には鬼が潜んでいるのでございます」

始まりぃ、始まりぃと家の外から遊んでいる子供たちの声がする。

「あれは五日前。次の秋芝居のための正本が書き上がり、前読みをしようと役者衆を小屋に集めたときのことにございました——」

仔細《しさい》を語り始めた勘三郎の真っ赤な舌が、歯の隙間でちろちろと動く。

拍子木の音はもう聞こえてこなかった。

その日は贔屓への挨拶《あいさつ》回りが長引きまして、約束の刻限に少し遅れてしまったのでございます。こう見えてもわたしは中村勘三郎。お上に櫓《やぐら》をあげることを許されている芝居小屋、中村座の屋台骨。そこら辺の三下相手なら待つのも稽古の内やら何やら言い包《くる》めてやりますが、此度集めた役者衆には口が裂けても言えますまい。急ぎ階段を駆け上がり、ゆっくり襖を開けますと、薄暗闇の部屋の中、六つの頭がこちらに向かって下げられたのが見えました。

時は夜四つ、日はとっくのとうに落ちております。百目蠟燭をいくつも立ててはおりますが、中は薄ぼんやりとしていて、人の顔かたちまでは見分けがつきませんでした。ですが、そんなことで江戸一の芝居小屋の座元を張ってはおれません。辞儀の仕方だけでどの頭が誰かぐらいは見当がつくもので。部屋の真ん中で車座になっている六人を順繰りに見渡して、一人離れて襖近くに座る男に、揃っておるようだな、とわたしは声をかけたのでございます。

「ええ、もう皆々様は、待ちきれねぇご様子で」

にっこり笑ってそう返した男の名は、松島五牛《まつしまごぎゅう》。中村座つきの狂言作者でございます。顔中皺に埋れちゃおりますが、若い時分にはどうやら二枚目で通っていたらしく、その頃のえくぼはその日もきっちり存命で、ああ、えくぼまできちんと見えましたのは、この男の周りに燭台《しょくだい》を集めていたからでございます。己の台詞を多くしろだの、その台詞回しは洒落《しゃら》臭《くさ》いだの、このあと飛び交う勝手気《き》儘《まま》な役者の注文を、此度の筋書きを仕立てた当人である五牛が、すべて書き留めなければなりませんので。

　わたしは頷いてから、黙って車座に加わりました。この時、わたしが気掛かりだったのは蠟燭のこと。今使っているものが燃え尽きるまでに終わってくれればいいのだが、とそんなことを考えておりました。蠟燭だって安くはありませんからね。……いやだよ、太夫。そんな目で見ておくれでないよ。わたしだって替えの蠟燭を渋るような真似をしたくはないが、此度はそうも言ってられなかった。理由はわたしの右隣に座っていた頭です。いえ、名前は申し上げますまい。名前がしょっちゅう出てきてはお話も進みませんでしょうから、今は一の頭とでも申し上げておきましょう。まっすぐ背筋を伸ばし、体は寸とも動かないこの頭の持ち主は、金をはたいて、大坂から豪的な出迎えをしてようやっと揃えたものでした。今は暗闇にまぎれていようとも、その顔は檜舞台の上で輝いてくれるに違いない。一人ほくそ笑んだりしておりますと、ふとわたしは正面の小さな頭が揺れていることに気がつきました。苛《いら》ついているらしい二の頭に目を凝らせば、それは七色に光る大事な頭。怒らせるのは大変にまずいと、わたしは慌てて咳払いをいたします。

「このような刻限によくぞお集まりくだすった。まずはこの中村勘三郎、深く感謝を申し上げる」

わたしの頭に続き、六つの頭が辞儀をします。鬢付け油の甘い匂いがぷんとしたその頭は、三の頭でございます。

「今宵《こよい》ご足労頂いたのは、此度の芝居で芯《しん》を張る役を演じられる皆々様だからこそ。下回りまで集まっての本読みの前に、正本を一度お目もじいただこうかと思いまして」

その言葉に感極まったのか、何度も何度もこちらに向かって下げられる四の頭には、白髪《しらが》が目立っていたのを覚えております。

「これが中村座が抱える立作者、松島五牛が書き下ろしたものにございます。書抜《かきぬき》をご用意いたしましたので、各々まずはご覧になっていただきますれば」

己の台詞のみが書き抜かれた本を配り終え、斜め後ろに座った五牛にわたしは目配せをいたしました。書抜に顔を近づけては己の額をこんこんと叩く奥の五の頭は、台詞を入れるのに夢中になっているだけなので放っておけばよいのですが、その手前、わたしの左隣にいる髷《まげ》の美しい六の頭には、時を与えてはいけません。いつものように手鏡を出して己の顔をうっとり眺め始められては、前読みが進まなくなりますから。わたしに急かされ、五牛は正本を開き、頭からゆっくりと読み上げ始めました。

わたしは今になって思うのです。悪かったのは、蠟燭代を吝《けち》り、車座のまわりにあまり蠟燭を置かなかったことではなくて、正本があまりに面白すぎたことかもしれない、と。

舞台景色の大道具から役々の台詞まで、すべて五牛によって読み進められていく正本の内容は、以前演じられた心中物を当世風へとうまい具合に手直しがされておりました。五牛の七色の声も手伝って、目を閉じればその情景がありありと目蓋《まぶた》に映る。己の台詞に客をつける者が一人もいなかったと言えば、太夫にはわかっていただけますでしょう。ええ、そうです。皆が芝居の筋に聞き入るほどの傑作の出来だったのでございます。

大詰めに差し掛かると、芝居の主役である遊女役の声に五牛が一際情感を込める。と、わたしは目蓋の裏に灯《あか》りの揺らぎを感じました。初めはまたか、と思っただけでした。珍しいことじゃない。五牛は台詞読みに気持ちが入りすぎるきらいがあって、台詞と一緒に足やら手やらを動かすことがよくありましたから。その風が蠟燭の火を揺らしているに違いない。だが、その揺らめきは幾度も続く。なんだい、今日は一段と気合いが入っているじゃないか。わたしは閉じていた目蓋をゆっくり押し上げ、薄く目を開いた、そのときでした。

ごろぅり。

車座の真ん中に何かが転がり落ちてきました。確認しようにも、長らく目を閉じていたせいで視界には靄《もや》がかかっていて、薄闇の中でその輪郭はあやふやでした。周りもまだ筋書きの世界にどっぷり浸《つ》かっているのか、誰も声を上げません。こういう時は欲張っちゃいけない。何が落ちたのか、一つ一つ確かめていこうじゃないか。わたしは目に力を込めました。畳の上で動かなくなったそれは、腕に抱えられるほどの黒い塊。凹凸があって、一部毛が生えているように見える。おや、塊の表面で何かがきらりと煌《きら》めいた。ビードロの欠片《かけら》でもくっついているのか、いや、玉だ。埋め込まれてでもいるような、光る玉が一つ、二つ……。あっ、とわたしがその正体に気付いたのと、すべての蠟燭の火が消えるのはほぼ同時のことでした。突然訪れた真っ暗闇にまたしても誰一人として、声も出さず身動きすらしないのは、部屋に充満した暗闇に、餡子のような粘り気があったからでしょう。そうして、ああ、あの音が聞こえてきたのでございます。

ぱきり、ぽきり、がじごじ、ちゅるちゅるり。

体を動かせるようになったのは、音が鳴り止み随分経ってからのことでした。なにがきっかけだったかわかりませんが、わたしははっと我に返って立ち上がり、火の消えた燭台に飛びつきました。震える手は二、三度叩いてやらないと使い物になりゃしない。部屋の隅で畳んでいた行灯《あんどん》も手繰り寄せて、次々と火を継いでいきました。

ぼんやり明るくなった部屋の中、わたしは立ったまま、車座を見下ろします。

一寸のうちに気付きます。塊がありません。車座の真ん中に転がってきたはずのあの黒い塊が、あとかたもなく消えていたのでございます。かわってそこには、畳に広がる赤錆《あかさび》色の薄い水溜《みずたま》り。これを人は本能と呼ぶのでございましょう、血であることはすぐにわかりました。染みの上には飛び石のように何かが散らばっています。薄い桃色で、ぬらぬらと濡《ぬ》れている。糸のような筋が飛び出し、皮がこびりついていて、ああ、これは肉片だ。認めた瞬間、凄まじい臭気が鼻の穴を駆け上がり脳天を突き刺しました。わたしはそこで己が息を止めていたことに気付くのです。

それらが、水に溶いた染料ではなく、色をつけた団子でもないことは、その場にいる誰もが言われずとも知っておりました。四つん這いの五牛が部屋の隅でげえ、と吐いている。残りの人間は、座したままでした。頭がこちらを向いています。

わたしは思わず後ずさり、片手で口を覆いました。

頭が向いて、しまって、いるのです。

背筋を伸ばし寸とも動かなかった一の頭も、苛つき小刻みに揺れていた二の頭も、鬢付《びんつ》け油をぷんとさせていた三の頭も、白髪交じりの四の頭も、額をこんこんと叩いていた五の頭も、髷《まげ》の美しかった六の頭も。

きちんと六つ、頭がすべて。

あっちゃぁ、いけねえ……。

背中に一気に汗が噴き出しました。歯がかちかちと音を出します。

頭は六つ、あっちゃぁ、いけねえんじゃねえか！

浅く息をしながら、わたしはやっぱりそうだったのだ、と思いました。

ああ、あの光る玉は二つの目の玉で、転がり落ちてきたのは、人の頭だったのだ、と。

「じょ、冗談じゃねえ！」

抜けた腰で尻餅《しりもち》をつけば、その勢いで肚《はら》から言葉が飛び出した。

渾身《こんしん》の大声に隣の魚之助は眉《まゆ》をひそめたが、藤九郎は構やしない。むしろ、この芝居小屋から放り出してくれりゃあ、藤九郎は諸手《もろて》を挙げて喜べる。

「なんてえときに呼び出してくれてんだ！　その、人を喰《く》った鬼はまだ見つかってないんでしょう！」

「おっしゃる通り、あれからも役者衆は六人のまま。一人も欠けておりやせん」

「なにが、おっしゃる通り、ですか！　頭がひとつ転がり落ちてきたのに、明るくなってみれば前と同じ頭数。今日まで数が変わらねえなんて、そいつが一等おそろしいことだと、あんた、きちんとわかってるんですか！」

　叫ぶ藤九郎に、困ったように微笑むだけのこの男は、おそらくわかっている。

　六人の役者のうち、誰かに鬼が成り代わっている。五牛ではない。勘三郎の話では、五牛は頭が転がり落ちてきたそのときまで、正本を声に出して読みあげていた。そうなると、残りは六人の役者衆。今はなりを潜めているが、そのうち、誰かの首に歯を立て、そのままざんぶりと——。

　藤九郎は、思わず己の首筋に両手をやったが、そんなもので己を守れないのは百も承知。

「は、はやく。はやくお上にお届けしなきゃあ」

「なにをぬかす！」

　突然、耳を突き抜けた胴間《どうま》声《ごえ》に、藤九郎はその場で飛び上がった。だが、そのすぐ後に、

「そんな殺生なこと言わんでおくんなさいな」と一転、へらへらとした声が続く。

「藤九郎さんのその告げ口でお上のお調べが入ってしまいましたら、此《こ》度《たび》の幕は絶対に開けられない。ただでさえ、芝居小屋は悪所だと目をつけられているんです。そこで人が殺

されただなんて話してみなさい、すぐにでも同心は飛んできますよ。長い間、検見《けみ》が入るのは勘弁です」

勘三郎は眉をさげたまま言う。

「人死になんてどうとでも誤魔化せるんですよ」

その口振りは穏やかだが、吐き出される言葉の薄皮を一枚めくれば、その中身はとんでもなくおそろしい。

「水中の早替わりで、伴天連《バテレン》の術を使ったとお調べが入るくらいだ。人死にの噂が流れたところで、新作の外連《けれん》を見た輩《やから》が勘違いをしただけと言えば、皆、得心するものです」

「誤魔化せる、って、人が一人殺されてるんですよ！　そんな状況を見て見ぬふりしろってことですか！」

堪《こら》えきれずに嘴《くちばし》を挟む藤九郎の両手を勘三郎は優しく手に取った。

「だから、ほら、こうしてあなたたちをお呼びしたんじゃあありませんか」

「え」

藤九郎の呆《ほう》けた声に、ぴしりと扇子の音が重なった。見れば、扇子で口元を隠した魚之助が細めた目を勘三郎に向けている。

「その転がった頭が見間違えやったって筋はあらへんのんか。そこにおった役者のいたずらやったとか」

「そいつはありえない。あのとき、確かに誰かが死んだんだ。板の上じゃあわかりやすく断末魔の叫びを上げたりするもんだが、現《うつつ》ではそんなもの出やしないのさ。喉《のど》から空気の漏れる音が尾を引くのをわたしは聞いた。あれはまさに命が漏れ出る音だったんだよ」

「ほんなら、性格やら仕草やらが急に変わった役者はおらへんのんか。大芝居の座元ともあろう者が成り代わりに気付かないとは思えまへんけど」

「それが、太夫《たゆう》。不思議なことにいないんだよ。わたしも普段から役者には目を配っている方だがね、全くもってわからない。周りの人間にもそれとなく聞いてみたが、皆、首を横に振るんだよ」

「ふん、そんならやっぱりあたしの出番ってわけやな」

扇子を外したその下に見える真っ赤な唇は、大きく弧を描いている。

「此度の仕事は芝居小屋で鬼退治かい。こりゃあ面白くなりそうやねぇ」

なあ、信天、と魚之助はこちらに扇子を向けてくるが、こんな誘いに乗る人間がどこにいる。藤九郎は手も振る、首も振る。

「お、俺は下りますよ。鬼に食べられちまうなんて冗談じゃねえ」

これまではただ、魚之助の後ろを歩いていればよかった。魚之助に呼ばれた時にだけ、渋々ながらも足になり、衣装の買い付けやら芝居の本の種探しやら、童《わらべ》のお使いのような頼みごとを聞けば、魚之助は満足するし、藤九郎には一寸《ちょっと》ばかりの駄賃が入った。我儘《わがまま》者の暇潰《ひまつぶ》しにちょっとばかりのお付き添い、くらいの寸法でしか藤九郎は動いていないのだ。ここで命をかけるとなると話は大分違ってくる。

藤九郎は握られた手を慌てて振りほどこうとするが、

「ここまで聞いておいて、そりゃあないぜ、藤九郎さんよ」

勘三郎の両手は搗《つ》き立ての餅のようで、藤九郎の手に吸い付いて離れない。

「本来、これはこの中村座から外に出してはいけないお話。中村座の人間にもきつく口止めをしております。それをこうやって聞いてもらったのは、情の厚いお二人ならこの頼みごと、受けてくださるに違いねえと信じたからではありませんか。ねぇ、太夫」

勘三郎が甘く呼びかけた名前に、藤九郎は首を竦《すく》める。ああ、こいつは、皺《しわ》の間までねっとり嫌味を塗りこまれるぜ。だが、此度ばかりは折れてたまるか。その場でぎゅっと身を硬くしたが、「下りたい言うんなら仕方がないやねぇ」と魚之助の言い振りは思いの外、物優しい。

「残念やけれども、座元。この話はあたしだけで受けるわいな。なあに、心配いりまへん。この男、口まわりも鳥に似て堅《かて》ぇ男。まわりにちくる真似はいたしやせん」

せやろ、と水を向けられて、藤九郎はここぞとばかりに首を縦に振る。

「ほな、鬼が成り代わってるかもしれへん役者衆に会いにいきましょか。お前は帰りい」

お役御免の言葉に優しい笑顔の土産までつけてくれるとは仰天だ。魚之助の気が変わらぬうちにと藤九郎はいそいそと立ち上がった。魚之助の隣を足早に過ぎ、部屋の襖《ふすま》に手をかけたところで、ふと動きを止める。

ずるずる。

ずるずると魚之助が床を這《は》っている。目をそらしても、着物が畳を擦る音はいやでも耳の中に入ってきた。藤九郎は目を閉じて想像する。ゆっくりと畳の上を移動する獲物に、鬼はいの一番に喰らいつくだろう。鋭い爪で逃げ出そうとする獲物を嬲《なぶ》り、尖《とが》った牙《きば》で肉を喰い千切る。まるで、羽の折れた金糸雀《カナリア》で遊ぶ三毛猫のように――。

藤九郎は黙って部屋に戻ると、魚之助に向かって背を差し出した。

「おや、座元。この子どうやら手《て》伝《つど》うてくれるみたいやわ」

そう言って、魚之助は当然のごとく、藤九郎の着物を鷲掴《わしづか》む。んふふ、と笑う声を耳たぶに擦り付けてくるが、聞こえぬふりを決め込んでやるのはせめてもの意地というやつだ。

「やっぱり流石《さすが》は藤九郎さんに魚之《ととの》太夫《たゆう》だ！　鬼退治を引き受けてくれるとは、そこらの人間とは器が違っておられますよ」

勘三郎は、ぽんと膝《ひざ》を叩《たた》くと、軽やかに尻を上げた。

「いやね、実を申し上げますと先立って役者衆に声をかけ、今まさに小屋で待たせている最中でございまして」

そこでこいつはご相談。手を打つ勘三郎の目が弧を描く。

「いかがでしょう、まずは一度、役者五人と鬼一匹、ご覧になっていただくというのは」

座元の家屋を裏口から出れば、芝居小屋の裏木戸は目と鼻の先。中村座に足を踏み入れた藤九郎は、廊下の板に足を滑らせ、勘三郎のあとを追う。足音を立てぬよう細心の注意を払っているというのに、背中の魚之助は藤九郎の苦労などなんのその、後ろから髷を引っ張ってみたりと猫のようにじゃれ付いてくる。

よくもそんなのんきにしていられるものだ。藤九郎は魚之助を荒々しく抱え直しながら思う。この床下をぶち破って現れる化け物は、魚之助に襲い掛かって頭から丸呑《まるの》みしてしまうかもしれないというのに。

「ところで白魚屋。その足は随分達者になったようで、わたしゃあ安心いたしましたよ」

そう勘三郎が声をかけてきたのは、細い廊下を渡り切り、二階へ続く階段に足をかけたときのことだった。藤九郎たちの少し前を歩いていた勘三郎は、いつの間にやら藤九郎に並び、魚之助を見上げている。べしべし、と藤九郎の尻を叩いていたふくらはぎはぴたりと止まった。

「せやね。まあ、今のところは、勝手に動いたりはしませんえ」なんぞと言いながら裾《すそ》を捲《まく》ってみせるから、藤九郎はまた魚之助を抱え直す。

「それなら、此度の正本はお前さんのために残しておくべきだったねぇ」

大きな体が藤九郎にぴったりとくっついて、腹の肉がずんぶと藤九郎の肘《ひじ》を埋めていく。

「白魚屋、お前さんが舞台に戻ってくるのを、わたしは心待ちにしているんだよ」

今は中村座の屋台骨としてのしと構えているこの男も数年前まで現役で舞台に立っていたと聞いている。その時取った杵柄《きねづか》か、甘やかな声はしっとりしていて耳の穴にこびり付く。

「あの事件のことは、わたしも中村座を預かる身として責任を感じているんだ。あの時、お前さんを守れなかった留場《とめば》どもはみんなお払い箱にしてやった。今じゃあ腕っ節の強い男らを揃えているから、あんな惨事は二度と起こりはしないさ」

だから、なあ、戻ってきておくれ。勘三郎は囁《ささや》くように言う。

「芝居に戻ってきておくれよ。こうやって小屋に足を踏み入れれば、嫌でも思い出しちまうだろう。あの歓声、あの嬌声《きょうせい》。一度浴びたら忘れることなんてできやしないさ。勿論《もちろん》、女形として一等上、太夫として迎え入れますよ。お前さんの衣装行李《ごうり》や化粧道具、鏡台だって、そっくりそのまま大事に置いてあるんだからね」

舞台を降りてから既に三年も経つ元役者に対して、至れり尽くせりの御待遇だ。受けない理由なんてあるはずないのに、いつだって魚之助は微笑むだけで、藤九郎の知る限りではこれまで首を縦に振ることはなかった。しかし、今日の魚之助は違ったらしい。

「……あたしの鬘《かつら》は残してくれてはるんやろね」

言いながら、魚之助が己の腹をするすると撫《な》でているのが感触でわかる。その手つきに、勘三郎は「おうおう、残してる残してるとも」と頬《ほ》っぺたを緩ませている。

「魚之太夫ならいつでも大歓迎さ。いい返事を聞かせておくんなよ」

階段を上り始めた座元の足取りは目に見えて軽くなる。続く藤九郎の足取りだって勿論、太陽を浴びた小鳩の胸毛のようだ。

魚之助は早く役者に戻りゃあいい。藤九郎は常日頃から思っている。男のくせに女子《おなご》の真似をして暮らしているくらいなのだ、役者に戻りたいというその意志は疑いようがないのに、座元からの誘いは何度も渋る。なにをお高くとまっていやがるのかと眉をひそめていたものの、どうやらそれはいらぬ心配で、役者への復帰はもう時間の問題だったらしい。役者に戻れば、藤九郎で遊ぶ暇なんぞないはずで、こりゃあ、もう少しで元女形のお供はお役御免になりそうだ。口元に笑みをたたえながら、藤九郎は階段の板をしっかりと踏みしめた。

だが、三階奥の廊下へと近づくにつれ、どんどん足取りが重くなっていくのは聞こえてくるこの声のせいだった。事件のあった件《くだん》の部屋から発しているらしいこの怒鳴り声は、一歩足を進めるごとに大きくなって、藤九郎の足はくるりと踵《きびす》を返してしまいそうになる。次の芝居の幕開けがあと数日と迫っていることで当人たちに熱が入るのは、素人《とうしろ》の藤九郎でもよくわかるが、こいつは意見を交わしているというよりも、誰かがわめき散らしているといった騒ぎ。まるで化け物が暴れているかのようなご様子で、なんて頭に思い浮かんだ己の言葉に藤九郎はごくん、と喉を鳴らす。そうだよ、これから顔を出すところには、人間に成り代わった鬼がいるのだ。

少しばかり立ち止まっていると、案の定、魚之助が耳をつねり上げてきた。思わずつんのめってから顔を上げると、座元が左奥の部屋に入っていくのが見える。慌ててその姿を追って狂言作者の名札の下がる部屋を通り過ぎ、左奥の部屋の襖を開け放つ、と。

「てめえ！　一体どういう料簡《りょうけん》なんだい！」

　怒髪天を衝《つ》く声が、藤九郎の喉をきゅうと締めあげた。恐る恐る声の出所に目をやれば、部屋の真ん中、小柄な男が仁王立ちで藤九郎を睨《ね》めつけている。

「おめえはこの俺に、舞台を降りろって言うんだな！」

「……そないなこと言うた覚えはありまへん」

　低く落ち着いたその声に思わず視線を下に向けると、藤九郎の前に一人、男が背中を伸ばして正座をしている。頭の上にある髷はふっくらとした一風変わった結い方をしていて、どうやら江戸の人間ではないらしい。

「女房を替えろってのはそういうこったろ！」

　男は叫び地団駄を踏んでいるが、その怒りの矛先が己ではないとわかって藤九郎は少しだけほっとする。見れば、勘三郎も壁際に腰を下ろし、静観を決め込むようだ。それならと、藤九郎は魚之助を背に負ったまま首を動かし、部屋の中をぐるりと見渡してみた。

　主な稽古《けいこ》場は三階の廊下だと聞いていたが、どうやらこの部屋も普段から稽古場として使われているらしく、役者六人、今まさに稽古の真っ最中というわけだ。張られた畳は、幾人もの汗を吸ってきたのか少しだけ黒ずんで見えて、ただ、部屋の真ん中の畳は張り替えられたばかりのようで新しい。出来るだけその畳を目に入れぬようにしながら、藤九郎は襖のすぐ近くをそっと陣取った。勿論のこと腰を下ろすような真似はせず、立ったまま。背丈の大きい藤九郎には、六つの頭が天辺《てっぺん》からよく見える。

「わたしの演《や》り方に寅弥《とらみ》さんの芸は合わへん、とそう申し上げただけだす」

藤九郎にぴっしりとした背を向け正座をしている男がそう言えば、

「よくもまあ、この寅弥にそんな口が叩けたもんだな！」と小さな頭は苛々《いらいら》と揺れる。

「上方じゃあどれだけ威張ってたか知らねえが、この江戸でそんな我儘が通用すると思ったら大間違いだ。ちょっとばかりちやほやされていたからって調子に乗ってんじゃねえ！」

このどちらかってこともあり得るんだよな。あの夜、車座の真ん中へ転がり落ちてきたのはこの変わった髷の頭か、この小作りの頭か、それとも――、

「ああ、もううるせえったらありゃしねえな。この俺っちがゆっくり絵を愛《め》でてるんだから静かにしておくんなよ」

見れば、部屋の奥でごろんと横になっている男が人差し指で床を叩いている。そこには一枚の絵が広げられ、高直そうな手鏡がその横に置かれている。剃《そ》ったばかりらしい頭の月代《さかやき》はつるりと美しく、形はまるで生みたての卵のようだ。こいつが落ちてきたのなら、と藤九郎は考える。転がり方だって卵のように綺麗《きれい》だったに違いない。

「おい、てめえ桜羽屋《さくらばや》ぁ！　こんなところで、枕絵なんて見てんじゃねえ！」

「なんだい、別に俺っちがなにしてようと勝手だろ」

噛《か》み付く男を軽くいなし、卵頭の男が大きくはだけた襟元にそれをしまうと、

「でも、ひとつ言わせてもらうんならよぉ」体を起こして、白い右足を一本床に立てる。

「寅弥、お前さん、此度の芝居の差配にゃあ、吝《けち》をつけちゃいけないんじゃねえのかい」

寅弥とよばれた男は、「あ？」とその整った眉を寄せている。

「此度は正式な座組が決まる顔見世前の一時限りの芝居のはずだ。平右衛門《へいえもん》さんが上方から随分早くに乗り込んでくれたからってえことで、この芝居の座頭は平右衛門さんになったんだよなぁ。座元も俺っちたち役者も、此度の芝居の差配は座頭の意向を重んじることで手を打った。その座頭がお前を外して若《わけ》え女形を女房役にするってんなら、従うしかねえだろうが」

そんで、も一つ付け加えておくんならね。男はゆっくりと立ち上がった。皮をめくったばかりの茎のような瑞々《みずみず》しい首筋がすいっと伸びて、突っ立ったままの寅弥の顔を覗《のぞ》き込む。

「お前さんのその屁《へ》っ放《ぴ》り腰じゃあ、そう言われちまうのも仕方がねえ話なんじゃねえの。七光りさんよぉ」

「て、てめえ」

寅弥の頭は一気に赤く染めあがったが、ここに「まあまあまあ」と割り入る頭がある。

「だめですよぉ太夫。そんなに目を吊《つ》り上げなさると、眉と眉の間に深ぇ皺がついちまう。天下の虎田屋《とらたや》のお顔に何かあったら、江戸中の虎田屋贔屓《びいき》が泣いちまいますよ。わしも皺にゃあ常日頃から気をつけておりやしてね、……ってわしにゃあ、泣いてくれる贔屓なんておりやせんが」

寅弥の周りをちょこまかと動き、へへへ、と剽《ひょう》げたように上がり下がりする、白髪交じりの頭はほかと比べて随分と大きい。こいつが畳へ落ちたのであれば、相当大きな音がしたんじゃなかろうか。そこでまた、「ちょいと」と話に割り込む頭は、騒ぐ役者らから少し距離をとったところで横座りしている。

「ちょいと、平右衛門さんもそんなにむすっとしないでくださんせ。皆で息を合わせてようやっと、板に芝居を乗せられるというもの。仲良うやるのが一等大事でござんしょう?」

その人が首を傾げると、しゃらりと簪《かんざし》の音がする。あの夜もそれだけびんびら簪を挿してくれていれば、鬼の候補は一人減っていただろうのに。

「おや、それじゃあわしも、由之丞さんと仲良くさせてもらいやしょうかね」

四つん這いで躙《にじ》り寄る大きい頭の首根っこをぐいと掴んだのは、卵頭だ。

「おいおい、猿車《えんしゃ》よう。俺っちの目の前で、由之丞とお近づきになろうだなんていい度胸してんじゃねえか」

そのまま後ろへ引っ張ると、大きな頭は簡単にひっくり返った。それを見て、簪を挿した頭がくすくすと笑っている。

「もう。お二人とも悪戯《あくじゃ》れがすぎますよ。ちぃとは八《や》百《お》吉《きち》さんを見習っておくんなさい。ほら、あんなに真面目に正本を読み込んでいらっしゃって」

その言葉に顔を動かしてみれば、部屋の隅っこでうずくまり、広げた本に顔を埋《うず》めている頭がある。正本に夢中の髷頭は、どうやらこの騒ぎにも全く気づいていないらしい。己の頭が落ちたときでさえ、気がつかなかったのではないかと不安になるほどだ。

そのとき、一つの頭が、おや、という風にこちらを見た。

「なんだい、今日は客人がいるんじゃねえか。そういうことなら、先に言っといてくれなきゃ困るぜ、座元」

すると残りの頭が一斉にこちらを向く。

変わった髷の頭に、小作りの頭。卵頭に、白髪交じりのその頭。びんびら簪を挿した頭に、本に埋まる頭で、あの日と同じく役者が六人、ここに揃っているというわけだ。この中で、どの頭に角が一番似合うのか、今の藤九郎には全く見当もつかない。思わず後ずさる藤九郎に対して、立ち上がり、役者たちの前にでん、と座り込む座元はさすがの貫禄《かんろく》。

「これはお声がけするのが遅くなって申し訳ありませんでした。皆様の熱意にしばし圧倒されておりやして」

その場で勘三郎は深く頭を垂れる。

「本日ここに集まってもらったのは他でもない、あの事件のこと」

ゆっくり顔を上げて一番、放ったその一言で部屋の空気には、ぴりりと山椒《さんしょう》がきく。

「あれから五日ほど経ちましたが、今も鬼が誰に成り代わっているのか、ちっともわかる気配がございません。皆々様のお命を預かるこの座元、なんとかしなければと気は急《せ》くものの、よい手立てが思い浮かばねえ。幸い、鬼はおとなしくしているようですが、どうにもお手上げだ」

そこで、と勘三郎は声を高くする。

「お力をお借りすることにしたのでございます。そうです、そのお客人方。皆様ようくご存知でございやしょう」

突然の紹介に藤九郎は慌てて背中の魚之助を下ろそうとするが、五つの頭はそんな時間も与えず、藤九郎ごと魚之助に前のめりだ。

「こりゃ、おもしれぇ！　極上上吉の名女形、白魚屋の鬼退治たあ胸が躍るじゃねえか。おうおう誰かぁ、この俺っちに桟敷《さじき》席を用意してくんな。いっちいい席で見てみてえや」

と、卵頭の男が思い切り口端をあげた顔を近づければ、

「白魚屋……あっ、あんた、あの魚之助さんなのかい！　こうして会えるなんて夢みたいだよぉ。おいら、ずうっと昔から憧《あこが》れていたんだ」

と、さっきまで正本に吸い付いていた頭がずんずんと寄ってくる。

「魚姐《ととねぇ》さん、お久しぶりでございやす。お元気でいらっしゃいましたか」

と、簪の音をしゃなりとさせて、軽く下げる頭もあれば、

「いやあ、でも、わしには信じられやせんよぉ。この中に人を喰っちまうような鬼がいるだなんて。皆様、いいお人ばかりなもんで」

と、わざとらしくため息をつき、大仰に首を横に振る白髪交じりの頭もある。

「なんでえ、元役者が岡っ引きの真似事かい。そんなもんで本当に鬼を見つけ出すことができんのかい」

ちっと舌を打った小さな頭が、こちらを睨めつけながらその場で胡座《あぐら》を組むと、

「そんで座元。わたしらになにをご所望なんだすか」

唯一巌《いわお》のように動かなかった頭が、振り向いて勘三郎を促した。

その言葉に一つ頷《うなず》いた勘三郎は、

「皆様方には、このお二人にお力添えをいただきたいのでございます」

六つの顔を順繰りに見ながら言う。

「勿論、皆様方がお忙しい身の上であるのは重々承知しております。しかし、小屋におとろしい鬼が紛れているんでは、満足のいく芝居はできやしねえでしょう。はやく鬼を見つけるためにも、お二方の頼みごとには出来るだけ応《こた》えていただきたい」

しん、と静まり返ったこの部屋に、またぴりりと山椒が振られるのを藤九郎は感じた。

そりゃそうだ、と藤九郎は思う。己が人を喰らった化け物だと疑われ、いい気分の者なぞいるはずがない。いわれのない詮議《せんぎ》は誰だって鬱陶《うっとう》しいし、されたくはないだろう。

だが、そこに響き渡った笑い声が、降り積もっていた山椒を一気に吹き散らす。

「いいぜいいぜ、好きなだけやっちまってくれ！　この中の誰が鬼なのか、俺っち、気になって気になって夜も眠れやしなかったんだよ」

皆の視線が集まる中、しかしなぁ、と卵頭の男は顎《あご》を擦《こす》りながらその美しい顔を藤九郎たちに近づける。

「頭のいいお前さん方なら、もうとっくに気づいてるんじゃねえのかなぁ」

誰が鬼かってえことくらい。

首筋を舐《な》めあげるような声に、藤九郎は思わず喉を、ごくりと鳴らす。

「俺っちもわかっちまったもんでね。どうだいこのあと、ゆっくり俺っちの楽屋で話を聞いてみねえかい」


「百千鳥の藤九郎と申します」

部屋に入るなり、藤九郎は畳の上に両手をつく。店を商う者なら誰でも、はじめの挨拶《あいさつ》が肝要であることを知っている。ここは一丁気合いを入れて、と深く頭を下げたのだが、顔を戻してみると、目の前で胡座を組む男はこちらを見てもいない。

「いいなぁ、いい座り方だ」と、うっとり零《こぼ》す相手は隣に座っている魚之助で、藤九郎など眼中にないようだ。

「まずは、ゆうるりとくつろいでおくんなよ」

言いながら男は煙草盆を寄越《よこ》してくるが、そう素直に煙管《キセル》を出せるものではない。なにせ稽古場の三階廊下を進んで、連れて来られたこの部屋は小屋で一等広い楽屋らしく、置かれている長持も行李も金箔《きんぱく》貼り。煙草盆だって黒漆で、一服ついた煙管をこんこん打ち付けられる隣の男の気がしれない。

「一年で名題《なだい》やなんて、えろううまくやったもんやないか。何があたったのん、助六《すけろく》か」

聞けば、名題とは一座に数人しか抱えない一等上の位の役者で、下に続く相中《あいちゅう》は名前のある役が与えられるが、その下、中通り《ちゅうどお》は町人や店娘《たなむすめ》のようなその他大勢の端役。そのまた下の下立役《したたちやく》、稲荷町《いなりまち》ともなると人間でもない馬や犬の役が回されるのだという。この男は名題役者の上に、その中でも一番高い給金が支払われているらしい。そんな人気役者に対して、魚之助の口振りはとんでもなく気軽で、聞いているこちらがびくびくとしてしまうが、

「助六だけじゃねえやい。この俺っちが演じるすべてが当たり役になんのさ」

この男、どうやらそういうところはあまり気にならないたちらしい。

「まあ、名題にあがった理由は、俺っちよりも鏡の方に聞いておくれよ」

ひょいと懐から手鏡を取り出すと、男は鏡面を覗き込む。

「〝嗚呼《ああ》、雛様はなんてぇいい男なんでござんしょう〟」

甲高い声でそう言ってから、ほらな、と歯を見せる姿はまるで幼子のように無邪気だ。

「おや、ちょっと待ちな。他にもなにか、鏡が言ってやがるようだぜ」

こちらにくるりと向けられた手鏡の中には、訝《いぶか》しげに細い眉をあげる魚之助。男の甲高い声がまた響く。

「〝嗚呼、あたしゃ、なんてぇいい女なんだろう〟、ってな」

鏡の裏からひょいと顔を覗かせる男に、鏡の中の眉根はぎゅうと寄せられた。

「そないなこと、鏡に聞かなくともわかっとる」

「ほう、そうかいそうかい」男の薄い口の端が上がる。「さすがは魚之太夫だぜ」

「太夫やないわ、あたしは今は岡っ引きやさかい」

「おっ、それじゃあ、役者風情《やくしゃふぜい》の俺っちは、岡っ引きに御目通り願わねえといけねえな」

男は座ったまま後ろに退《さ》がり、着物の裾をしゃっきり払った。羽織は黒鼠《くろねず》の古渡唐桟《こわたりとうざん》。裏地は銀刺繡《ぎんぬい》の重ね扇に抱き桜。どちらも乙粋《おついき》で美しいが、しかし、目が吸い付いてしまうのは、その顔であるのはさすが役者というべきか。

「尾山《おやま》雛五郎でござりまする。芝居では九平次《くへいじ》役を務めます、中村座名題の立役者。屋号を桜羽屋と申します。どうぞこれからもご贔屓にご贔屓に」

顔をあげると、びっしりと生えた睫毛《まつげ》の間から、切れ上がった目が見える。鼻も口も大振りだが、なぜか触ってみたいと思わせるのは、飴《あめ》細工のように繊細な形をしているからだろう。

「尾山雛五郎……」

聞かされた名前にぴんとくるものがあって、藤九郎はぽんと心の裡《うち》で手を打った。

そうか、このお人がお蔦ちゃんの贔屓役者、雛五郎縞《じま》の雛様かい！

雛五郎の顔をまじまじと見ていると、その立派な片眉がきゅっと上がる。

「おいおい、その顔、まさかこの俺っちを知らねえって言うんじゃねえだろうな。おめえ、ほんとに江戸っ子かよ」

ふん、と鼻を鳴らされながら顎《あご》でさされた方を見てみれば、部屋の一角には団扇《うちわ》に浮世絵、手拭《てぬぐ》いといったものが、ところ狭しと並べられていて、そのどれもに雛五郎の澄ました顔やら役者紋やらが描かれている。

役者の部屋ってのはどこも変わんねえもんだなぁ。

白魚だらけの小部屋を思い出し、隣に目を滑らせると、

「ほいで？」

煙管の吸い口についた紅を拭《ぬぐ》い、魚之助は腰に下げている煙管入れへとそれをしまう。

「あたしらは、お前さんの垂らした糸にぱっくり食いついてやったんやぜ。餌についてじっくり話してもらわんと」

その言葉に雛五郎の薄い口端がほんの少し上がったかのように見えたが、

「すまねえなぁ。俺っちがはやく座元に言っておけば、こうしてお前さんらが呼び出されて面倒かけることもなかったのになぁ」

そう語りかける伊達《だて》男の眉は下がり、哀れそうな目線を寄越してくる。

「俺っちはな、見ちまったのよ」

こん、だなんてうまい具合に煙管を打ち付けるから、藤九郎の背筋はびくりと伸びる。

「あれは一昨日《おととい》、下回りも入れての立稽古が終わって、楽屋に戻ろうと廊下を歩いていたときのこった。その日はちょいと気合いが入っちまってね、楽屋着が汗でべたべたに濡《ぬ》れていたもんだから、俺っち、着物が肌にくっつかねえようゆっくり歩いていたんだよ。だから、あいつは気づかなかったんだろうなぁ。俺っちがあいつの楽屋の前を通ったとき、あいつは楽屋の中で飯を食っていた。背を丸めて、両手で抱えたなにかにむしゃぶりつい

ている。周りにゃあ誰もいない。俺っちはなんだか気になってねえ、楽屋暖簾《のれん》の間からそうっと覗いてみたのさ」

むしゃむしゃばりばりじゅるじゅるごきん。

「なにを食ってたと思う？」

「……な、なんだったんです」

思わず答える藤九郎のそばに雛五郎はどっかと座る。

「鼠だよ、死んだ鼠さぁ」

藤九郎の肩に腕を回し、雛五郎はにやりと笑う。

「真っ黒な牙で鼠の死体を食うてたそいつはな、あの寅弥だったのよ！」

ほう、と興味深そうに相槌《あいづち》を打つ魚之助に対して、藤九郎は怯《おび》えて、声が喉に絡まってしまう。寅弥といえば、あの騒ぎの渦中にいた男。苛々と始終揺れていた小さな頭には角が隠されていたということか！

「ほ、ほんとうの話なんですか、それは」

「俺っちが嘘をつくわけがどこにある」

たしかにそうだ。吃《ども》りながらも頷くと、雛五郎は満足そうな顔を見せ、かと思えば、急に不安げな表情をつくる。

「この話、お前さん方の胸の中だけに留《とど》めておいておくれよ。寅弥の野郎にばれてでもみろ、俺っちはたちまちあいつの腹ん中だ。寅弥が気づく前に、あいつをきちんと捕まえるんだぜ」

頼んだからな、と握られた手にはじんわりと汗が滲《にじ》んでいて、その必死さがありありと伝わってくる。そんなお人を放ってはおけねえ。藤九郎は渾身の力を込めて、その手をがしりと握り返した。と、不安そうだったはずの切れ長の二皮目が、ぴたりと魚之助の足へと定まった。

「俺っちだって、襲われるのは勘弁だ」

じぃと見つめるその視線は、なんだか糸を引くように粘ついている。

「その足、ちゃんと動くのか」

「……ああ、動くよ」

「そりゃあ、よかった！　安心だあ」

魚之助の答《いら》えに雛五郎の顔が輝いたそのとき、廊下から低く雛五郎を呼ぶ声がした。どうやら役者の世話を仕事とする芝居者、奥役が廊下に控えているようだ。雛五郎は小さくちっと舌打ちをする。

「うるせえな、こっちは客人が来てんのによ。……なんでえ」

楽屋暖簾をくぐって男が一人入ってくると、雛五郎の脇に膝をつく。鬱陶しそうに耳を寄せた雛五郎だったが、すぐに「この盆暗ぁ！」と腹立ち声が、部屋に響いた。

「この雛五郎様が、そこらへんの贔屓に呼ばれたくらいで茶屋になんぞほいほい行くわけねえだろうが！　俺っちに通す贔屓の種類くらい、頭に入れておきやがれってんだ。でえじな話に茶々入れやがって、魚之太夫に手ついて詫《わ》びいれろ！」

そのがなり声に藤九郎なんかはびくついてしまうのだが、芝居者からすれば日常茶飯事らしい。

「ええわええわ。もう用は終わったさかい。ここらへんでお暇《いとま》するわ」

「おや、そうかい。そいつは残念だ」

軽い調子でそう言葉を交わしてから、魚之助は指でちょちょいと藤九郎を呼んだ。素直に背を差し出し、魚之助の体をゆっくり背負って立ち上がると、

「お、ちょいと待っておくれよ、魚之太夫」

雛五郎は突然素っ頓狂《とんきょう》な声をあげて、呼び止めてきた。

「鏡がな、まだ何か言いたいことがあるようだぜ」

うきうきとした様子で手鏡を取り出し、こちらへと向けた鏡面には一人の女子の顔が映りこむ。目の縁に細く墨を入れ、唇の真ん中あたりに濃く紅をのせているその顔は、確かにそんじょそこらの女子よりも美しい。だが、その表情はなぜだか硬く強張《こわば》っている。眉《み》間《けん》には深く皺が寄り、口も真一文字に引き結ばれていたが、

「〝ああ、舞台が恋しくてたまらんわいなぁ〟」

手鏡の裏からひょいと顔を出すと、雛五郎は鬼も見惚《みと》れそうなほどの笑顔を浮かべた。

「百千鳥の藤九郎と申しやす」

下げた頭を戻してみると、部屋の中には書抜を膝に置いたまま、こちらに向かってにこやかに微笑んでいる頭と、鏡台の前でつんとあらぬ方向を向いている頭がある。鏡台前の小作りの頭の方には思わず腰がひけてしまったが、隣からの鋭い視線に藤九郎はしゃっきり居住まいを正す。

まずは、あの夜、部屋の中におった役者衆の話を聞いてみるで。

雛五郎の楽屋を出るなり、魚之助は藤九郎の耳元でそう言った。

寅弥だけに狙いを定めんのは早計や。他にも鬼を見た人間がおるかもしれんし、鬼が誰かを決めるんはそれからとちゃうか。

「こいつはどうもご丁寧に」と書抜を床に置き、頭を下げる男は折り目正しい。

「おいらは、花田《はなだ》八百吉にござります。此度の芝居では、妓楼《ぎろう》の旦那《だんな》役を有り難く頂戴《ちょうだい》いたした相中役者。どうぞよろしくお願いいたしやす」

先の雛五郎のときみたく、すっぽり無視をされるのは悔しいが、逆にこうまで熱心に見つめられると落ち着かない。人懐こい笑顔を浮かべたまま、八百吉は右手で部屋の奥を示す。

「そして、あちらは岩瀬《いわせ》寅弥《とらみ》様」

きたぜ大本命。藤九郎はぐっと目を凝らすが、こちらに背を向けたままのその頭に髷はのっているものの、角の跡はみられない。

「此度の芝居ではお初《はつ》を演じられますあの虎田屋の三代目。名題役者でいらっしゃる上に、この中村座の立女形でござんすからね、そりゃもう凄《すご》いお人であられやす。このお部屋も立女形のための楽屋ですから豪奢《ごうしゃ》でしょう。楽屋外の人間もすべて虎田屋付きのお弟子さんなんですよ。あ、おいらは、ちょいとお邪魔しているだけで」

舌に油でも塗られているかのように調子よく喋《しゃべ》ってくれる男に、藤九郎はほっと息をつく。

雛五郎の楽屋からひとつ階段を下りての中二階。廊下の左右にはいくつも部屋が連なっていた。どの楽屋から訪ねてみるべきか魚之助に聞いてはみたが、背中からは「好きにしたらええ」としか答えがない。楽屋を後にするときの雛五郎の捨て台詞《ぜりふ》がどうも気に食わなかったらしく、先ほどから魚之助はむっつりご機嫌がよろしくない。しようがないのでそのまま廊下を進むと、入り口に人の溜《た》まった楽屋があった。どうやら中の人間に付いている弟子たちが外に出されているらしい。多くの人間が見ている前では鬼も食うまい。えいや、と飛び込んだのがこの一等奥の楽屋だったが、どうやら当たりの部屋だったらしい。

「寅弥様ぁ、お二方がお話をお聞きになりてえそうですよぉ。……あらら、聞こえねえのかな。おーい、寅弥様ぁ！」

あっけらかんとした性分らしい八百吉は、その顔も一筆書きで書いたようなすっきりとした単純さで、素朴な清々《すがすが》しさはあるもののどうにも華があるとは言い難い。それとは逆であるのが、八百吉が呼びかけるあの役者。黒目がちの目は大きく、口と鼻は小振りながら形がいい。寅弥のきつくとも品のある顔つきは、その身にまとった縮緬《ちりめん》小紋によく映える。そこでふと部屋の中を見渡してみれば、ここに置かれている調度品はすべて座元の部屋のものを上回る品のようで、どうやら寅弥は生まれながらの坊々《ぼんぼん》といったところらしい。そういや、この人、天下の虎田屋なんぞと言われてたっけかな。じっくり寅弥を眺めていると、黙していた魚之助が突然藤九郎の頭を叩いた。なんでえ急にと魚之助に目で噛み付くと、ふん、と鼻息だけであしらわれ、「そこの、八百吉といったかい」ともう一人の方へ口を開く。

「お前さんはあの事件があったとき、なにをしていらはったんや」

真っ正面からの質問に、藤九郎は思わず己の膝頭をぴっちり合わせる。

「おいらですか」八百吉は目を瞬《またた》かせ、「お力になれるような話はできねえとは思いますが」おずおずと前置きをしてから、話し始める。

「あんな事件があったなんて、おいらは今でも信じられねえんです。なにしろ、あの夜、蠟燭《ろうそく》が吹き消えちまうまでは特段変わったことなんてありやせんでしたから。座元のお呼びかけでおいらたちは夜半時に芝居小屋へと集められました。だが、申し訳ねえ、おいらぁ、書抜が配られた後のことはよく覚えてねえのです。そいつを読むのに夢中だったもんで。正気に戻ったのは消えた蠟燭が再びついたときのこと。なにしろ目の前に細けえ肉と血の染みだ。わかった瞬間、おいら、仰天して隣の寅弥さんに抱きつきました。そしたら寅弥さんもおいらをぎゅうっと抱きしめてきて、それで二人でぶるぶる震えて」

そのとき、だん、と八百吉の言葉を遮ったのは、畳を叩きつける寅弥の拳《こぶし》だ。

「嘘をつくない！　鬼に怯えて震えるなんて真似、この寅弥がするわけねえだろぅ！」

　立ち上がった寅弥は、そうでしたっけ、と思い出すように首をひねる八百吉の背中に一《ひと》蹴《け》り入れると、藤九郎たちの前で荒々しく腰を下ろした。

「俺ぁ、鬼を取っ捕まえてやろうとしたんだよ」

　寅弥は着物を捌《さば》くと、畳に一本、左足を立てる。

「蠟燭がぜんぶ消えちまう前、俺は目の前に薄ぼんやりと光る角を見たのさ。誰の頭かはわからねえが、真っ白《ちろ》い角がみっつ。ひとつにはなにやら細けえ字で文様が描かれてた。ありゃあ陰陽師《おんみようじ》の呪文《じゆもん》だぜ。あの鬼は曰《いわ》く付きの化け物に違いねえ。俺は咄嗟《とつさ》にそいつに向かって手を伸ばしたのよ。だが、ちいとばかし間に合わなかったんだろうな、鬼はその間に成り代わったのさ」

　妙に形のある話に藤九郎は「へえ」と座ったまま身を乗り出した。

　鬼の角に文様があるとは吃驚《びつくり》だ。しかも、それが陰陽師の呪文とは。いや待て。それじゃあ、雛五郎が見たという鼠の死体は只《ただ》の見間違いだったということか。これだけ寅弥が鬼の仔《し》細《さい》を語れるということは、そうだよ、そうに違いねえ。

　一人うんうん合点していた藤九郎に、「あのう」と遠慮がちな声がかかった。顔を上げれば、八百吉が膝をぴっちり合わせ、藤九郎たちにきらきらとした眼を向けている。

「おいら、魚之助さんにちいとお尋ねしたいことがありやして」

　お声のかかった魚之助が右眉をあげると、八百吉はずずいと前に膝を滑らせた。

「此度の芝居にこうやって魚之助さんが係《かか》わっていらっしゃるってえことは、どこかでまた白魚屋の芝居が見られると思っていいんですよね」

「……あたしの芝居がなんやの」

「おいら、魚之助さんの芝居がずうっと見たくてたまんなかったんです！」

きゅっと魚之助の手を握る八百吉のそれは、興奮からか赤く染まっている。

「なんや、お前さん、役者のくせにこのあたしの芝居を見たことないのんか」

心底呆《あき》れたような魚之助の声に、八百吉はお恥ずかしながら、と頭を掻《か》く。

「お江戸の檜《ひのき》舞台に立つのは此度が初めてのことなんです。今日までは、芝居に出させてもらえるならどこへでもってんで上は陸奥《むつ》、下は周防《すおう》と旅芝居であちこち回っておりましたから、とうとう魚之助さんの芝居が見られずじまいで」

するとｌ「なんでえ」と咎をつける声がとぶ。

「俺の芝居じゃあ不満ってことかよ」

「いやいや、寅弥様の芝居だっておいらぁ、大好きでござんすよ」

「取ってつけたように言いやがって。だいたい、舞台をのいた役者の芝居になんぞ価値はねえだろうが」

そう吐き捨てられた言葉の尻にはわかりやすく不機嫌が垂れ下がっていて、藤九郎は思わず隣に目をやった。すると、魚之助は承知の上とばかりにこちらへ両腕を突き出している。この二人の役者への取調べはここいらが切り上げ時だということらしい。礼を言いつつ、魚之助を背負うと「あたしの芝居は一旦《いったん》お預けや」背中から聞こえる声は存外優しい。

「まあ、機会があれば見せたるわ」

八百吉は、わあっ、とまるで子供のような声をあげた。

「お、おいら、楽しみにしておりやすね！」と立ち上がる八百吉に対し、「ふん」と寅弥は鼻を鳴らすだけで、藤九郎たちと目を合わせることはなかった。


そのまま部屋を出た足で向かったのは、同じ階にある大部屋だ。階段近くのその楽屋は、近づくだけでぷんと白粉《おしろい》の匂いが鼻をつく。鼻のいい藤九郎には少々辛《つら》いものがあって、早く挨拶を済ませてしまおうと部屋に入って魚之助を下ろすなり、膝をついて頭を下げた。

「百千鳥の藤九郎と申し」

「あら、お鼻の立派なかわいいお顔だねえ」

思わず顔を上げると、伸びてきた手がつんと鼻をつまむ。

「どれどれ、わちきにも見しとくれよ」

もう一つ伸びてきた手は顎をそっと掬《すく》い上げてくる。

それじゃああたしも、ほんならわたいも、と次々に藤九郎に伸びてくる手つきは柔らかくしなっていて、まるで女子のもののようだ。……女子のもののようだが、よく見れば指は節くれ立ち、手の甲は筋張っている。

「おやめなさい。困っていなさるじゃあありませんか」

目の前に座るその人の涼やかな一声で、藤九郎を囲う人垣はぴたり動きを止めた。

「だって由姐《ゆいねえ》さん、この人、こんなにかわいらしいお顔をしているんだもの。ちょっかいのひとつくらいかけてみたくなるわいな」

　振り返り、そう訴える一人は甘えた声をだすが、喉仏がくるくると動いているのがよく見える。その役者をこれ、と叱るその人の喉にも、鶉《うずら》の卵のような喉仏がついている。

「申し訳ございません、お前様が男前ですから若い衆が浮足立っちまって。わっちは、佐野由之丞でござんす。芝居では天満屋《てんまや》の遊女役を務めさせていただく相中の女形、屋号を玉升屋と申します。どうぞよろしゅうお願いいたします」

　聞き覚えのある名前に、ああ、このお人がお吉ちゃんの贔屓役者かと気付いたが、藤九郎が気になるのはその姿。

　平生《へいぜい》も女でいるのは魚之助だけだと思っていたが、どうやらそうではないらしい。

　高い背を折り、目の前で深く平伏している男の頭は女子のごとく結い上げられ、目尻の垂れた眠たげな目元には薄く墨が引いてある。滲《にじ》み出るかのように紅《べに》の塗られた厚めの唇を見ていると、先ほどの寅弥の姿との違いが浮き彫りになってくる。寅弥は剃刀《かみそり》を入れて髷を結い、すっきりとした男姿で楽屋にいたが、こちらは巻き上げた髪に簪を挿した絽小《ろこ》袖《そで》の艶姿《あですがた》。言葉遣いだってまるっきり違う。同じ女形でもこうした種類のようなものがあるらしい。部屋の中にいる十五人ほどの人間も女姿と男姿で分かれているが、数が多いのは女の方だ。そして、その女姿の女形たちは叱られてもなお、ねっとりした視線で藤九郎の体を舐め上げてくるからたまったものではない。慌てて魚之助の姿を探すと、当人は鏡台の前を陣取り呑気《のんき》に紅なんぞを塗り直している。ここでの聞き取りは藤九郎に任せたというわけか。

「こ、このお部屋は皆さん一緒に使っておられるんですね」

十二畳ほどの部屋の中には、鏡台が壁に沿うようにしていくつも並べられ、汗の染みた楽屋着が何枚も畳まれ置かれている。寅弥の楽屋よりは広いものの、十人以上の役者で使うにしては少々手狭だ。

「皆さんそれぞれの楽屋は他の階にあるんで？」

なんの疑いもなくそう聞くと「そんなわけがあらぁしません」と中の一人に呆れたように返される。

「一人部屋を持てるのは名題と上の御目にかけられている方々だけ。あたしら中通りに楽屋なんてとんでもない」

思わず由之丞を見たが、この面倒見のいい女形は大部屋の様子を見に来ていただけで、一人の楽屋は別にあるのだという。同じ中二階に楽屋を持つ役者でも、その待遇の差は随分と大きいらしい。

「十把《じっぱ》一絡《ひとから》げの役者はこういう大部屋に詰め込まれる。扱いだってひどいものさね。上のお人らに呼ばれりゃ、飯炊き、洗濯なんでもござれ。ただ、この子みたいに突然天からお引き立てが降ってきたなら話は別でござんすよ」

そう言って周りについつい、と脇を突かれているのは若い女形だ。鏡台の陰に隠れるようにして顔を伏せているが、「ほんにうまくやったもんだよ、ねえ富吉《とみきち》」と声をかけられると顔の角度がさらに深くなる。

「中通りが座頭の女房に引き上げられるとは、思ってもみない幸運だよねぇ」

「あの寅弥さんを下ろしてのご指名でもって、座元の認もついさっきおりたっていうじゃないか。お前さん、一体なにをしたんだい。あたしたちに教えとくれな」

なるほど、この人が先の喧嘩《けんか》の芯《しん》になっていたお人だな、と藤九郎は若い女形をうかがい見る。たしかに仲間の褒め言葉に耳を朱《あか》くしているその姿はかわいらしいが、寅弥を下ろすほどの別嬪《べっぴん》とは言い難い気もする。

「あっ、わかったよ。お前さん、さては心中した女の霊をどこかでもらってきたんだろ。道理でお初役が身に馴染《なじ》むわけさ」

「そんなら、霊よりも鬼の方が都合がいいってもんだよ。この子を鬼に仕立て上げて座元へ差し出せば、お前さんにも天からのお引き上げがあるかもしれないやね」

そりゃあいい、と笑い合う女形たちに藤九郎は思わず腰を引いた。人が一人死んでいるのだ。鬼ってえのはそんな転合《てんごう》の種にできるようなものじゃあねえだろう。眉根を寄せるが、目の前の由之丞も気にした様子はない。

「ああ、事件のことはこの子らも知っておりますから、お気にせず」と微笑むだけだ。

「小屋の外に話が漏れてはいけませんからね。中村座の者にはきちんと話を通しておいた方がいい。だから、この子らもあの夜のことを知っているんです」

部屋の中を見渡すと、皆がこちらを向いて笑みを浮かべている。

「ええ、知っておりますとも」と答えたのは果たして誰か。「本当の鬼がどいつかもね」

「鬼が誰かわかっているんですか！」

尻を上げた藤九郎を見て、鏡台の前に座る女形が袂《たもと》で口を覆いながらくすくすと笑う。

「これだけ数がいれば、鬼の出した尻尾《しっぽ》もすぐに見つけちまうものでして」

ねえ、とその女形が投げかければ、皆は競うようにしてその言葉を拾い上げる。

「ほんと、ほんと。隠す気がねえのかってくらいに丸出しだったもの」

「あたいはしかと目にしたんだ。あのお人の爪がびゅうと伸びて真っ赤に染まっていくのをさあ。ありゃあ、昨日の稽古前のことだったね」

「あら、わちきが見たのは稽古後だ。あの人が手拭いを舞台袖に忘れておいでてね、それを届けに楽屋に向かったんだ。そしたら、どうだい。あの人、己の爪に松脂《まつやに》を塗り込めていたんだよ。勿論、長くて真っ赤な爪さ。ああ、思い出すだけで震えが止まらねえ」

次々と部屋の中を飛び交い始める鬼の話に、藤九郎は両手を振り上げ、待ったをかける。

「だ、だからそれはどなたなんですか！」

沈黙は一瞬だった。

「平右衛門さんさぁ」

誰かがその名前を口にしたのを皮切りに、話は勢いを増して止まらない。部屋の中には甲高い声が、雨降り後の隅田《すみだ》川のごとく溢《あふ》れ返り、その濁流に飲まれると、もう何がなんだかわからなくなってきた。こなさんもそう思うでしょう、と話しかけられ、思わずうん、と頷きそうになった藤九郎の太ももを魚之助が抓《つね》るのと、由之丞が畳を叩くのは同時だった。

「もう、おやめったら」

お喋りの止んだ中、由之丞は黙って煙管をふかす魚之助に向き直るとうやうやしく頭を下げた。

「ちょいと熱くなっちまうたちの子らが多いですが、それもこれも中村座のことを思ってのこと。どうか堪忍しておくんなさいな。魚姐さん方の鬼探しには喜んで力をお貸しいたしやす。……殊に平右衛門さんをお縄にする際は、なんでもお申し付けくださいましね」

何も答えない魚之助を見すえ、由之丞はにっこりと笑った。

「百千鳥の藤九郎と申しやす」

「へえ、こりゃあ、あいすいやせん。こちらからご挨拶せにゃいけねえのに、わざわざ出向いてもらっちまうなんて、この猿車、頭を下げても、下げたりねえ」

藤九郎は頭を上げるが、目の前にある白髪交じりの頭はまだ深く垂れたままだ。そのまま暫《しば》し待つものの、男はいくら経っても頭を上げようとしない。

「わしは三《み》つ谷《たに》猿車と申しやす。芝居では、九平次《くへいじ》の悪のお仲間役を相務めます相中でございやす。中村座のお歴々方にゃあ足元にも及ばねえ小粒な役者ですが、へへへ、どうぞお見知りおきくださいませ」

頭が擦り付けられると、畳がざりざりと音を立てる。毛羽立ち、染みの浮いている畳が目立つこの三階の大部屋も、女形と同じく名題の楽屋とは大きな隔たりがあるようだ。そしてこの、人の詰め込み具合も先ほどの大部屋とよく似ていて、男たちは肩や胡座が触れ合いそうになりながらも、寝転がったり、花札をしたりと皆が好き勝手に過ごしている。

「そこらへんにしておきなよ、猿車さん。そんなに頭を下げちまったら、隠してるもんが見えちまうぜ」

「隠してるもんたあ、なんのことです？」

「ほら、これよ」

部屋の奥、一人の男が手に持っていた花札を置き、牛の角のごとくに頭に指をのせると、

「やめてくだせえよぉ！　このお二方が信じたらどうするんですか」

わしは鬼じゃあありませんよう、と藤九郎に縋《すが》り付く猿車を見て、大部屋の男たちは楽し気に笑い声を上げた。数は女形たちより多い上に、図体《ずうたい》も大きい。楽屋は窮屈に感じる筈《はず》なのに、なんだか居心地が良いのはこの温かな雰囲気のおかげだろう。だがここでもやはり不思議なのが、男たちが口にするその転合の種。どうやらこの人たちも鬼が怖くはないらしい。

「でも、本当に誰なんでしょうなあ」と猿車は大きな顎に手をやった。「どこのどなたが

鬼なのか、わしには見当もつきやせんで」

猿車の口から語られる事件の仔細は、座元が語ったものとほとんど変わりがなかった。鬼についても雛五郎や寅弥のように何かを見たわけでもないようで、団子っ鼻に皺を寄せ、うんうんと唸《うな》ったところで、思い出せるものは何もない。部屋の仲間たちにも加わってもらうが、証拠も何もない鬼当ては、もはや手習い子の当てっこ遊びだ。

「桜羽屋が鬼だぜ。おいら、百文賭《か》けたっていい」と若い男が膝を叩くと、

「まあ、雛五郎さんはね」と猿車は話に首を突っ込む。「気随気儘なところがありやすからねぇ。気に入らねえことがありゃあ、あのお人はすぐに誰かを喰っちまいそうだ」

「いんや、あっしは上方の野郎だと思うがね」と髪の薄くなった男が言えば、

「平右衛門さんが鬼ならそりゃもうおとろしい」とこれまた、猿車の首は伸びる。

「あれだけ真面目なお方なんだ。次に人を喰うときは細けえ肉なんて残したりしねえ。わしらは丸ごとあのお人の肚の中に入るんだよぉ、くわばらくわばら」

そうだよ、これだよ。藤九郎は猿車を見ながら、一人深く頷いた。これが尋常の反応というもの。鬼だと聞けば誰だって震え、身構える。猿車の怯えた様子が伝染《うつ》ったのか、部屋の男たちもざわついていて、藤九郎は安堵《あんど》すると同時にふと思う。もしかしたら、これまでの役者たちもただの痩《や》せ我慢だったのかもしれねえな。そして、それはこの人にも言えるお話で。隣でじいと猿車を見つめている魚之助を横目でうかがい、藤九郎は軽く鼻を鳴らした。

　これ以上聞いていても何も出はしないだろうと、藤九郎たちは楽屋を後にした。藤九郎たちが廊下の角を曲がりきるまで、猿車は深く頭を下げていた。

　だが、今、藤九郎はそんな猿車よりも深く深く頭を下げている。

「白魚屋魚之助でございます」

　斜め前で平伏していた魚之助はそう挨拶するなり、すいと頭を上げたが、藤九郎は体が縮こまって動かない。

　中村座と一本道を挟んで構える芝居茶屋、蛭子屋《えびすや》は江戸で名の知れている大店《おおだな》で、ただの鳥屋が足を踏み入れることなど一生なかったはずなのだ。杉磨丸太を床柱に用いた茶室風の部屋には黒漆塗りの高脚膳《たかあしぜん》が並び、刺身や煮《に》染《し》めが盛り付けられて、まるで鹿《か》の子絞りのような美しい細工だ。やはり、こんな部屋に似合うのは、あんな風にでん、と大きく胡座をかけるようなお人たちなんだろう。

「こりゃあ、夢のようやぜ。あの白魚屋に酌をしてもろうとる」

「ほら、大久保《おおくぼ》はん。やっぱり江戸まで足を延ばしてよかったでっしゃろ」

「よう言うわ。あんさんやって大坂を出る前は腰が重そうやったでおまへんか」

　ようやく伏した顔を上げ、座敷の真ん中をうかがうと、仕立ての良さそうな渋色の羽織に身を包んだ男たちが、着物の裾を引きずって回る魚之助から酒を注がれ、それを一気に干している。

「こいつは京谷屋《きょうたにや》に会いにきた甲斐《かい》がありましたわ」

京谷屋、初島《はつしま》平右衛門は楽屋にいなかった。楽屋暖簾をそろそろと上げ、三階の楽屋の中を見回して、残念だ、ああ残念だとうきうき踵を返そうとした藤九郎に、声をかけてきたのは通りがかりの裏方で、聞けば平右衛門は贔屓に呼ばれてつい先ほど小屋から出て行ったばかりだと言う。向かった店の名前まで教えてもらっては行く他ならず、蛭子屋の敷居を跨《また》いだのだが、出てきた番頭が眉を下げて言うには、ああ、一足遅うございました。なんでも一度店には来たが、贔屓らの名前を聞くなり、支度をしてからまた来ると家に帰ってしまったらしく、ここでも平右衛門とはすれ違いとなってしまった。だが、蛭子屋の女将《おかみ》は藤九郎たちの背中を押して、店にあげた。大坂からわざわざおいでなすった贔屓さん方でね、と女将は揉《も》み手をしながら、話しかけてくる。

「初日の幕が開く前に、贔屓の役者を景気づけようと会いに来たらしいんですが、皆様、昔は白魚屋の熱い贔屓だったらしくてねぇ。どうです、ちょいと座敷に顔を出してみませんか」

干した猪口《ちょこ》を乱暴に置く音が部屋に響いて、藤九郎は思わず背をぶるりと震わせた。江戸にも名を轟《とどろ》かす大店の商人ともなると、伊万里《いまり》猪口のひとつやふたつ壊れようと気にならないものなのか。それともただ酔いが回っているだけか。

「白魚屋は上方の誇りだっさかい」

嗄《しゃが》れた声は呂律《ろれつ》が回っていない。気付けば、五人の男たちも皆が赤ら顔で、酒ででっぷり膨らんだ腹を揺すっている。

「上方の役者たちは、みんな白魚屋を見ならうべきやぜ」

「せやせや、江戸もんなんかに負けててどないすんねん」

「江戸もんは芝居のおもしろみっちゅうのを勘違いしとる」

「こっちでは荒事《あらごと》とやらが流行《はや》っとんのやろ。荒々しいのがなんでもええっちゅうもんやないで」

　そらまた上方さんの病が出始めた。藤九郎は見えないように顔をしかめる。どうもこの上方者の病というのは、ところ構わず口から飛び出す重い病のようだ。

「だいたいからして、日の本の真ん中っちゅうたら大坂や。上方からの下りもんで、江戸のくらしを回したってるゆうても言い過ぎやおまへんで」

「せやから上方の役者が、江戸の役者に負けるようなことがあってはあきまへん」

「その点、白魚屋はとんでもあらへん役者やったでえ。大坂から下ってすぐさま、江戸のもんをあっと言わせとった」

「わてらも鼻高々だしたわ。白魚屋が芝居に出るたんび、幟《のぼり》を贈り、角樽《つのだる》を贈り。芝居小屋を白魚紋で飾り立てるんは、えろう気持ちよかったわ」

「それやのに」ぐいと注がれた猪口を呷《あお》り、「……あのだぼ、今思い出しても血ぃが沸く」

　一人の男が吐き出した言葉が床を這い、それを皮切りに飛び交う声は勢いを増す。

「やっぱり江戸もんは気が変なんが多いんや」

「その中でもあいつは飛び切り頭がおかしかったで。取り押さえられても舞台に垂れた血を舐めとったらしいやないか」

「人魚の尾びれが欲しかったやなんて、煎《せん》じて不老不死の薬でも作るつもりやったんかいな」

のう、白魚屋。その問いかけに、藤九郎は思わず顔をあげて、魚之助を見た。魚之助を追うようにして、畳の上を波打っていた着物の裾が一瞬の内に凪《な》ぐ。魚之助は、ただ黙って笑みを浮かべている。

「はじめは耳を疑ったわ。あの白魚屋の足がのうなったなんて話、信じられるわけがあらへん」

「もう大坂は阿《あ》鼻叫喚《びきようかん》やぜ。配られた読売を読んで、卒倒する女子もおったさかい」

「店を閉めて寝込む者も多いだしたな。わても三日は布団から出られへんかったでぇ」

藤九郎は足についての詳しい話を魚之助から聞かされていない。ただ、ちょっきん切ってしもたんや、とそれだけだ。なにかに挟まれでもしたのだろうか、それとも病を患ったのか。そう手前勝手に想像するだけだったが、今の言い振りだとその足は誰かに襲われたことが原因だということか。

「でも、白魚屋がここに顔を出すようになったちゅうことは、魚之太夫の雪姫《ゆきひめ》をこの目でも一度見られるいうことなんやろ」

「阿呆《あほう》、そこは雲《くも》の絶間姫《たえまひめ》やろ。あの色仕掛けはそこいらの女形にゃあでけへんわ」

男たちは一転、楽し気に会話を弾ませている。やれ八百屋のお七《しち》だの花魁夕霧《おいらんゆうぎり》だの役柄と思《おぼ》しき名前が挙がっていくが、ここで、

「お話の最中に相済みませんが、ここいらでお席を外させていただきとうございます」

凜《りん》しゃんとした声とともに、魚之助が深く頭を垂れていて、藤九郎も慌てて己の頭を畳に擦り付ける。

「そうかい、そいつは残念やが、白魚屋、今日はお前さんに会えてよかったぜ」

男はちょいちょいと人差し指で魚之助を呼ぶと、その手に小金を握りこませた。

「次に舞台に立つときは、わたいに教えておくんなはれや。舞台に一等近い席にうちのもんを並ばせたる。なぜってそら、お前さん、」

魚之助を背負って廊下に出ると、どこからか刺さる視線を感じて周りを見渡す。振り向き、藤九郎は思わず一歩後ずさった。藤九郎の耳の中では、部屋を出る前、男に掛けられた言葉がなぜだか渦を巻いている。

「二度とあないなことが起こらんようにやないか」

廊下の奥には、息を切らせ、鬼のような目つきでこちらを睨《にら》む平右衛門が佇《たたず》んでいた。

みたらし団子を口に入れ、藤九郎はほうっと息をつく。

贔屓たちのいる部屋へ黙って入っていった平右衛門の最後の一瞥《いちべつ》に強張っていた顔が、

次第にほぐれていくのが己でもわかる。続けて放りいれた二個目の団子はほんの少し焦げていて、苦味がかったその味も藤九郎の心を柔らかくする。

やはり役者という生き物が住んでいるのは、想像だにしない豪儀な世界だった。あそこは一介の鳥屋が足を踏み入れてよい場所ではない。座元の部屋で出された花林糖《かりんとう》も、芝居茶屋で出された練羊羹《ねりようかん》も、己には高直すぎた。藤九郎には、中村座から帰る道中見つけたこんな団子屋ぐらいがお似合いなのだ。だからこそ、と藤九郎は横目で団子を細切れにしている魚之助を見る。早いところ鬼を見つけて、この人に元の世界へ戻ってもらわなければ。座元、中村勘三郎の目論見《もくろみ》通りに。藤九郎はまた一つ、みたらし団子を口に放り込む。

藤九郎は不思議だったのだ。一体どうして勘三郎は、大切にしているはずの魚之助に鬼退治なんかを頼んだのか。しかし、小屋の中を巡っているうちに藤九郎はぽんと気付いた。ははん、なるほど。こいつは魚之助のお株上げに違いない。中村座を悩ます事件を解決すれば、魚之助の評価が上がる。評価が上がれば、魚之助は芝居の世界へ戻りやすくなる。芝居の世界に戻った魚之助と藤九郎を結ぶ縁《えにし》の糸はすっぱり切れる！

「鬼に目星がついてよかったですね」

床几《しょうぎ》の上に置いた尻を滑らし隣に座る魚之介に近づいたが、魚之助は口元を片手で隠したまま、黙って団子を食《は》んでいる。

「やっぱり寅弥さんと平右衛門さんが怪しいですよね」
声を潜めて囁いた。

「寅弥さんは死んだ鼠を食べてたっていうし、平右衛門さんは赤い爪を伸ばしてたっていうじゃないですか。決まりですよ。このどちらかが鬼ですよ。まあ、寅弥さんも角を見たってんですから、平右衛門さんの方に軍配は上がっちまいますが……」

そこまで聞いてから、懐紙《かいし》を取り出しゆっくり口周りを拭った魚之助は、

「お前はほんに鳥頭やのう」としみじみ言う。

「そんなんやから、後ろから簡単に捕まえられる阿呆やって言われるんや」

「だから、俺は阿呆鳥じゃないと……」

「あいつらは鳥なんや」

ぴいと聞こえた鳥の鳴き声に隣を見ると、魚之助がにやりとしてから口をすぼめる。そしてまた、ぴい。

「今のは鳴き真似？　魚之助がやったのかい？」

「ああ、ちゃうちゃう。鳥やのうて女やったっけかな」

「はい？」

「そいつもちゃうか、女やのうて鬼やったわ」

「ちょっと、気でも違ったんですか」

皺の寄った眉根に人差し指の腹をのせ、「藤九郎」と魚之助は呼びかける。

「役者の言葉はそないにぽんぽん信じるもんやない。舞台に乗れば、役者は鳥にも、女にも、そして鬼にもなれる。客を騙《だま》すんが役者の仕事なんやぜ」

藤九郎は口を噤《つぐ》んだ。だがしかし、今日聞いた役者の言葉をどれも信じてはいけないというならば、

「な、なら、俺たちはどうやって鬼を見つけだしたらいいんですか」

情けない口振りをふふんと笑い、魚之助は藤九郎の額をつんと押す。

「あたしたちは人食いが起こったときの話を座元から聞いたわな。あれを聞いて信天、どう思た？」

鬼がぞんぶりと喰らいついたのは喉元だったのだろう。藤九郎は想像する。頭が転がり落ちるくらいだ。思い切り牙を立て、下顎の肉を簡単に捩《ね》じ切ったに違いない。そこにはなんの躊躇《ちゅうちょ》もない。勿論、音なぞ気にしない。床の上の頭を口の中に押し込み、ぱきり、ぽきり、がじごじ、ちゅるちゅるり。

「……残忍だ」

「せや、残忍や。鬼は化け物やさかい、残忍なんや。なら、どれだけ人間のふりをしとっても、人間には真似でけへん残忍さが鬼には現れてくるんとちゃうか」

なるほどな、と藤九郎は思わず湯のみを握りしめる。

「そこで、今日の役者たちの話や」

魚之助は一口茶を飲むと、赤い舌をちろっと出して唇を湿らす。

「お前、気づかへんかったか。あいつらの話の中の鬼はぜんぶ造形が違いすぎんねん。雛五郎が見たんは黒い牙、寅弥が見たんは白い角、由之丞たちが見たんは赤い爪。なんや色

もばらばらやし、誰一人同じものを見とらへん。そら、誰かに成り代わってる鬼は嘘をつくやろう。せやけど三つも証言が出てくるんはおかしな話や。ちゅうことは、や」

「……あの人たちの中で、鬼を見たと嘘をついている人間がいる？」

「そういうこっちゃな」

「でも、どうしてそんなことをしなきゃいけないんですか」

見間違いなら許せもするが、目立ちたいだけの嘘なら冗談ではない。現に人が一人死んでいる。すると、魚之助は「そや、それや」と言って、団子の串《くし》で藤九郎を指す。

「なんでそないな嘘をつくんか。なにかしら魂胆《こんたん》があるはずや。そいつを暴いて引きずり出せば、肚ん中にある本の心も一緒になってついてくる。信天はそれが人間のものか、鬼のものなんか、判断したらええ」

「判断するって、そんなのどうやって」

「すかたん。さっきあたしは鬼がどういうものやって言うたんや」

「……残忍な化け物だ。そうか、人間とは思えない心を持っているやつが鬼ってことか！」

腰を浮かせる藤九郎の隣で、魚之助は湯のみの紅のあとを丁寧に拭《ふ》いている。

「事件の話はどいつに聞いても座元のものとほとんど変わらんし、人食いが起こったときの行動でべっちょおかしい人間はおらへんかった。部屋からわかる証拠もなし。そんなら、方策はこれしかない」

袂から二人分の銭を出し、魚之助は床几へと置く。両腕を突き出し、そのまま藤九郎の背中にきゅっと摑まった。

「目ぇ離したらあきまへんで、信天翁」

藤九郎の耳裏を魚之助の吐息が撫で上げていく。

「あいつらの心玉はあたしが引き摺《ず》り出してお前の前に並べたる。お前は鳥をみるときと同じように、心のひだの隙間まで隅々じっくり観察すればええ」

魚之助の動く右手が脇に触れ、ぞくりと肌が粟立《あわだ》った。

「さあ、鬼暴きの幕が開くで」

後ろを見ずとも藤九郎には、背中の男が口端をつり上げていることがわかっていた。


太夫、その赤手拭い、とんだ反響ぶりでござんすねぇ。

ふふん。

江戸中から赤手拭いが売り切れ御免ってなもんですから、とんでもねえや。

あら、そないな話、初めて聞いたわいなぁ。

いやですよ、太夫。知っているくせにそんなこと言って。江戸で赤手拭いを持ってねえ女子は一人もいないって話ですよ。江戸中の女子が魚之太夫の真似をして、左足首に、ほら、こうやって結ぶ。おまけに口元に黒子まで描いてる女子までいるってんですから、流石、天下の脚千両だ。

……。

あの事件が起こったときはどうなることかと思いやしたが、太夫のおみ足に大事がなくて本当によかったですよ。切り傷は皮一枚分だけと聞いて、あっしはほっとしてどれだけ長え息がでたことか。もし切り落とされてでもいたらと思うと、……太夫？　そんなに顔をしかめてどうしました？

……ああ、なんでもないわいな。

額に汗も浮かんでおりますし。そういや、その手拭いを巻いているところって、あのとき切られたあたりでしょう。お大事になすってくださいね。

ちょいとしびれただけや。どうということはあらへん。ほれ、芝居が始まる。そこをどかんかい。


簞笥《たんす》から引っ張り出した藍鼠《あいねず》の小袖には三羽の川蟬《かわせみ》が舞い、その上に着付けた江戸茶羽織には朝顔を啄《ついば》む時鳥《ほととぎす》があしらわれている。普段は袖を通すことのない一張羅に身を包めば、重い眠気に曲がっていた背筋も、定規を差し入れたかのようにしゃっきと伸びた。

まだ朝日も顔を出さない暁七つ。藤九郎は自宅の戸に手をかけると、勢いよくがらりと横に引く。が、真正面から押し寄せてきた軍勢が藤九郎を家の中へと押し戻した。ひえと思わず口から飛び出た情けない悲鳴は、三人娘が抱えた着物を上がり框《がまち》に放り出す音でかき消える。

「やっぱり思ったとおりだったわ。ほら、見てよ、こんなものを着付けてる」

「なんでえこの柄。鳥模様なんかで小屋へ行くとは、信天、てめえ芝居を舐めてんのかい」

「ねえねえ、桜羽紋にしようよ、桜羽紋。雛五郎様の紋がいいよねぇ」

次々と剝《む》かれ、たちまち襦袢《じゅばん》姿になった藤九郎に持ち寄りの着物をあてがいながら、三人娘はああでもないこうでもないと吟味する。着せ替え雛《びな》当人は一人置いてけ堀で、口を挟む隙もない。

「ほんとに羨《うらや》ましいなぁ、中村座の芝居が見られるなんて。今日は初日なのに、すでにこの先五日は札止《ふだど》めなんでしょ」

「上方で人気の平右衛門が主役をはるってんで、芝居贔屓がみんな競って木戸札を購《あがな》ったらしいからね。尋常なら再来月の顔見世で初お目見えの役者が先に見られるってんなら見たいだろ」

「しかも、今回のお芝居の二番目はあの『曾根崎心中《そねざきしんじゅう》』の再演なんでしょぉ。よくお上が目をつぶっていなさるもんだよねぇ。本や板に上げるのは厳禁、心中って言葉も禁じてるぐらいなのに。今ではなんだっけ、相対死《あいたいじに》って言わなきゃいけないんだっけ。ううん、舌嚙んじゃいそ」

「そこは中村座も考えたみたいよ。また相対死……んもう、心中でいいや、心中が流行って、怒ったお上が興行差し止め、当面の間は控え櫓《やぐら》へ興行明け渡しなんて、えらいことでしょ。だから、ちょっぴり芝居の筋を変えたんだって。哀れにも心中をした二人がね、鬼になって蘇《よみがえ》んの。そのあとはばったばったの立廻《たちまわ》り。だから心中物じゃなくて妖怪《ようかい》物」

「外題《げだい》が変わったのだってそれが理由だろ。『曾根崎心中』から『堂島連理柵《どうじまれんりのしがらみ》』……まあ、悪くはねえな」

「そういえば、信さぁん。芝居に行くからには『曾根崎心中』の筋ぐらい、きちんと読んでいるんだよねえ」

いきなり向けられた水を下手くそな笑いで濁せば、三人娘たちはいやあ、と素っ頓狂《とんきょう》な声を上げた。手の中の着物を放り投げ、藤九郎の目の前に三人並んで、達磨《だるま》のごとくでんと座る。

「手代の徳兵衛《とくべえ》と遊女のお初は、そりゃあもう互いに愛し合っていたんだよ」というのがこの芝居の始まりらしい。

「でも二人はそう簡単には会えない間柄でしょ。手代は働かなきゃ金はなし。遊女は客をとらなきゃ生きてはいけない。だけどね、二人は会えなくても肚の深いところでしっかと繋がっていたんだよ」

「そんなある日に事件が起こる。徳兵衛は友だと思っていた男、九平次に騙されちまうのさ。徳兵衛は金を貸してやったのに、九平次は金を返さねえばかりか徳兵衛を盗人《ぬすっと》よばわりしてくる。徳兵衛は金を貸したときの証文を取り出すが、九平次は頭の回る野郎でね、その判子は以前に俺が盗まれたもの、つまりお前は判子を盗み、そいつで偽の証文を書いたんだ、なんて言う始末。しまいにゃ、徳兵衛は九平次とその取り巻きに殴られ蹴られでぼろ屑《くず》にされちまう」

「その九平次役が雛五郎様だからねぇ。きちんと見てきておくれよぉ。そんでお話の続きだけどねぇ、運の悪いことにその騒動にはお初が居合わせていたんだよ。でも、お初は客と一緒にいたから、徳兵衛を助けられないままお客に連れていかれちゃう」

「ちょいと次はわっちに喋らせな。ここがこの芝居のいっちいいとこなんだから。その夜、店に戻って沈んでいるお初のところに、徳兵衛が現れる。昼間の不遇に二人して泣いていると、あの九平次が現れるんだから大変《てえへん》だ。お初は自分の着物の裾ん中へ、徳兵衛を隠すのさ」

「だめだめ、ここからはあたしに言わせてよ。言い寄ってくる九平次を勿論、お初は突っぱねた。すると、九平次は徳兵衛をせせら笑うのよ。あいつはもうおしめえだ。偽の証文作りでお縄につくのも時間の問題。主人の信頼も失って、店からほっぽりだされちまったよ。この江戸じゃあもう生きてかれねえだろうな、ってね」

「そこで、かの有名な、足の心中契《ちぎ》りが見られんの。艶《なまめ》かしいったらたまんないよぉ」

「ばか蔦、そんな説明じゃ伝わんねえだろ。徳兵衛はもう死ぬしか道はないってんで、それをお初に伝えようとするんだよ。お初の裾ん中からお初の足に自分の喉をくっつけて、喉仏をすすう、と滑らせる。お初もそれで心得て、徳兵衛にふくらはぎをぎゅっと押し付けるのさ」

「最後は死出の旅路の道行《みちゆき》なの。お初はお店を抜け出して、徳兵衛とふたり、曾根崎の森の奥深くに駆けていく。見つかりゃすぐさま大罪人だ。それでも今世で添い遂げられないならせめて来世で一緒になろうと一縷《いちる》の望みに託して逃げるその健気《けなげ》さ！」

「お初の帯でふたつの体を一つに結んだあとは、やることたぁひとつ。徳兵衛は短刀をお初の喉《のど》につきつけるんだ。お初も震える徳兵衛の手に己の両手をそっと添え、一緒になってぐっと一思いに力を込めた。真っ赤に染まったお初の体を胸に抱き、徳兵衛が己の喉に刃《やいば》を立てりゃあ、ふたりは」

「「恋の手本となりにけり」」

三人娘の声がぴちりと合った。ほぅと一つ息をついたあとは、もう止まらない。

「ああんもう、見たくてたまんないよぅ雛五郎様の敵役《かたきやく》。でも、五牛さんが書いた筋だったら安心だなぁ。ずっと座付きの作者さんなんだもの、雛五郎様が引立つように上手《うま》く書いてくれてるはずだよねぇ」

「敵役なんて添え物さ。やっぱり主役の平右衛門がたっていなきゃあ芝居は始まんねえ。ただね、わっちゃあ今回、妓楼《ぎろう》の旦那《だんな》役にも目をつけててね。八百吉だっけか、若いながらも可愛らしい男振りじゃないか。今まで旅芝居でくすぶってたのが嘘のようさね」

どおん、と遠くで聞こえた一番太鼓の打ち出しに、藤九郎は尻《しり》をむずむずと動かした。あれが鳴る頃合いには、己は紅殻《ベンガラ》塗りの扉を叩《たた》いていなきゃいけなかった。だが、三人娘はどこ吹く風。藤九郎の支度《したく》はとっくのとうに終わっているのに、姦《かしま》しい嘴《くちばし》は止まらない。

「主役が大事ならその女房も大事だよねぇ。でも、寅弥はちょっと名題になるのが早すぎたって思わない？　大きい名跡《みょうせき》を継いでるけど、あの子、芸が軽すぎて見てらんないもの」

「そいつはわっちも同じ意見だ。花魁《おいらん》仲間を演じる由之丞の方がずっといいぜ。あっちの方が貫目《かんめ》がある。長年、下積みからやってきただけのことはあるさね」

今、自宅を飛び出したところで約束の刻限に間に合うはずもない。また剣突をくらう己の姿が目に浮かんで、羽織をのせた肩を大きく落とした、そのときだ。

「ちょっとお二人さん、誰かをお忘れでないかい」

おみよの声に、藤九郎は背筋をぴいんと伸ばす。

そうだよ、これでも好き好かれの間柄。気づいてくれるとは期待していた！

『曾根崎心中』のお初って言ったら、魚之助様を差し置いてほかに誰がいるってんだい！」

ああ、背中の骨をつるりと引っこ抜かれたような心持ち。

「魚様のお初は絶品で、江戸中の女の子が魚様の真似したこと、あんたたちだって覚えてるでしょ。みんながみんな、赤い手拭《てぬぐ》いを左の足首に巻いて、顔には墨で黒子《ほくろ》を描いたりしてさぁ」

「なんでえ、いつまで昔のことを言ってんだい。そりゃあ、あの人のお初は素敵だったけど、その芝居をかぎりに舞台を降りちまったじゃないか。いなくなった役者をいつまで追い続けても詮《せん》がねえやい」

「だけどさぁ、舞台を降りた理由がその赤手拭いってのは何度思い出しても、可哀想だよねぇ」

「でも、あの赤手拭いは中村座の大入りに一役も二役も買ってたわ。みんなが魚様を見に来てた。お初がそうっと裾《すそ》を広げると、白いおみ足が闇の中に浮かび上がってくるの。ほんの少し動かすだけで足首の縮緬《ちりめん》絞りがひらひらと動いてね、もう息もしてらんない。心中契りの場面では、丁度徳兵衛の胸あたりに手拭いがきて、まるで血潮が噴き出してるみたいで……」

わあ、と突然家の外であがった歓声に三人娘は口をつぐんだ。藤九郎もすぐさま板間に手をつき、立ち上がる。こんな朝っぱらからなんぞ事件でも起こったのか。三人娘にぐいぐいと背中を押されるままに、腰高障子をそっと開けて外をうかがってみれば、道の真ん中に小さな人垣ができている。そしてその人垣に囲まれるようにして、駕籠《かご》が二丁止まっている。贅沢《ぜいたく》者の証《あかし》である駕籠は、ここいらに住む者たちにとって気軽には使えない乗り物ではあるものの、ここまでの騒ぎを呼ぶ代物でもない。と、なると残るは、その中身。四枚肩の駕籠の引き戸が僅《わず》かに開くと、するり伸びてきたのは見覚えのある真白の手で、藤九郎は天を仰ぐ。すぐに気付けなかったのは、あたりを漂う朝霧のせいだろう。二丁のうち手前に止まっている駕籠の面には、鱗《うろこ》を煌《きら》めかせる白魚が一匹。そういえば、大坂から江戸への乗り入れの際、己の紋付き嫁入り駕籠を持参した女形がいたとかなんとか。顔を戻せば、駕籠から生えた白魚のような手のひらが、家の前へ立ちつくしている藤九郎を、おいでおいで、と呼んでいる。

ため息をつく藤九郎の背中からは、きゃあ、と三人娘の歓声が上がっている。

威勢のよい魚河岸《うおがし》を通り過ぎ、潮の匂いをさせる親爺《おやじ》橋を渡った此処《ここ》が、数日前に歩いたあの芝居町と同じ場所だとは、藤九郎にはとうてい信じられなかった。

飛脚が汗を散らして軽やかに走り抜け、「ひゃっこいー、ひゃっこい」と長閑《のどか》な声を上げながら冷や水売りが白玉入りの甘水を売り歩いていた大通りは今や、行き交う下駄《げた》で覆い尽くされ足の踏場がない。その下駄に洒落《しゃれ》たものが多ければ、着ている着物も色取り取り。目の前を通り行く大勢の姿に目が眩《くら》む。お上からお達しが出ているにもかかわらずのその派手っぷりは、人々の芝居に対する気合いの入れようがよくわかる。三人娘たちの早朝からの騒動も、あながち大袈裟《おおげさ》なものではなかったらしい。

魚之助が用意した駕籠に乗り込み、前を行く白魚紋の駕籠を追いかけ進んでいたのだが、芝居小屋が近くなると、駕籠と駕籠の間にわさわさと人が入り込んできた。こんなところで置いてけ堀は冗談じゃないと慌てて駕籠から飛び降り、己の足で魚之助の駕籠を追いかけたが、目印の白魚を人波に飲まれて見失うこの始末。せめて中村座の入り口に辿《たど》り着かねばと思うも、見ればそのあたりは戦場《いくさば》だ。小屋の表は芝居の筋が描かれた芝居絵や、墨で役者の名前が記された看板などが飾り付けられ、木戸芸者と呼ばれる芝居者が台に乗って盛んに客を呼び込んでいる。木戸口前の押し合いへし合いに巻き込まれぬようなんとか踏みとどまりながらも、ひとり呆然《ぼうぜん》としていると、

「阿呆《あほう》たれ、あたしはこっちゃ」

声のする方を向くと魚之助が駕籠から身を乗り出している。藤九郎は全力で目の前の人波を掻《か》き分けた。

鬼探しを依頼され、帰り道に団子屋に寄ったあの日から十日がたつ。その間、魚之助からの呼び出しはなく、もしや鬼探しは立ち消えたのではと胸を撫《な》で下ろしていたのも束の間のこと、二日前、突然百千鳥に現れた河鹿《かじか》から、中村座の初日は終日なんの用事も入れぬようにと伝え置かれた。魚之助からの連絡がなかった理由を尋ねてみれば、なんでもこの七日の間、腹が痛くて寝込んでいたという。だが、久方ぶりに見る魚之助はぴんぴんとしていて、駕籠を降りた魚之助を背に藤九郎が木戸口に向かおうとすると、拳《こぶし》で頭をごつんとやってくる暴れっぷりだ。

「あないな小さい鼠穴から、このあたしが入るわけがあらへんやろ」

魚之助の顎《あご》が指し示すままに入ったところは小屋の向かいにあるあの芝居茶屋、大坂からの贔屓《ひいき》たちの相手をした蛭子屋《えびすや》だ。

「あそこに群がってんのは、吉野《よしの》やら羅漢《らかん》台しか買われへんような素寒貧《すかんぴん》のお客はんらや。桟敷《さじき》みたいなええ席が買えるお人らは、芝居茶屋を使いはる」

茶屋の裏手に回ると、お待ち申し上げておりました、と蛭子屋の手代がこちらに向かって頭を下げる。なんでも座元が藤九郎たちのために席を用意してくれているらしい。蛭子印の入った下駄に履き替えてから桟敷口をくぐり、案内のままに廊下を進めば、一つの座敷に通された。

「芝居茶屋がなんでも差配するもんなんや。今日はあたしの駕籠を使うたけど、普段やったら駕籠も昼餉《ひるげ》も菓子も茶屋の者《もん》が用意してくれる。猪牙舟《ちょきぶね》なら船着き場まで提灯《ちょうちん》もった迎えがくるんやぜ。お大尽様にもなった気ぃがするやろ。そんで芝居が始まる刻限になったらまた茶屋の者《もん》が呼びにきて、席まで案内してくれる。せやから幕があがるまではこうやって茶屋で一服や」

そう言って、魚之助は煙管《キセル》の吸い口をこちらに向けてくるが、緊張で縮こまっている藤九郎の胸は煙管の煙を受け付けない。代わりに出された水饅頭《みずまんじゅう》に手を伸ばすが、その手を魚之助がぱちんと叩く。

「ここの饅頭は餡《あん》が硬うて食えたもんやない。桟敷席にも菓子売りが来るさかい、そっちにしとき。そこでならゆっくり食えるやろ」

それならと藤九郎は素直に手を引っ込めたのだが、その桟敷席で藤九郎はわなわなと体を震わせる。こんなところでどうやって、ゆっくり菓子を食えというのだ！

舞台を正面にし、東西の壁に沿うようにして上下二段に桟敷席は設けられている。藤九郎たちの桟敷は西側だ。間仕切りで部屋のようにしつらえてある席に腰を下ろし、落ちぬように体の前に渡されている横木に手をかけた。身を乗り出して小屋の中を眺めれば、そこかしこに顔、顔、顔だ。天井近くまで人が詰め込まれており、舞台の上にまで席が用意されている。口を開けたままの藤九郎の頬《ほ》っぺたを隣の魚之助が指でつっつく。

「なんやねん、その間抜《まぬ》け面」

「この景色が本当のものだって信じられないんですよ。みんな華やかで笑っていて楽しそうで、まるで夢の中にいるみたいだ」

「……ふん」

魚之助は鼻で笑うが、藤九郎は心の底から感動しているのだ。ここに座って小屋に渦巻く熱気に身を任せていると、己が抱えている何もかもを手放したくなってくる。店の売り上げのことも、鳥の病のことも、しつこい客のことも。

そして、芝居小屋で息をひそめている鬼のことも。

「ここにずっといただなんて羨《うらや》ましいなあ。楽しかったでしょう？　毎日が夢の中なんだから」

「……楽しかったで。現《うつつ》に戻ってこられへんようになってまうくらいに」

藤九郎はふと隣に目をやった。舞台をまっすぐ見つめている魚之助の横顔に、藤九郎のいつもの癖が顔を出す。肌を仕立てる白粉《おしろい》は普段よりも濃く、耳の後ろまで丁寧に。玉虫色の唇は艶《つや》を出すために何色も塗り重ねられているようだ。涼しい顔をしているが、なんでえ、魚之助もちょっとは浮かれてんじゃねえか。ほんの少し微笑ましく思ったところでチョンチョンチョン、と拍子木が鳴って、藤九郎は顔を舞台に向ける。ちらりと目の端に、白い指が己の腹をするすると撫でているのが映ったが、そんな手癖に構っている暇はない。

幕が開いていくにつれ、あちらこちらの客席から歓声が上がる。客たちの熱気で小屋の天井が持ち上がりそうだ。てれつくてん、と鳴り物が鳴れば、待ちに待った役者のお出まし。小屋中の視線が集まる花道から一人、姿を現した瞬間、小屋は水を打ったように静かになった。皆が呆気《あっけ》にとられている中、誰かが我に返ったように客席から声を張り上げた。

「待ってました！　桜羽屋！」

はよせんかい、と背中から浴びせられた魚之助の声音《こわね》にはかつてないほど深く霜が降りていた。藤九郎は急《せ》かされるまま廊下を走り、楽屋暖簾《のれん》をくぐり抜ける。芝居終わりで足は痺《しび》れていたが、背を向けている楽屋の主はまだ楽屋風呂《ぶろ》も使っていないのだろう、衣紋《えもん》から覗《のぞ》く首筋は真っ白い。そこに幾筋もの汗の跡が見えて、藤九郎は申し訳無さから体を縮こめた。だが、魚之助は藤九郎の背中から飛び降りるなり、力一杯畳を叩く。

「こないな真似、ようもできたもんやね」

突き刺すようなその目には、立派に主役を務めた役者へのねぎらいはみじんもない。

「言うてみい。どうやって平右衛門から徳兵衛役を分捕りやがった」

楽屋の主は鏡台の前でくるりと体を回す。こちらを見やった桜羽屋、雛五郎はにやりと口端をあげた。

「おいおい、俺っちを責めんのはお門《かど》がちげえよ。役を取り替えようと提案してきたのは座元だぜ。すべては旦那の一存さね」

「嘘をつくない」

「嘘じゃあねえさ」

雛五郎はさらりと返し、「それに」と続ける。

「それに、分捕ってなんかいねえのよ。主役は順繰《じゅんぐ》りで演ずることになったのさ。今日は徳兵衛を俺っちが演じて、九平次を平右衛門が演じる。明日《あした》は徳兵衛が平右衛門で、俺っちが九平次だ。明日になりゃあ、平右衛門の徳兵衛が見れるんだからいいじゃねえか」

「今日来た客に悪《わり》ぃとは思わへんのんか。平右衛門の徳兵衛目当てで高《たけ》ぇ桟敷を買《こ》うていた平右衛門贔屓やっているはずや」

「さあてねぇ。そんなお人がいるのかねぇ。いたとしても、俺っちの徳兵衛が見れたんだからよかったんじゃねえの」

だん、と畳を鳴らすのは手ではなく、短くなった右の足先だ。これ以上削れてしまったらどうするのだと藤九郎は思わず魚之助の袂《たもと》を引いたが、畳に足を立てている魚之助の体はびくともしない。

「調子に乗るんやないわ、若蔵が」と雛五郎を睨《ね》めつける。

「客を馬鹿にするような真似しくさって。表に出てみぃ、平右衛門の贔屓らが大騒ぎしとる。あたしたち役者はお客はんらを楽しませるんが仕事なんや。その人らを怒らすような腐った真似だけはしたらあかんのや！」

　火の玉を吐くように言葉をぶつける魚之助に、雛五郎は衣装の裾を払って魚之助の前に座り直した。白粉の混じった汗が一筋、雛五郎の首を伝って落ちる。

「……いいねぇ」

　じわり、湯が滲《にじ》むように笑みが顔に浮き上がる。

「……なんやの」

「お前さんは、いい役者だねぇ」

　雛五郎は腕をあげ、魚之助の頬にそっと指を滑らせた。白くなった指を見せつけ、へへへと声を上げる。魚之助はその指から目を逸《そ》らせ、吐き捨てるように言う。

「……お前は悪い役者や。今に見とれ。客からしっぺ返しをくらう」

「おや、お前さんに言われると身に染みるぜ」

　雛五郎は肩をすくめた。と、そこへ廊下から声がかかる。肚《はら》の底に響くような低い声は楽屋の主の名前を呼び、雛五郎が軽く応《こた》えると、すぐさま部屋の中へと入ってくる者がある。寺子屋の手習い本のような正しい手順で膝《ひざ》をつき、こちらを見て一瞬目を見開いたものの、

「なぜ、あんたがここにいる」

　元の能面に戻った平右衛門は静かに言い放つ。その言い方には溢《あふ》れんばかりの険があった。

「なんや、いちゃあ悪いんか」

魚之助の虫は居所が悪いどころか、肚の中を暴れまわっている。これ以上つっつくような真似はしてほしくないが、平右衛門はなおも冷たい口をきく。

「ここはあんたがいていい場所じゃあありまへんやろ」

魚之助は一寸《ちょっと》押し黙ると、片方の口の端をくいとあげた。

「結構な言い草やないのん。あたしが誰の肩を持ったってると思うとる」

「なぜ俺が、あんたなんぞに肩を持ってもらわなあかんのや」

「あたしもお前と同じ大坂根《ね》生《お》いの乗り込み組や。お前がそうやって意固地《いこじ》になるわけもようわかる。そいつを呑《の》み込んだ上で、あたしは言うたってんのやろ。先達《せんだつ》役者の言うことには素直に耳を傾けた方がええんとちゃうか」

「どこに役者がいる」

「……なんやて」

紅の塗られた口端がぴくりと震える。

「どこに役者がいるんかって聞いてんのや」

平右衛門の顔はまっすぐに魚之助の方を向いている。

「役者でもないやつが口を出してくるんじゃねえ」

あんたはもう、役者やないやろう。

その言葉に、魚之助がぽかんと小さく口を開いたのを見て、藤九郎はぎょっとする。その顔はまるで、己が役者でなかったことに今気づいたと言わんばかりの――。次の瞬間、魚之助の濃い白粉の下を真っ赤な血が駆け上るのが見えた。

「そんなら、このあたしに役者ごときが大層な口をきくんとちゃうわ！　てめぇらは所詮、世間様に蔑《さげす》まれる芝居者！　笠《かさ》をかぶって一生下だけ見て過ごしてりゃあええ。お上にずうっと睨《にら》まれて、お縄を頂戴《ちょうだい》する日が楽しみやわいな！」

「わいな、やて？」

短い足で立ち上がり、肩で息をしている魚之助を平右衛門は見上げている。なんの色も映さない氷のようなその目《まなこ》。

「役者じゃねえ人間がどうしてそないな、女のような口をきいている？」

魚之助の唇がきゅっと閉じた。その口に塗られた紅は何度も塗り直されているおかげでちっとも剥《は》げていない。

「どうしてそないな髪形に結っている？　どうして、そないに化粧をしている？」

簪《かんざし》の挿さる大きな髷《まげ》にはほんの少しのほつれもなく、耳の後ろから汗が一滴、白粉と一緒に流れ落ちていく。

「俺らのような役者とは違ってあんたは立派な町人で、そんで、男なんじゃああらへんのか」

その瞬間、魚之助の表情がすとんと抜け落ちるのを藤九郎は見た。

ここにいちゃいけねえ。

藤九郎は己の両手が力任せに畳をぶっ叩く音を聞いた。

「ちょいとすいやせん！　俺たち大事な用を思い出してしまいまして！　ここらでお暇《いとま》をいただきたく！」

飛びかかるようにして魚之助を抱え上げ、返事も聞かぬうちに楽屋を飛び出す。背中にかかる声は聞こえなかった。

藤九郎はこれまで、鳥の命が尽きる様をいくつも見てきた。鳥は己の生にしがみついたりしない。いきなりすとん、と命を手放す。今の魚之助のように。

芝居終わりの小屋の周りは、魚之助が言った通りに贔屓らの怒号が飛び交っていた。あちらこちらで起こっている喧騒《けんそう》の真ん中にはふたつの紋がある。重《かさ》ね扇《おうぎ》に抱《だ》き桜《ざくら》と角切《すみきり》柳《やなぎ》。雛五郎派と平右衛門派がどうやら言い争っているようで、小屋の人間が止めに入ってはいるがどうにも収まりそうにない。ここを突っ切って親爺橋を渡ってしまえば、駕籠をつかまえることができるはずだ。藤九郎は魚之助を抱き抱えたまま、喧騒の中に飛び込んだ。喉の病にかかった鳥の声でさえ拾い上げる藤九郎の耳には、四方八方に入り乱れる声が淀《よど》みなく流れ込んでくる。

「ちょいとこいつぁ、どういうわけでえ。辻番付《つじばんづけ》と役者が違うじゃねえか。おいらぁ京谷屋を見に来たってのによ」

「へん。平右衛門は下ろされたのよ。雛五郎こそがふさわしいってんで役者が交代したにちがいねえさ」

「てめぇ、よくも言いやがったな！」

「何をう、今、殴ったのはどこのどいつだ！」

贔屓たちの怒鳴り声は激しさを増していくが、その間に紛れ込むようにして囁《ささや》く誰かの声がある。

「おうおう見てみねえ、あすこの二人組。誰かと思えばありゃあ、天下の白魚屋じゃあねえか」

「そりゃあ本当か、どこでい、俺っちも見てえや」

「いやぁ、哀れだねえ。足指がきちんとあったときはよかったのに、栄華を誇った魚之太夫もああなっちまったらおしめえよ」

「噂じゃひとり屋敷に引きこもって、贔屓の祝儀《おはな》で暮らしてるってえ話だぜ」

「その白魚屋が芝居小屋にいるってこたあ、檜《ひのき》舞台に舞い戻るってわけかい」

「なに言ってんだい。あんな足でどう芝居をするんだよ。自慢の尾びれがなけりゃあ、泳ぐことはおろか、立つことだってままならねえぜ」

藤九郎は人の間を分け入って進む。肩が当たろうと、罵声《ばせい》を浴びようと歩みを止めない。

「足をなくした脚千両なんて泣かせるじゃねえか。おいらならその姿、一目だけでも拝みにいくね」

小さな頭を己の胸に押し付ける。青白い耳は手のひらで覆った。縋《すが》るように右手が藤九郎の襟元を握りしめてきて、己に腕が二本しかないことを悔やんだ。

「あの足を引きずって、床をずうるりずるりと這《は》うんだろ。まさにあだ名の通りじゃねえか」

陸《おか》へ打ち上げられた魚のごとく、人の背を借りなければどこへも行けなくなったその人を、人々は皆、人魚役者とそう呼んだ。


ちくしょう。


やりやがった、ちくしょう、ちくしょう！

倒れ臥《ふ》したまま顔を上げれば、引き攣《つ》った笑ぃを貼り付けた男がすぐ近くで己を見下ろしている。脳天を突き抜ける痛みで目が霞《かす》み、流れ落ちる脂汗が睫毛《まつげ》に溜《た》まる。男が丁寧な手つきで懐からなにかを取り出した。和紙だ。小さい四辺形のそれを脚の上に落とされると、紙はすぐさま真っ赤に染まる。赤い紙を口に含み、男はちゅうちゅうと吸っている。遠くなる意識にぶら下がりながら、心の中で呟《つぶや》く。なにを勝手に吸っとんねん。血ぃやで。それはあたしの血ぃ。そいで、ここはあたしの見せ場。この魚之太夫の口説き落としの名場面！

一寸の内に肚《はら》の中が沸き上がり、視界が一気に開ける。

手のひらで板を押さえつけ、血濡《ちぬ》れの両脚に力を込めて立ち上がる。

舞台の上に転がる出刃包丁も、舞台の上で留場《とめば》たちに取り押さえられている血吸い男も、もう邪魔にしか思えなかった。芝居の最中、狂った贔屓に役者が襲われたとあって小屋の中は騒然としている。客席から立ち上るその金切り声もその怒号もすべて、あたしへの喝《かっ》采《さい》に変えてやる。

せやから、芝居を。

芝居を続けろ。

あたしのために、ツケを鳴らせ！

両の目から溢れてくる涙は決して切れることがない。嗚咽《おえつ》を噛《か》み殺し、徳兵衛はお初をかき抱く。ほんの少し微笑んだお初は、徳兵衛の着物の袂を引っ張ると、それを己の体に巻きつけた。心中を誓い合った男女の仲に、もはや言葉は必要ない。男は抜いた刀を握りしめ、ぐいと一思いに女の喉笛に突き立てた。だらりと力の抜けた首を支えて、ああ、ああ、と慟哭《どうこく》をあげると、「いい声ぇ」と涙まじりの大向《おおむ》こうがかかる。

桟敷席に座る藤九郎は洟水《はなみず》を拭った手を動かし、手元の紙にまた正の字をひとつ作る。

昨日書き記したものと比べてみると、今日は十も数が多い。

「雛五郎さんの言ってた通りになりましたね」

芝居の邪魔にならぬよう、隣の魚之助に体を傾けて喋《しゃべ》る。

「お客さんからかかる声の数が全然違う。桜羽屋の紋を身につけてる贔屓の数も昨日の平右衛門さんのと比べりゃ、雲泥万里《うんでいばんり》の差がありますよ」

前柱に手をかけ見下ろした一階の土間席には、柳よりも桜の柄行きが目に入った。

中村座の長月芝居『堂島連理柵』は、連日札止めの大入りとなっていた。初日の贔屓同士の大乱闘も客を呼び寄せる種になったようだが、やはり目玉はふたりの役者による日替わり芝居。初日に幕を開いてから今日までの間、雛五郎と平右衛門は主役と敵役を交互に演じている。主役に合わせて二人の女房役がそれぞれ違うのは、藤九郎も立ち会ったあの騒動が係《かか》わっているようだ。雛五郎には寅弥、平右衛門には中通りの若女形の富吉と、女房役も日毎に替わる。その他の配役はすべて番付通りで違いはない。筋書きだってどちらも同じものを使っているが、評判の差は開いていく一方だった。

「でも、平右衛門さんの芝居もそんなにひどいとは思えないんですよね。見ているだけでぐっと胸を打たれるし、涙だって出てくるのに」

前柱に寄りかかったまま、魚之助は舞台から目を離さずに答える。

「当たり前やろ。大根役者をわざわざ金かけて大坂から呼びだしたりせえへんわ」

やっぱりお前は阿呆鳥やのう、と投げかけられる軽口に歯を剝《む》いて返しながらも、藤九郎は心の裡《うち》でほっとしていた。

小屋から逃げ出したあと、家につくまで一寸たりとも口を開かなかった魚之助だったが、次の日にはいつもの傲岸《ごうがん》な調子で藤九郎の背中を所望してきた。それからというもの、藤九郎は魚之助に呼び出された際には桟敷席から芝居を見、小屋を出れば、魚之助の指図のままに芝居の番付や評判記集めに奔走していた。なんでも魚之助の言うことには、役者の心根は舞台の上で一番鮮明になるらしく、芝居を見ていれば気付くものがあるのだと言う。だが正直、藤九郎にはちんぷんかんぷんだ。今のところ気付くものなど何もないし、素敵と感じた役者がこの酷評。束になった番付をぺらぺらとめくって、首をひねる。

「じゃあ、どうして平右衛門さんの評判はこんなに散々なんですか」

「そんなもん、あいつかて覚悟してこの地を踏んだはずや」

「え。それはどういう……」

魚之助は返事どころか、顔もこちらに寄越《よこ》さない。ただ舞台をじいっと見つめ続けている。つられるように舞台に顔を戻すと、いつの間にやら芝居は終わっていたようだ。

絶え間ない拍手。止まぬ歓声。

「だが此度《こたび》は、相手が悪すぎる」

死んで鬼になってなお、舞台の徳兵衛は美しい。

幕がおりると、土間にいる客たちはぞろぞろと鼠木戸に向かって歩き始める。魚之助はまだ視線を外さない。

「まともに張り合う相手やない。尾山雛五郎は天才や」

幕の裏側へと消えていった雛五郎を見据え、ちりちりと燃えているその目が、藤九郎にはよくわからない。

そんな羨ましそうな目をするくらいなら、早く役者に戻りゃあいいじゃねえか。あの日のことについて魚之助はなにも言わない。蒸し返してはならないことも十分承知している。だが、藤九郎はそう、口に出したくて堪《たま》らない。

あんなことを言われても魚之助はなにも変えてはいなかった。いつものように女子の格好をし、いつものように女子の口調を使う。それは役者に戻る心算《しんさん》があるということだ。それなら、あのときだって己は役者に戻ると言い返せばよかったのだ。そうしていれば、あんなにないがしろにされることもなかったというのに。

　気づけば、土間客どころか周りの桟敷客たちの姿も消えていた。そろそろ出ようかと魚之助の小袖《こそで》の裾を引っ張った、そのときだ。

　小屋の奥で悲鳴が上がった。

　そこは、芝居を終えたばかりの雛五郎の楽屋口だった。藤九郎たちが駆けつけたときにはすでに人が集まり、廊下には汗の匂いを漂わせた人垣ができていた。幕を下ろした後の役者の楽屋には、いろんな人間が出入りするという。湯を張った盥《たらい》を抱える弟子、贔屓からの祝儀を届けにきた若衆、衣装方や床山《とこやま》ら。慌ただしい最中、一人一人の顔を確認している暇はない。だからこそ、出刃包丁を隠し持った芸者が、ふらりと楽屋口に現れても誰も気付かなかったのだろう。

「てめえ、なにをしてやがんだ！」と怒鳴り声が飛んでも、女はびくつきもしない。

「見てわかんねえのかい。殺してやるのさ」

人の輪の中、雛五郎の前に立ち、包丁を向けたまま動かない。

「雛さんを殺して、わっちも死ぬのさ」

藤九郎の位置からは、上下する野次馬の頭が邪魔になって雛五郎の表情は見えなかった。女は黒子一つない真っ白の首を伸ばして、雛五郎の顔を覗きこんでいる。

「おいおい、なにを呆《とぼ》けていやがんのさ。わっちの顔に見覚えがないわけはねぇだろう」

切れ上がった目は血走り、頬は随分とこけているが、その顔のつくりの美しさは隠しようがない。藤九郎なら一度見れば、忘れたくとも忘れられない。

「心中を約束した女の顔をよもや忘れたとは言わせないよ」

その言葉に人垣がざわめいた。藤九郎にも芸者がとんでもないことを口にしていることがわかる。この中村座の舞台の上では毎日起こっている心中だが、現の世で行えば骸《むくろ》は取り捨て、弔いも許されない重罪だ。もし生き残ったとしても裁きは重い。そんなものを誓い合った仲なのだとすれば、「雛さん」と縋る声だって出したくもなる。

「ねえ、教えとくれよ。どうしてあの日、お前さんはあすこへ現れなかったんだい。わっちはきちんと伝えたはずだよ。丑《うし》三つ、海辺《うみべ》橋の上で待っていると。わっちは家をうまく抜け出した。わっちの旦那が寝ているのを見計らって、体を結ぶための帯紐《おびひも》はいっち大事にしてるのを選んでさ。でも、お前さんは来なかった。次の日もその次の日も、わっちは橋の上で白々したお天道様を迎えたんだ。雛さん、どうしてだい。床の中のお前さんはあんなに強く誓ってくれたじゃないか。旦那がいるから一緒になれねえと泣くわっちに、ならば来世で、と優しく口を吸うてくれた。ありゃあ、嘘だったのかよ。それともなにか理《わ》由《け》があんのか。あるんだよね、雛さん、来れねえわけがあったんだよねえ。……黙ってないで、なんとか言いな！」

両目から涙を溢れさせ、血でも吐くようなその訴えに、あたりはしん、と静まった。皆が押し黙っているその中で、転がり落ちるようにぽんと一言、

「ちげえだろ」

芝居の主役を張る役者の声は軽い調子でもよく響く。

「は？」ぽかりと口を開ける芸者に近づき、

「人を殺すための刃物ってえのは、そんな持ち方をしねえのよ」

雛五郎は、包丁を握りしめる女の手を包み込む。

「どこを刺したいんだい。腹かい、胸かい。胸ならほれ、刃先はもうちっと上だ。脇をぐうっと締めないと力が入んねえぞ。心の臓を狙うなら、斜めに入れるとうまくえぐれるらしいぜ」

己の胸に刃先が当たるよう、何度か細かく上げ下げしたあと、

「そうだよ、それでいい」と雛五郎はにっこり笑みを浮かべている。

「いやいや、でもいい勉強になった。頭に血ぃが上った人間は、とっさに刃物を持った時、そんな握り方をするんだねえ」

歯まで見せて笑う男を芸者は暫《しばら》くの間、見上げていたかと思うと、芸者の手から出刃包丁がすとん、と落ちた。

「……ああ、そうかい、そうだったのかい。芸、芸、すべては芸事のためかい」

そう呟く芸者より、雛五郎は落ちた包丁が気になるようだった。頬をぶうと膨らませ、折角教えてやったのにさ、と残念そうに言葉を零《こぼ》している。

「わっちとの恋も、ありゃあ芸の肥やしだったってぇことかい」

「お前との恋は随分《ずいぶん》と為になったのよ。おかげで心中を誓う男の心持ちがどんなものかがようくわかった」

ありがとうよ。手を握りしめながら芸者へ贈った雛五郎の言葉は、心の籠《こも》ったものだった。それがわかるからこそ、芸者の膝が床につく。

「……ふふふふ、なるほどね。お前さんに惚《ほ》れたわっちがとんだ間抜けだったってえ、そういうことなんだね」

取り押さえられた芸者は、もう腕の一つも上げやしなかった。小屋の男たちに引き摺《ず》られていく心中相手に雛五郎はついていくどころか、振り返りもしない。

「これだから人気役者ってのは辛《つら》いねぇ」

首を回しながら笑みを浮かべ、弟子と奥役を引き連れ楽屋の中へ入っていく。その後ろ姿を、藤九郎は思い切り睨みつける。

「尻尾《しっぽ》を見せましたね」

上品に揺れている尻からはなにも飛び出していないが、こいつは摑《つか》んだも同然だ。

「いや、角《つの》を見せやがったって言ったほうがいいのかな」

「なんやの、急に」

背中からかかる訝《いぶか》しげな声を、まずはふふんと鼻で笑ってやる。

「気付いてないんですか、あいつが鬼ですよ」

「あいつ？」

「尾山雛五郎が鬼なんですよ」

声を潜めてそう言ってやれば、魚之助が肩から身を乗り出してきた。

「なんやのそれ。なんでそないな答えになんねん」

「己で言ったことを忘れちゃいけねえや。鬼は残忍。人間とは思えないようなおそろしい心を持っているのが鬼たる証拠なんでしょう」

「ああ、せやな」

「それじゃあ、あんな人非《にんぴ》人《にん》の仕打ちができるのは、鬼しかいねぇじゃないですか」

「……人非人？　なにがや」

藤九郎はむっとする。この人、背中の上で寝こけてでもいたんじゃねえのか。

「なにがってあの芸者さんですよ！　命をかけた本気の恋だったのに、はなから雛五郎の野郎には、そんなつもりなかったんだ。芸なんかのために命をかけさせるなんて、まったく人間とは思えねえ」

言葉にすると余計に肚がふつふつと煮えてくる。鼻息を荒くしながら吐き捨てると、魚之助の声が聞こえなくなった。そして、

「……ほんまにな。俺ぁ、可哀想で可哀想で胸がいてえや」

思わず、肩から飛び出している横顔に目をやった。今のは確かに魚之助の言葉だったろうか。この人は今、己のことを俺と言ったのか。藤九郎はふと、魚之助が今日は目尻に紅を入れていないことに気づいた。

さあさ、いざいざ鬼暴き、となる前に藤九郎は一旦《いったん》、雛五郎の楽屋を離れて一階に向かった。辿り着いたのは、芝居に使う道具を置いている道具蔵で、中に入ると縄に十手に癇《かん》癪玉《しゃくだま》と使えそうなものを掻き集める。己の仕事は鬼を当てるところまで。鬼の正体を暴いたそのあとは、これらを使って鬼を足止め、魚之助を抱えてその場を逃げだす算段だ。それに今日は腰に下げた巾着《きんちゃく》に、長元坊《ちょうげんぼう》の雛《ひな》を入れてきている。餌付けが心配で店から連れ出していたこの雛は、餌が欲しくなる刻限さえわかっていればおとなしい。なりも小さく、鷹狩《たかがり》には向かないために馬糞鷹《まぐそだか》と呼ばれる始末だが、鬼を前にすれば勇ましく鳴いてくれるに違いない。人の出入りのなくなった雛五郎の楽屋を前にして、藤九郎は巾着を一撫でした。

大きく息を吸って吐き、楽屋暖簾に額を打ち付け乗り込むと、目当ての人間は探すまでもなく、鏡台の前に座っていた。振り返るその頭に角でも生えてくれていたなら、すぐに

逃げ出すこともできたのに、頭は角が生えているどころか一つ多い。突然の来訪者にひゃあとひっくり返ったのは額の真ん中に黒子のある若い男で、どうやら雛五郎と話をしていたらしい。先ほどまでぞろぞろと雛五郎を取り巻いていた弟子たちは姿を消している。楽屋の主は藤九郎を見、藤九郎の背中に目をやって、とたん顔を輝かせた。

「おやおや、なんでえ、なんてこったい！　あれだけ言われてまだ女子の格好をしてんのは、役者復帰のご報告ってえことなのかい。今日はそいつをこの俺っちに伝えにきたってことで間違いねえんだろ」

「残念やがここに来たんは件《くだん》の鬼探しや。だから今の俺ぁ、役者じゃのうて岡っ引きやな」

　出された座布団の上で胡座《あぐら》をかく魚之助の顔を、雛五郎はじいと見ると、

「ふうん、つまんねぇな」薄い唇を突き出した。

　そういえば、こうして雛五郎と面と向かって話をするのは、魚之助を抱えて小屋を飛び出した初日以来のことだった。大丈夫かと魚之助の顔をそっとうかがい見たが、「何をしとんねん、信天翁」と魚之助に膝を叩かれる。

「鬼を探し当てたんとちがうんか。はようずんばり暴いてくれや」

　左手で癇癪玉を握りしめ、右手はすぐに魚之助を抱えられるよう空けておく。少しだけ尻を浮かせながら、藤九郎は雛五郎に向き直る。

「ここいらでもう観念しておくんなさい。あんたこそが本の雛五郎さんを喰《く》い、雛五郎さ

んに成り代わっている鬼だ。さあ、尻尾でも角でも出しやがれい！」

見よう見まねで見得《みえ》を切り、目の前の男をきいと睨みつけてやる。しばらく目を丸くしていた雛五郎だったが、すぐさま、じわりと口端を歪《ゆが》ませた。前のめりになると、その高い鼻が余計に目立つ。

「ほう、おもしれえ。そんなら理由を聞かせてもらおうじゃねえの」

ひっくり返ったままの若い男にぴしゃりと小金を投げつけると、

「お前は帰んな。ここからは俺っち役者らの一幕だ。奥役のお前が出る幕じゃねえ」

脱兎《だっと》のごとく邪魔者が出口に向かうと、ぴいと懐からは藤九郎を鼓舞するような鳴き声がひとつあがる。

「恋ってえのは、素敵なもんなんです」藤九郎は勢いをつけて口火を切る。

「相手を想い、なにかしてやりてえと体が勝手に動いちまうような純粋なもんだ。こいつは人間ならではの情ってやつなんですよ。そんな大事な心の動きを、芸の肥やしだなんてしょうもねえ理由で手前勝手に動かすなんて、鬼の所業としか思えません。雛五郎さん、あんたが人間であるはずがねえんだよ！」

藤九郎の渾身《こんしん》の啖呵《たんか》のつもりだったが、そいつが切りおわらぬうちから、雛五郎はぱんぱんと己の膝を叩き始めた。はははと大口を開けて笑い出し、目には涙まで浮かべている。

「そんなことで俺が鬼かい。笑わせらぁ！　芸のために人の心玉を利用したくらいで鬼だと言われちまうんなら、ここにいる役者はみいんな鬼さ。みいんな、人間の似せ者、化け者だ」

　思わず藤九郎は拳を握る。鬼め、ここまで来てまだ誤魔化すか。

「この小屋にあんたほど残酷なのは、いないんですよ」吐き捨ててやると、雛五郎は片眉《かたまゆ》をあげてひょいと顔を近づけてくる。

「おや、俺は俺よりひでえことをしている奴を知ってんぜ。お前の理由でいくと、そいつが鬼になるんじゃねえのかな」

　咄嗟《とっさ》に癇癪玉を振り上げていた左手を一旦下ろし、

「……誰です」

「女だよ女ぁ」

　内緒話をするように手を口元に添えながら、雛五郎はそう囁く。

「中二階の女形どものことさあ」

「女形さんたちのなにが怖いってんですか」

「幕終わりに一息ついた今ならいい頃合いだな」

　耳に手を当てる雛五郎に倣《なら》って耳をすませてみると、楽屋暖簾の向こうで走り回る足音は、先ほどまでより少なくなっている気がする。

「中二階の大部屋を覗いてみな。化け者どもが本性を現しているところだろうさ」

　長暖簾《ながのれん》の隙間から覗き見た部屋の中では、たしかに化け物たちが蠢《うごめ》いていた。

汗の筋で化粧が流れ落ち、髭《ひげ》の剃《そ》り跡が青々しい男が艶っぽく団扇《うちわ》を扇《あお》ぎ、痘痕《あばた》に入った白粉《おしろい》が拭《ふ》き取れず白い点々を両頬に残した男が、小指で紅を塗り直している。幕が終《は》ねた後の中二階の楽屋は女か男かどっち付かずの見た目の人間たちで溢れかえっていて、藤九郎は思わず声を上げそうになった。だが、そんなおそろしげな見目よりも、藤九郎にはもっと化け物のように思えることがある。

「ちょいと、なにやらにおうねぇ」

「おや、お前さんもにおったかい。あたしもさっきから臭《くそ》うてたまらん。ほんになんだい、この臭いは」

「こいつぁ銀だよ。銀臭いのさ」

「こないに臭いと敵《かな》わないねぇ。一体、どこからにおってんのさ」

「ああほれ、これだよこれ。この簪《かんざし》じゃないのかい」

「銀も臭えし、野暮臭え。これだから上方のものは駄目だよ。洒落っ気がちっともねえんだから」

「いやいや、野暮臭えのは簪じゃなくてこっちだよ、この紅猪口《べにちょこ》さ」

「こちらに回さんどくれよ。臭いがうつっちまうだろう」

「やだ、こっちにきたよ、ほれ、投げるよ、ぽーんと」

勿論《もちろん》、藤九郎は今でも雛五郎が鬼だと疑《うたぐ》っている。しかし藤九郎の目の前では、女形たちが一人顔を伏せている富吉の物を弄《いじ》り回して遊んでいる。女形たちの笑い顔は、たしか

「これだから頭の悪いお人はいやだよ。舞台の上だけで女をやるからこそ色気ってもんが気が知れないさね」

「わちきから言わせりゃ、お前さん方が時折男の格好なんかして、ふらっと町へ出歩ける間にか、楽屋の中は二つに割れて、言い争っている状況だ。

何やら聞いているうちに、話は富吉苛《いじ》めからどんどん違う方向へと進んでいく。いつのえ」

「月代《さかやき》に剃刀《かみそり》をあてちまう野蛮なお前さんたちに比べちゃあ、大分しとやかな方だけどね

ら、もっとしとやかにしておくれよ」

「おいおい、そんなつっかかってこなくてもいいじゃないか。女子の格好をしてんだった

険のある言葉に言い返すのは、違う女形だ。

いけねえってのかい」

「おい、お前さん、今の台詞《せりふ》は聞き捨てならないね。なんだい、白粉を常から塗ってちゃ

なかった。

だが、鼻をつまみながら放り投げたその手拭いを、火鉢の前の女形は受け取ろうとはし

常々迷惑してたんだ。あたしの衣装についていやしないだろうね」

「こっちの手拭いは白粉臭いぜ。常から塗りたくってるせいだな。白粉が飛んであたしゃ

の前で化粧を落としながら、一枚の手拭いをつまみ上げる。

に化け物のごとく醜い。藤九郎が唇を嚙みしめるその間にも、またぞろ一人の女形が鏡台

出るんじゃないか。男姿に戻ってはじめて、女の所作がわかるようになるのさ」

「あんた、こないだの白魚屋の女っぷりをもう忘れちまったのかい。あの人は常から女であったのは勿論のこと、体の中まで女であろうとしたそうじゃないか。そういう心持ちが必要なのさ。あの人こそが本物の女形だよ」

　そうまで褒めそやされて、ああ、この元女形はどんなに喜色満面なこったろうと、隣の顔を覗き見ようとすると、

「ひどいわ」

　一寸動きを止めてから、藤九郎は何度も頷《うなず》いた。

「そ、そうですよね。ひどいですよね」

己の評価よりも苛められている富吉を案じる魚之助の、その心配りが嬉《うれ》しい。

「仲間を苛めてあの笑顔ってんですからね」

「ほんまにひどい。ひどい顔や。ぶっさいくやわ」

「え」

「見てみいや、藤九郎。ぶさいくや。あたしよりもずっと」

見れば、魚之助は女形たちの顔を見つめ、口元の黒子の形が変わるほど、歪《いびつ》な笑みを浮かべている。富吉苛めに心を痛めていると思ったら、とんだ思い違いだ。藤九郎は口をへの字に曲げる。化粧の落ちた女形たちの顔が己より不細工であることの方が、この人にとっては重要らしい。

「こんな化け物どもに比べたら、あたしの方がふさわしいやないか」

まるで幼子《おさなご》の口端から米粒がこぼれ落ちたかのような、そんな小さな声だった。藤九郎が聞き返す間もなく、魚之助は楽屋暖簾を両手で捲《めく》り上げ、楽屋の奥へするりと入っていく。話題の当人の登場に、待ってましたとばかりに甲高い歓声が上がるのを聞いて、藤九郎も渋々暖簾をくぐった。もしや富吉を助けようとしての乗り込みではとほんの少しの期待はあったが、勧められた座布団の上で魚之助は横座り、後れ毛を撫で付けている。

「ほら、脚千両に聞くのが一番さ。やっぱり女形は尋常からも女の格好をするべきでござんすよねえ。姐《ねえ》さん、ちょいと言うたってくださんせ」

きゃらきゃらと騒ぐ女形たちだが、魚之助がすうと背筋を伸ばすと一寸のうちに静まり返る。

「あたしは正直、尋常が女であろうが、男であろうがどちらでもかまへんと思うとる。大事なんはあたしらの相方となる立役や。あたしら女形は相方を惚れさせせんといけまへん。それができるなら、女でも男でもどっちゃでもええってことなんや」

中二階の女形たちはみな真剣な顔をして、魚之助の言葉に聞きいっている。

「惚れさせるのには舞台《いた》の上も外も関係あらへん。あんたはとろろ汁を音をさせて吸うとる女に惚れるんか？　あんたは小袖の合わせがはだけた女に惚れるんか？　相方とは相惚れぐらいの仲にならへんと、いい芝居ができやしまへん。あたしもそうや。楽屋暖簾を一枚あげるにしたって、十分気ぃをつけたもんですえ」

と、魚之助が説いたとき、見計らったように楽屋暖簾がしゅるりと上がる。

首筋を手拭いで拭いながら入ってきたのは由之丞だ。魚之助を見て、あら、と垂れている目を丸くする。

「あら、姐さん。いらっしゃってるとは知りませんで、大変失礼をいたしました。なにか鬼について聞きたいことでもありましたか？」

「……ちょいと芝居の話をね」

少しばかり口籠る魚之助だったが、由之丞はぽんと柔らかそうな手を合わす。

「あら、嬉し。こんな機会滅多にありゃあしませんえ。みんな、ようく聞いておくんだよ」

　由之丞の呼びかけに、はぁいと女形たちから楽しげな応えが上がった。女形たちに囲まれている魚之助を輪から外れた藤九郎はぼんやりと眺める。今日の魚之助はやっぱりおかしかった。己のことを俺と言ってみたり、胡座をかいてみたりと男のような真似をして。いや、魚之助はれっきとした男なのだから、別におかしくはないのだが、藤九郎には魚之助が己を偽っているかのように見えていた。それが今やどうだ。女談議に花を咲かせ、時折口元に手を当て笑い声をあげる魚之助の姿に、実のところ藤九郎はほっとしていた。いやいや、絆《ほだ》されたわけじゃあねえと心の裡で叫んでみるが、藤九郎の頭には、表情を手放したあの日の魚之助が焼き付いて離れないのだ。あの時水の中でほどけた帯のようだった魚之助が、こうしてしゃっきり背骨を伸ばして話し込んでいる姿は、そのままそっとしておいてやりたい心持ちもあるが、藤九郎の目の端には投げられた手拭いや紅猪口を必死に掻き集める富吉の姿も映っている。

　藤九郎はやっぱり黙ってなどいられない。

「ゆ、由之丞さん、この人たちが富吉さんを苛めているのを俺、見ました」

あとでこっそり由之丞に注進《ちゅうしん》することも考えた。だが、部屋でのやりとりを見ている限り女形たちは由之丞を慕っているようで、由之丞の言葉であればすとんと飲み込みそうな気もする、いや、そうであってくれ、と藤九郎が横目でちらりと女形たちの様子をうかがうと、当の女形たちはなぜだかきょとんとした顔つきで、藤九郎はいささか鼻白む。なんでえ、白でも切るつもりかい。しかし、女形たちの反応を待たずして、由之丞は深々と頭をさげてきた。

「どうにもお見苦しいところを見せてしまったようで面目次第もござんせん。喧嘩《けんか》ぐらいは日常茶飯のことですが、まさか苛めなんぞ愚かしい真似をこの子らがやっているとは。若い者をまとめられていないのは、すべてわっちの責にございます」

　由之丞は座ったままで体をくるりと回すと、「しょうもないことをしなさいますな」と女形たちを叱りつける。

「お前たちにそんなことをしている時間はあるんですか。先に楽屋の前を通ったとき、寅弥さんは一人、稽古《けいこ》をしていらっしゃいましたよ。大名跡の看板に甘えることなく、日々の精進を忘れていない。虎田屋さんを見習いなさいな」

はぁい、とこれまた応えは素直で、女形たちは自分たちが投げたものを拾い上げていく。富吉に手渡すその顔は反省の色が滲み出ていて、藤九郎はほうら見ろ、と頭の中の雛五郎へ胸を張る。この人たちに鬼のごとくの残酷さはない。やっぱりあんたが鬼なんだよ。

「お寅様はあの家紋入りの高直な簪を挿して、踊りの稽古をしてるんですかねぇ」

突然の掠《かす》れ声に思わず顔を上げると、お多福顔の女形が銀簪を拾い上げながらぶうを垂れている。

「大名跡を継いだお人はやっぱり違うわぁ、ねえ、由姐さん」

鼻の頭には脂玉がつき、皺《しわ》は奥まで白粉が塗り込まれている。どうやら随分と年季の入った女形のようだが、この大部屋にいるということはこの人も若女形の一人なのだろう。

「歌蔵《うたぞう》さん」と誰かの窘《たしな》める声が聞こえたが、ひび割れた紅《あか》い唇は構わずついと尖《とが》って動く。

「踊りの稽古だけじゃなくて、簪の使い方の稽古もしてもらいたいもんだけどね」

近くでしゅるりと衣擦《きぬず》れの音がした。見れば、また魚之助が腹を撫でている。こうまで回数が多いと心配にもなる。どうかしたかい、とそう尋ねようとした言葉は、中二階に響き渡った悲鳴に阻まれてしまった。

どういうわけやら今日は次から次へと事が起こる日だ。大部屋を飛び出しあたりを見回すと、寅弥の楽屋の前でへたり込んでいるのは猿車のようで、傍には八百吉がおろおろと廊下を行ったり来たりしている。近づいてくる藤九郎に気付いた猿車は、尻餅《しりもち》をついたま

ま縋り付き、震える指先をつきつけて、

「こ、こいつをどこかへやってくれえ！　わしゃぁ、こいつが大の苦手なんだぁ」

はじめ、藤九郎はそれを舞台の小道具だと思った。だが、寅弥の鏡台の上の小さな毛むくじゃらは毛並みが艶やかで、腰の長元坊が餌の時間かと本能のままにぴいと鳴く。それは鼠の死体だった。

「ああ、来て下すって助かりましたよぅ」

帯を引っ張ろうとする猿車の手を魚之助がぺしん、と扇子で叩くと、猿車は大仰《おおぎょう》に首を振る。

「わ、わしを疑っておいでですか。そんなら、ちょいと聞いておくんなさい」

芝居のような節回しで、「わしは通りがかっただけでして」と猿車は語る。

幕が引かれたあとも、猿車は挨拶《あいさつ》回りで舞台の裏をうろうろとしていたらしい。その際、顔を合わせた八百吉と今日の舞台について話しているうちに盛り上がり、そのまま中二階まで連れ立って歩いた。すると、廊下になにかぽつりと一滴垂れた跡がある。ぽつぽつを辿るとそこは寅弥の楽屋で、どうやら中には人がいないらしい。赤いそれがどうしても気になって、無礼を承知で楽屋暖簾を押し上げてみれば、

「この出迎えですよ。見てのとおり、鏡台の上に死んだ鼠が載っているじゃありやせんか。舞台の小道具かと思いきや、本物だから仰天だ。ねえ、八百吉さん」

神妙に頷く八百吉に加え、ここにきて寅弥と雛五郎が一緒になって現れるものだから、

なんだか本当に芝居のようだ。二人は楽屋浴衣《ゆかた》に着替え、化粧もさっぱり落としているが、雛五郎の顔づくりはくっきりしていて、話を聞くなり、隣の寅弥ににやりと口端をあげるのがここからでもよく見える。

「おんや、お寅、お前さん、稽古終わりにお八《や》つでも食べようとしてたのかい」

「莫迦《ばか》言え！　俺が鼠の死体なんぞ喰うわきゃねえだろ！」

寅弥は足を踏み鳴らしながら近づき、「おい、猿車！」と床に座り込んだままの男の胸倉を摑み上げる。

「てめえ、法螺《ほら》吹いてんじゃあねえだろうな！　お前が鼠を置きやがったんならただじゃおかねえぞ」

「いやいや、まさか！　本当にわしはたまさか通りがかっただけなんでございやす。八百吉さんも一緒でしたし、八百吉さんに会う前は挨拶回りで、わしに細工なんぞできるはずがありません」

ちっと舌を打って寅弥が手を離すと、猿車は板の上をさかさかと這いずって藤九郎の背に回る。はああ、と吐き出されるため息は、息より声の割合が大きい。

「とんでもないことになっちまった。楽屋を覗いただけでこんなことが起こるとは。いやはや、まさか鬼の楽屋とは露知らず」

まわりがざわりと声を立て、猿車は、あっと己の口をふさぐ。

「ちげえんですちげえんです、今のはほんの言い間違え。舌が縺《もつ》れたんでさ。鬼の楽屋ってのはほら、鬼の、落とし物が残っている、楽屋と、そういうわけで……そうだっ、鬼は間違えたんだよ！　お八つを自分の楽屋に隠そうとして、寅弥さんの楽屋に置いちまって」

取り繕うようにして言葉を並べ立てるたびに、この場にいる人間の目は寅弥へと集まっていく。その目は寅弥の体に何かを見つけ出そうとする。寅弥の口に牙《きば》を、寅弥の頭に角を、寅弥の爪に肉の切れ端を。

「いい加減にしろってんだ！」

まとわりつく視線を打ち払うようにして、寅弥は扇子を床に打ち捨てた。

「どこのどいつか知らねえがこんな洒落《しゃら》臭《くせ》え真似しやがって……。この俺を誰だと思っていやがる。俺に楯突《たてつ》いてこの世界生きていけると思ってんのか！」

勢いづいて床を滑る扇子を、足の親指でついと止め「そいつを出されちゃ困るねえ」雛五郎はうっそり笑う。

「お寅のその楯、七つに光っているんだもの」

寅弥は人垣を割って、その場をあとにする。その日、寅弥が楽屋に戻ってくることはなかった。

今日も今日とて藤九郎たちは桟敷席から芝居を見る。鼠の死体事件から二日がたつが、鬼はいまだ姿を見せない。あのあと、藤九郎たちは鼠の死体を調べたが、目ぼしい証拠は見つからなかった。焦っているのは藤九郎だけだ。囮《おとり》だなんだと動こうとすると、せかせか動くな、お前は芝居を見てりゃあええ、と魚之助は一蹴《いっしゅう》する。

この人は、本当に鬼を捕まえる気があるんだろうか。

前柱に寄りかかり、小さな水饅頭《みずまんじゅう》を三口で食べている魚之助を横目でうかがう。毎日芝居尽くしの魚之助が藤九郎には遊んでいるようにしか思えなかった。そして、そんな魚之助に桟敷を用意し、何も口を出してこない座元を見ると、藤九郎は芝居者たちに化かされているような心持ちさえしてくる。

信じられるのはお前だけだぜ。袂から取り出した粟玉《あわだま》を長元坊の雛の嘴に近づけるが、雛はぷいと横を向く。なるほど肉をご所望ということは、こいつも巾着袋から独り立ちする頃合いがきたらしい。少し寂《さみ》しく感じながら、藤九郎は舞台へと目を戻す。

芝居漬けの相方にたしかにぶつくさ言ってはきたが、藤九郎も芝居を見るのが嫌いなわけではない。役が回ってくるごとに二人の役者はいろいろと己の味を加えてきて、藤九郎は素人《とうしろ》ながらに、あれはいい、これはだめと心の裡で批評までするようになった。どうにも心が動かされる場面だってできた。今まさに舞台の上で行われている、地面に蹲《うずくま》った徳兵衛に対して、寄ってたかって蹴《け》る殴るのこの所業。もう数え切れないほど見てきたが、藤九郎はいつだって九平次への怒りで歯をぎりぎりと軋《きし》ませてしまう。信じていたはずの友が薄笑いを浮かべたまま、仲間と連れ立ち去っていく。徳兵衛は折り込んだ体をさらに小さくしてぐう、と唸《うな》った。交わしたはずの証文は破り捨てられ蓮池《はすいけ》の上に浮かんでいる。どうしてだい、どうして裏切ったのだ九平次よ。池のほとりの木にすがりつきさめざめと泣く徳兵衛の体が、そのとき、ぐらりと傾いた。あっという間もない。地面に手をつく徳兵衛にかぶさるようにして、木がめきめきと音を立てながら倒れこむ。誰もが息を詰める中、舞台の上で雛五郎が跳ね起きた。四つん這いのまま、肩で息をする音が小屋中に反響する。雛五郎が顔を上げ、客席を見る。雛五郎が徳兵衛に戻るのは一瞬のうちだった。起き上がった徳兵衛は、砂塵《さじん》の舞う中、倒れた木をそろっと撫で、

「わても同じや。わても一人じゃ倒れてまう。お初と絡まりあってわてはやっと立てるのや。わてらは連理《れんり》の木やさかい」

「うまい」

魚之助が小さく呟く。隣の桟敷からうっと女子《おなご》の嗚咽があがった。とっさの捨て台詞は受けに受け、小屋の彼方此方《あちらこちら》から大向《おおむ》こうがかかる中、雛五郎は花道を進んでいく。かぶった破れ笠からちらりと見えるのは涙を零す濡れ顔で、女子の啜《すす》り泣く声が一段と大きくなる。

そうやって啜り泣いていた先程の女客らに、藤九郎はどうにか見せてやりたい。額に蚯蚓《みみず》のような筋を立てている、この鬼のような赤ら顔を。

「てめえら、命拾いしたなぁ」

舞台でよく通ると評判の声は、楽屋の中だとより響く。板に額を擦《こす》り付けているふたつの背中がびくりと震えるのが、廊下からでもよく見えた。

「もし俺っちの小指の骨が折れでもしていろ。お前らを千回殺しても殺し足りねえ」

膝を立てた雛五郎は、ひれ伏す背中に向かって煙管を投げつけ、一喝した。

「さあ、此度のこと、どう落とし前をつけるつもりでえ！」

大道具の木には、深く切り込みが入れてあったらしい。しかもそれは丁寧な仕事ぶりで、もたれかかればある一点に倒れこむよう切り口がこさえてあったのだという。ある一点とは雛五郎がいつも見得を切るその場所で、つまりは雛五郎を狙った凶行であったというわけだ。しかし、流石《さすが》の立役者は咄嗟に舞台の上で身をよじり、下敷きになるのを避けていた。

この不始末に、座元は舞台が終わるなりすっ飛んできて土下座をせんばかりに詫《わ》びを入れたそうだが、雛五郎はその言葉に耳を傾けず、楽屋に大道具方を呼びつけていた。廊下には野次馬がじゃらじゃらと集まっている。場を収めるべきは座元だが、明日からの木無しの演出を立作者と相談するよう雛五郎から頼まれたそうで、つまりは、すっこんでいろというわけだ。雛五郎は怒りを抑えようともしない。

「そんなでけえ切り傷が入っていて本番になるまでどうして気づかねえ。幕終わりの道具の検分を昨日はすっぽかしたってわけじゃあねえだろうな」

その物言いにがばりと顔をあげたのは、大道具の棟梁《とうりよう》としての誇りからだろうか、

「滅相もねえ！　わっちらは昨日も隅から隅まできちんとお調べいたしやした！」と顔を皺くちゃにさせながら訴える。

「だが、そのときにはあんな傷はなかったんだ。誰かが夜の間に細工をしたにちがいねえ。そう、誰かが」

黒く焼けた喉を震わせていた若い大道具方だったがそこで言葉を切ると、何かに気づいたように隣を見た。視線を感じた棟梁が顔を上げ、寸の間二人で目玉のやり取りがある。すると、黄色く濁った方の目がきろりと光った。棟梁はうかがうようにして雛五郎を見上げると、

「だから、此度のことは、すべて鬼がやったのではないかと……」

突然差し込まれた鬼との言葉に藤九郎は思わず口をあけてしまったが、雛五郎は「……ほお」と怒り顔を一転、面白そうに笑みを浮かべる。目に見えて機嫌のよくなった雛五郎に、しめたとばかりに大道具方は二人して唇を舌で湿らせる。

「そうだよ、鬼にちがいねえや。天下の役者に怪我でもさせて、そのあとがぶりとやるつもりだったんじゃあねえのかな」

「流石は鬼でぇ。人を弱らせてから喰らおうなんて残虐非道な化け物だ」

「舞台の上で喰らおうとするのも鬼らしいじゃねえか。殺しをなんとも思ってない証拠よ」

「なるほどねぇ」雛五郎はぴんと立ち上がった小指を可愛らしく唇に当てる。

「それじゃあ、鬼は、一体どこのどいつなんだろうなぁ」

優しい声に、ますます男たちの舌には脂が乗る。

「ここじゃあ、大きな声では言えねえですが」などと、野次馬がわんさと集まっている雛五郎の楽屋でそんな言葉をわざとらしく口にする。

「この大道具は舞台に据え置いておりやすが、なんでも昨夜《ゆんべ》はその舞台でひとり練習をなさっていた方がいらっしゃったようでして」

雛五郎は見せつけるようにして、片眉を大きく上げる。

「夜遅くまでご苦労なこって。そんな酔狂な役者は誰かねえ」

大道具方は一旦黙り込み、

「仲間によると、なんでも寅弥様のお声が聞こえたとか」

「やっぱりか！」薄い口がにんまりと横に伸びる。

「俺っちは鼠の死体のときから、怪しいとは思っていたのよ」

なあ、そうだろ、と立役者に言われて首を横に振れるものなんてこの場にいない。唯一当人なら、いつもと同じく嚙み付いていただろうが、幸か不幸か、寅弥はこの場にはいなかった。

「早速、座元にご報告しなきゃあなんねえな。次の座組からあいつを追い出してもらわねえと、俺っちは怖くて舞台に立てねえよ。寅弥はいい役者だが、鬼に取って代わられてるんならしょうがねえもんなぁ。まあいいさ、次の相方の目星はたってんだ」

用済みとばかりに大道具方をしっしと手で払い、ほうほうの体で逃げ出す二人の背中を見ながら雛五郎は煙管をくゆらせる。

「それにしても」と呟く声は己だけに聞かせるには大きすぎる。

「ついに鬼が動き出したかい。なんとも物騒になってきたじゃないか」

楽屋の外まで響きわたる雛五郎のこの言葉が皮切りだった。

役者たちは以前に増して、藤九郎たちに訴えてくるようになった。やれ雛五郎さんに殺されそうになっただの、やれ寅弥が殺そうとするのを見ただの、廊下を歩くだけで皆が口を藤九郎の耳に寄せてくる。殊《こと》に大部屋の女形らのまとわりつき方はひどいものだ。楽屋の前を通るたびに袖を引き、藤九郎を部屋に引きずり込む。

「はやく鬼を捕まえておくれよぉ。このままじゃあ、あたしらも桜羽屋さんと同じように舞台の上で殺されちまうよぉ」

どうかしたのか、と問うてやれば、女形たちは揃って腕を見せてくる。

「あたしら、芝居の中で平右衛門さんに腕を摑まれる場面があるだろう。ほら、天満屋でさ、九平次が遊女たちの手を引っ張るところさ」

「昨日、あまりにも痛くてね、幕が下りてから調べてみたらこの様《ざま》さ」

「青く腫《は》れ上がってるだろう。ちょいと握られただけでこんなことになるんだよ。力を込められりゃあ、骨が砕けて二度と使われねえようになる」

「あの平右衛門さんは鬼なのさ。だからこんなに怪力なのさ」

痣《あざ》を印籠《いんろう》のようにして己の腕を掲げた女形たちは、うふふ、と笑った。
そういう事が多々あって、今日も小屋を出る時分には、もうすでに生温《ぬる》い夜風が吹いている。天を見上げれば空は赤と紫のだんだらに染まっていて、用事を終えて帰りを急ぐ小僧たちと何人もすれ違う。

「なんだか頭がこんがらがってきましたよ」

藤九郎は魚之助を背負って歩きながら、ため息をつく。

寅弥はまだ中村座で芝居を続けている。雛五郎には甘い座元だが、さすがにその訴えをそのまま飲み込むことはしなかった。そりゃあそうだろう、と話を聞いた藤九郎は心の裡で頷いた。夜中に稽古をしていたからというだけで鬼と決めつけるのは早計だ。やはり自分たちのように心を暴くのが一番の方策なのだ。だが、これでもまだ魚之助は動こうとしない。

「本当に芝居を見るだけでいいんですか。みんなのためにも、早く鬼を探し当てねえといけないのに」

藤九郎は焦っている。鬼はまた同じように舞台に細工をし人間を下敷きにしようとするかもしれないし、人間の手首を折ろうとしてくるかもしれない。廊下に釘《くぎ》をばら撒《ま》くかもしれないし、階段に石ころを転がすかもしれない。

黙っていた背中の魚之助が、ぽつり、と零す。

「……お前、ほんまに鬼がやったて思うかい」

「鬼ですよ」

道行く小僧が驚いたようにこちらを振り返ったが、構いやしない。藤九郎はもう一度大きい声で言ってやる。

「鬼ですよ」

鬼じゃあなきゃ、いけないのだ。

「……でも、俺、不思議なんです」

咄嗟に話を変えれば「……なにがやのん」と魚之助もそれ以上はつついてこない。

「みんな笑ってるんです」

下敷きになりそうだったはずの雛五郎は、大道具方の話を聞いてにんまりと。腕に痣を作った女形たちは、藤九郎に訴えてへらへらと。

「木が倒れてきていたら、あわや大惨事。もしかしたら命だって危なかったかもしれない。女形さんたちだって本当に平右衛門さんが鬼だとしたら、手をへし折られていてもおかしくない。他の人たちだって本当に相手が鬼なら殺されてたかもしれねえってのに、みんな喜んで俺に言ってくる。ちいとも怖がってる気配がないんです」

「死ぬや生きるに実感がないからな」

「え？」

「あいつらにとったら、誰も殺されへん毎日の方が珍しいのや」

魚之助の静かな吐息が首筋にかかる。

「役者にとっての日常ってのは、舞台の上にしかあらへん。舞台の上じゃあ殺しなんて当たり前で、そこにずうっと身を置いてると、なにが現実でなにが嘘なんかわからへんようになってくる」

胸に手なぞ当てなくても藤九郎には思い当たる。鼠の死体を見つけたとき、藤九郎はまるで芝居のようだ、とそう思った。

「……あたしは今、舞台の上におるのんか、それとも現に生きておるのんか、わからんようになってまう」

細い指が藤九郎の首を締め付ける。

「鬼や死体は芝居の中では見知った顔や。それが現におると言われても、ぴんときとらんのやろ。だから、へらへら笑っていられる。しかも、大部屋役者たちは転がり落ちた頭を見とらん。怖がれというほうが難しい話やわ」

おんぶをする藤九郎には、それを語る魚之助の顔は見ることができない。だが、いつもより着物に薫《た》きしめた香の匂いが薄いような気がした。

赤紫色だった空も、今じゃ夜の帳《とばり》が降りている。涼しいのは浜町堀に近くなったからだろうか。先に見える栄橋《さかえ》を渡り、もう一町も歩けば、魚之助の家のある橘町だ。背中の魚之助がぶるりと震えるので、藤九郎はめるから預かっていた薄手の襟巻を巻いてやる。女子の体はとかく冷えるものなんだすと、めるはそればかり口にしていた。藤九郎は思い出しながら、へん、と口を曲げる。女子のようであることは認めるが、魚之助は女子じゃない。あんなにも男前のくせして、めるは女子の体を見たことがないのだろうか。橋にさしかかった藤九郎は、すいと目を前にやって、そうそうこういう体だ、と一人合点をする。橋の天辺《てっぺん》にいる女の体は細く華奢《きゃしゃ》で、小股《こまた》で裾をさばく足取りには品がある。うなじは白く、頭は小さく、胸が膨らんでいて。体が軽いからだろうか、するりと橋の欄干に乗り上げて——、

「娘さん、あんたなにやってるんだよ！」

飛び降りようとした体に、思い切り摑みかかる。

「死ぬんや！　あたしは死ぬんだよ！」

そう叫ぶ声は野太く、腕を回した腰はしっかりとしている。握り締めた手首が骨張っていることに首を傾げながらも、欄干から引き摺り下ろした娘の顔を見て、藤九郎はようやく気がついた。

「あんた、富吉さんじゃないですか」

驚いてそう言うと、その女形はますます強い力で欄干にすがりつく。

「やめとくれ！　あたしゃ、もう役者でいることに耐えられへん。すっきり死なせておくんなよ」

「死にたいんやったら、はよう死にぃ」

浜町堀の水よりも冷たい声に藤九郎はぎくりとする。だが、その口を塞《ふさ》ぐための両手は、富吉の腰から離せない。

「でも、死ぬなら川に飛び込むんやなくて、喉でも突いて死になはれ。着物の帯で棕櫚《しゅろ》に体をくりつけてから首を切りぃ。ほんま、そないなことも考えつけへんとは役者の風上にもおけん子ぉやわ」

「魚之助！　死のうとしている人になんてひどいことを言うんだよ」

慌てたせいで背中から振り落としてしまったことは詫びるが、それでも死のうとしている人へのその物言いは問題がある。欄干に摑まって立ち上がる魚之助をたしなめるが、魚之助は目も合わせない。

「死ぬ前にはその両脚を切り落としてから死んでおくれな。あんたのその大根足でもあたしなら、うまく使ってやれるだろうさ」

その言葉にかちんと来たのか、富吉は歯を剝き出した。

「人の事情もしらねえで好き勝手言うんとちゃうわ」

だが、吠《ほ》える子犬の鼻先を爪《つめ》で弾《はじ》くようにして魚之助は言う。

「あんたごときの若女形の事情、このあたしがわからねえはずがあらへんやろ」

そこでようやくまじまじと白魚屋の顔を覗きこんだかと思えば、富吉はべたりと橋の上にへたり込んでしまった。このまま捨て置くわけにもいかず、嫌がる魚之助を背中に乗っけつつ藤九郎は、近くの居酒屋へと富吉を押し込んだ。店は閉店間際とあって、若い男客が一人いるばかりだ。店に入るまでは押し黙っていた富吉も小上がりに尻を置いて、熱燗《あつかん》で一献、ぬるりと喉を潤せば、身投げの理由もするりと口から流れ出た。

「苛めに堪え切れまへんで」と零して、富吉は項垂《うなだ》れた。

「平右衛門さんに名を指されたことが始まりだした。あたしは昨年このお江戸に出てきたばかりの新参者や。そんなあたしが姐さん方を差し置いて平右衛門さんの女房になったばっかりに物を捨てられ、衣装は隠され。こんな日々にゃ愛想がつきて、いっそ死んでしまおうと思うたんだす」

暖簾をしまおうとしていたところでの飛び込み客にしかめっ面を見せていた看板娘の表情が、富吉を見て、一瞬でぱあと華やぐほどの造作の良い顔だ。それが新しく入ってくるなり誰もがうらやむ女房役をさらったとなれば、妬《ねた》み嫉《そね》みもあるだろう。だが富吉は「あたしが上方役者なせいなんや」と手拭いを目に当てる。

「平右衛門さんは江戸を見返してやろうと奮起しとるんだす。せやから上方出身のあたしを選びはった。そのうえ熱が入るとあのお人は、あたしの手をぎゅうと握りしめて、上方こそが一番やな、と口を寄せはるもんやから、面食い姐さん方の腹はまた煮えるんや」

「由之丞さんは止めてくれなかったんですか」

あきまへんでした、と猪口を置き、富吉は首を横にふる。

「あの人はほんまに優しいお人だした。己の責めだとお詫びもいただいて、自分のお家《うち》で開いている修行講にも誘ってくれはりました。でも、あのお人は、あまり大部屋に来られまへん。いつも違うお部屋におられますさかい」

「三階の、階段からふたつ奥の部屋やな」

いきなり差し込まれた言葉に藤九郎は、手に持っていた猪口を取り落としそうになった。わざわざ少し離れた床几《しょうぎ》に席を取り一人甘酒を舐《な》めていた魚之助が、こちらをじいと見据えている。

「へ、へえ。そうだす」と答えがあれば、もう十分とばかりに猪口に唇を戻す姿を藤九郎は横目で睨む。今は属していないとは言え、同じ座に身を置いていた女形同士。助けてやろうって心持ちになってもいいはずなのに、居酒屋の暖簾をくぐってからの魚之助はだんまりを決め込み、会話に入ってこようとしない。大部屋での富吉苛めを目にしたときと同じく、だ。

「これからどうされるんですか」

酒が体に馴染《なじ》んだ頃合いを見計らい、何とはなしにそう聞くと、

「さんざ愚痴ったら心が軽うなった。もう死なん」と返す声は随分と明るい。

慌てて水を頼もうとすれば、酔ったわけじゃあらへんねん、と富吉は笑顔を見せる。

「吹っ切れたってことや。役者の世界はあたしの夢見てた世界とは違《ちご》うてた。舞台に乗るんは今日きりにして、きっぱり諦《あきら》めるわ」

「平右衛門さんの女房はどうするんですか」

「あたしは急に平右衛門さんから、お声をかけられただけ。もともと、あたしやのうて虎田屋さんが演《や》ることになっとったんや。その方がみんな喜びますやろ」

さっぱりした富吉の様子にこちらも嬉しくなって、藤九郎はぐっと身を乗り出した。

「役者だけが人生じゃねえですよ。道は色々あるんですから」

「そうだよねぇ。ほら、こんな格好もやめたるわい」

　思い切り胸元を開き乳袋をふたつ、盆の上へ放り投げると、白い胸板があらわになる。

片足で胡座をかくと下着までが丸見えだ。目を見張る魚之助へのちょっとした意趣返しで、
藤九郎はやんややんやと騒ぎ立てた。二人して富吉の次の仕事に思いを馳《は》せれば、酒も進む。

「足は鍛えとるんや。飛脚なんてどうやろう」

「大店《おおだな》の手代なんてのもおもしろいかもしれませんよ」

「棒手振《ぼてふ》りで気楽に生きるのもいいやねえ」

「高いところが大丈夫なら、大工ってのはどうでしょう」

「おいおい、兄《あに》ぃ、お前さんええもん食うてるやおまへんか」

甘えたようなその声に振り向けば、いつの間に移動したのやら、小上がり座敷で丼を掻き込む男の隣に座り、魚之助は親しそうに袖を引っ張っている。甘酒ごときで酔うはずもないとすれば、こちらの盛り上がりに拗《す》ねての蛮行にちがいない。藤九郎は三和土《たたき》に足を下ろして、立ち上がる。

「魚之助、迷惑をかけたら駄目じゃねえですか」

　知らねえお人に、と言いかけた口は、ぴぃ、と鳴く声に阻まれた。器で顔は隠れているがその額についた黒子には見覚えがある。芸者の心中騒ぎで雛五郎の楽屋に乗り込んだ時、

ひっくり返っていたあの男だ。

「なあ、奥役。お前さんにしちゃあ豪勢なもん頼みはったなぁ。雛様がくれはる駄賃は、そないにええのんか」

肩まで組み始めた魚之助を止めに座敷へ近づこうとすると、また巾着袋の長元坊が鳴き始めて、魚之助が舌を打つ。

「うるせえな、なんでそないに鳴いてんのや」

「あ、すいません。お腹が空《す》いてるみたいで」

懐を探ったが、生憎《あいにく》今日の分の餌は切らしてしまっていた。巾着袋の口をきゅっと絞るが、鳴き声はまだぴいぴいと漏れ出てくる。

「このお店の中に鼠でも潜んでいるんでしょうね」

「ねずみ……」

がつがつと箸《はし》で丼を掻き込む音が店に響く。急に行儀の悪くなった奥役をじいと見ていた魚之助が突然、口端を大きくつり上げた。

「そないに慌てて食わんでも、あんたの餌は逃げやしまへん。もっとゆっくり味わった方がよろしいで。ああ、それともなんや、飯がまだ足りへんのかいな。ほんならもっと頼んだろか。ついでにあたしたちに奢《おご》ってくれな」

手をつき、男に尻を滑り寄せ、魚之助は男にもたれるようにして指折り数える。

「あたしと、あの男とあっちの男だろ、そいで」

あの鳥にもね。

長元坊がぴぃと鳴く。思わず「人間の食いものは駄目ですよ」と声をあげると、

「やれへんがな。やるのは、ほれ、こいつのこの膨らんだ懐の中」

ゆらりと奥役の胸に当てられた手のひらはあまりに白くて、そのまま透き通って懐の中を探り始めそうだ。

「はようお出しよ」魚之助はんふふ、と笑う。「その鼠の死体をよぉ」

「お、おいらにゃあ、なんの話かさっぱり」

男の額からは滝のように汗が流れ落ち、盆の上にぽつぽつと染みを作る。

「そんな殺生なこと言わんでおくんなよ。雛がこんなにぴいぴい鳴いてるやないか。雛五郎の楽屋のときと同じようにねぇ」

「親父、お勘定だよ！」

奥役が音を立てて立ち上がると、それに驚いたのか雛が巾着袋の中で羽ばたいた。魚之助は藤九郎に向かって手を伸ばし、荒々しく巾着袋を奪い取る。

「おうおう、飛びたいか飛びたいか。そんなら放してやろうかねぇ。でも、餌に飛びついたらあきまへんで。お前のするどい爪がずぶりと刺さって、奥役さんの腸《はらわた》がでてきちまうからねぇ」

「待ってくれ！　おいらはただ頼まれただけで」

泣きそうになっている奥役の鼻の頭を、細い指がついとあげる。

「まあ、ええわ。酒はまだあるさかい、ゆっくり味わいながら教えてもらうとしましょうや」

魚之助は微笑み、巾着袋の紐をしゅるりと解いた。

足裏が板に吸い付く音が、したりしたりと小屋の中、響く。

夜中の芝居小屋は昼間とは打って変わって静寂に包まれている。手に提げた行灯《あんどん》の光を追うようにして、粘つく闇を分け入って進む。月代《さかやき》から流れる汗を手の甲で拭いつつ、あたりに誰かを探すような仕草を見せるが舌打ちを荒々しくひとつ、足早に階段を上がっていく。最後の一段を踏みしめたところで、ふとなにかに気付いたように顔を上げた。漏れ出ている楽屋の灯りに目を眇《すが》め、楽屋暖簾を捲り上げると、部屋の真ん中には女が一人、平伏している。

「雛五郎様」

凜《りん》と涼やかな声に目を見開いた。ゆらゆらと揺れる燭台《しょくだい》の火はその輪郭をほのかに浮き上がらせるだけだが、膝の前でつと揃えられている指先は美しい。そして、指の前に置かれたその短刀の装飾も。

「……俺っちに何か用かい」

立ったまま腰に手を伸ばし、右手は煙管《きせる》入れを探っているが、上等な布地の擦れる音だけが畳の上に降り積もっていく。

「ほんに薄情なお方」弧を描く唇の端が炎に揺らめく。

「そのご様子じゃあ、先日の芸者と同じようにわっちのこともお忘れでござんすね。あの燃え上がるような夜を覚えておられやしない？」

匂い立つような怒気が声の裏に滲み出している。女の声が足に絡み付き雛五郎はとん、と尻餅をつく。そのまま尻ですさるが壁に突き当たる。女はそれを見てころころと笑う。

「だが、わっちも雛様には可愛がってもらったんだ。このまま首を切り落とすのはちと忍びない。……わっちの名前をお答えください。当たらば逃してやりんしょう」

雛五郎はこくりこくりと喉を動かし、何度も唾《つば》を飲み下す。喉元を駆け上《のぼ》ってくる名前が多すぎて、どうやらそれらが喉仏でつっかえるらしい。

「……お袖《そで》か」

「ちがうねぇ」

「お清《きよ》だな」

「そいつもちがわい」

「……お松《まつ》」

「あらあら、こいつは救いようがないですねぇ」

ふふふ、と息を含んで笑う声が、暗闇の中に浮き上がる。

「わっちのほかにそんなにも哀れな同胞《はらから》がいようとは初耳だよ、雛様」

衣擦れの音がしたかと思うと、どん、と畳を踏みしめる振動がその場にいる者の背筋をなぞり上げる。燭台の火が光る刀身の上をゆらめいた。

「わっちはお前さんの芸の肥やしになったまま、引き下がっていられる玉じゃあございやせん！　食うて捨てられた女の恨みを味わりゃあ！」

雛五郎からは悲鳴も上がらない。刀を振りかざした女の姿がゆらめくように立ち上り、そのまま、どう、と前に倒れこむ。思わず己の体が動いた。手行灯を片手に楽屋に踏み込み、倒れたその体を慌てて抱え起こした。灯《あか》りに照らされ、にやりと笑みを浮かべているその女の顔は――、

「はははははは！　さすがは白魚屋、こいつは至極上上吉だぜ！」

雛五郎は立ち上がり、天を向いて大口を開けた。


魚之助は言う。

「お前さんは確かにいい役者だよ。豪快ではっきりとした性根と芸は、江戸っ子好みの味付けや。だが、お前の本性はとんでもあらへん。あの芸者が言ったことが真ん中をついとる」

芸、芸、すべては芸事のためであったのか。

「ようやるわ。己の芸のためにわざわざ上方役者を呼び寄せて、主役のてれこ芝居を仕組むたあ」

「どういうことですか」藤九郎は、鬘《かつら》を外す細い手首を思わず摑む。

「前に聞いたとき、この人は座元の思いつきでこうなってしまったと、そう」

「あないなもん、嘘にきまっとるやろ、阿呆鳥」

「嘘……」

「あれが座元の一存なら、なんでこいつはあの芸者と恋仲になったんや。前々から主役を張ることがきまっとらんと、芸者と心中稽古をしようとは思わんやろ」

　そう言い捨てると、魚之助はくるり雛五郎へと向き直る。行灯を増やした雛五郎の楽屋の中は、生き生きとした魚之助の顔がよく見える。

「しかもてれこ芝居の相手が上方根生いの役者とはうまくやったもんやわ。今日びの潮の流れは、上方から江戸に変わりつつある。上方役者が相手となれば、江戸のお人らの江戸贔屓に力が入るのも当たり前や。尾山雛五郎の番付評は上がって、万々歳」

　これまで文化の上流はすべて上方だった。だが魚之助の言う通り、文政の世に入って潮の流れは変わり、最近は江戸から上方への流れが強い。やれ今こそと江戸が上方を下に見て、一寸でも悦にいろうとするのはなんとなく道理がわかる。江戸の人間が、上方役者をこき下ろしてしまうのも、頷ける。

「そうやって雛様は京谷屋はんを踏み台として使い、芸者はんを使い捨て、次は虎田屋はんを捨てはるおつもりなんでっしゃろ」

　耐えきれず、藤九郎は楽屋の畳に手のひらを叩きつける。

「どうしてですか！　寅弥さんはあんなに舞台に対して一生懸命に頑張っている！　素晴

らしい役者じゃあないですか！」

「素晴らしい？　あいつがか？」雛五郎は喉の一番深いところで、くく、と笑う。

「おいおい、おめぇの目は節穴かよ。なに頓馬《とんま》なことを言いやがる。太夫、教えてやってくれや。あいつがどんな役者かをよ」

魚之助は藤九郎を一瞥《いちべつ》すると、氷の表を滑るような声でつるりと言う。

「とんでもねえ下手くそやわな」

「そうだ！　あいつは糞《くそ》がつくほどの下手くそだ！　指先の動きはきたねえし、足のはこびもなっちゃいない。台詞回しも勘が悪いってのは救いどころがねえ。所詮親の七光りで舞台に立ってるに過ぎねえんだよ」

「だからって、追い出すんですか！　鼠の死体を楽屋に仕込むような真似をしてまで！」

おいらは雛五郎さんに頼まれただけなんだよ、と居酒屋で奥役はわめいた。鼠の死体を寅弥さんの鏡台の上に転がしておいてくれってよ。あとは猿車さんがうまくやってくれる手筈《てはず》になってたんでさ。今日だってほら、この通り、と奥役が懐から出した風呂敷包みには、赤い舌をちろりと垂らした鼠の死体が居座っていて、この鬼のお八つを引き渡すためにこれから雛五郎と落ち合う段取りになっていることがここで知れたというわけだ。おいらも猿車さんも脅されたんだ。金を握らされて、頼んだぜなんて立役者に言われて、逆らえる奥役がどこにいるってんだ。

「あんたは主役で寅弥さんは女房役で、これまで一緒に舞台を作ってきたじゃないですか。

そんな相手を鬼に仕立てあげて、中村座から追放しようとするなんて、あんた、一体何のためにそんなことをするんだよ」

「決まってるじゃねえか」雛五郎は涼しげな笑みを浮かべる。

「女房のせいで、この雛五郎様の評価が落ちるのはたまんねえからさ」

ゆらりと揺れる行灯の光が、男の整った顔を照らす。

「それだけのために……」

「それだけ、ねぇ。役者にとっちゃあ、それがすべてだ」

睫毛に燃え移りそうなほど赤々と光った目が、部屋の中、丁寧に積み上げられた番付へとすうと動く。

「あの紙切れが俺っちのすべてだ。上上《じょうじょう》を上上吉《じょうじょうきち》にするために、上上吉を極上上吉《ごくじょうじょうきち》にするために役者は命をかけるんだ。役者は借金をしてでも衣装を作る。舞台のものだけじゃねえ、普段の着物や羽織も豪奢じゃなきゃいけねえ。お上に折檻《せっかん》されねえ際を見極め、衣装に役者紋を抜く。普段だって気なんぞ抜いてちゃいられねえ。常に金をばら撒いて、肝っ玉がでけえところを見せにゃあならん。極上上吉の雛五郎様は舞台の上だけじゃねえ。普段の姿も極上上吉の雛五郎様でなきゃあいけねえのさ」

懐から出した鏡を覗《のぞ》き込む。ああ、大丈夫だ、今日の俺っちも大丈夫そうだよ、と雛五郎は歯を見せて笑う。

「極上上吉にふさわしい衣装、極上上吉にふさわしい煙草入れ、極上上吉にふさわしい家。

極上上吉にふさわしい女房役は、寅弥じゃあねえのさ」

　そう言い切って、雛五郎はまっすぐにこちらに顔を向ける。

「芸者に化け、小道具の刀を振り上げたその気魄《きはく》で、この俺っちに腰を抜かさせるほどの役者じゃねえと」

　なあ、白魚屋。

「……芸のためにそこまでやるなんて、狂っていやがる」

　藤九郎は己でも気づかぬうちに、魚之助の前に体を入れていた。背中に回した手で魚之助の着物をぎゅうと握る理由は己でもわからない。

「狂ってなんかいねえさ！　なあ、そうだろう、白魚屋。お前からも言ってやってくれよ。お前さんなら、俺っちの言うことをきっとわかってくれるだろ」

　静まり返った芝居小屋は、囁《ささや》き声でもよく響く。

「己の両足を芸に捧《ささ》げたお前なら」

　その言葉に魚之助は答えなかった。「そんで？」と背中から藤九郎に水を向ける。

「こいつの本性はこれで暴けた。どうや、お前からみて、雛五郎は鬼の器かい？」

「……鬼のごとくの非道さですが、断定するのは他の皆さんの本性を暴いてからでもいいかもしれません。ただ、桜羽屋。今日の件は座元に伝えさせてもらう。己の処遇を覚悟しとけよ」

　藤九郎は持てる力のすべてを使って凄《すご》んだが、雛五郎の目は魚之助から離れない。魚之

助が取り出した扇子でするりと顔を隠せば、

「ああ、やっぱりいい女だよ、お前は」

　雛五郎はほう、と息を吐《は》いて、それからずっと笑みを浮かべていた。


……白魚屋。こいつはもう駄目だ。切るしかありません。

……おいおい、莫迦《ばか》を言っちゃああかんで、先生。そないな大事《おおごと》にせんでもええんです。ただ一寸《ちょっと》切られたところがぴりぴりするから、診てもろうただけやないの。

壊疽《えそ》だ。患部が腐ってそれが広がっている。今、膝《ひざ》から下を切っておかないと、こいつは上にあがってくるぞ。そうなりゃ体中が腐って死んでしまう。

…………。

　こいつは大事なんだよ。早く処置をしないと手遅れになる。お前さんも相当痛いはずなんだ。我慢していたってこれは治らない。

……ふん、先生。先生は誰の贔屓《ひいき》なんや。どうせ江戸の根生い役者の贔屓なんやろ。せやから上方から下《くだ》ってきたあたしにそないなことを言う。切らんでもええのに、切れだなんて藪《やぶ》もほどほどにせえや。

　しかも白魚屋、お前さん患部をなにかで強く縛り付けていたな。多分そこから虫が入ったにちがいない。だからここまで悪化したんだ。

……いいのかい。あたしが藪やと言いふらせば、先生はこの江戸で生きていかれへんで。

さっさと治した方が身のためやぜ。

どうしてこんなになるまで放っておいた。舞台に立つ前に医者にかかっておけば、切らずにすんだものを。

御託《ごたく》はええんや。はよ治せ。……はよう治しておくんなよ。

…………。

後生だよ。金ならいくらでも払うやないの。あたしは役者なんや。足を切られてどうやって舞台に立つ。なあ、助けておくれよ、先生。なあ、先生。なあ、なあ。

なあ。

魚之助を前にして、ああ、いい女だなんてうっとり雛五郎は宣《のたま》ったけれど、藤九郎は思うのだ。本当にいい女ってのは、こういう人のことをいうのだと。

　徳兵衛がそっとお初の足を持ち上げるだけで、お初は愛する男の真意に気づく。ああ、徳様、わかっているよ。己のふくらはぎを徳兵衛の喉仏《のどぼとけ》に滑らせて、お初は徳兵衛に心中の誓い立てをする。桟敷《さじき》から身を乗り出しながら、藤九郎は舞台を眺める。いくら人気のない方の役者だと言っても、ここは中村座、舞台は大詰め。小屋の客はしんと静まり返り、目を凝らして二人のやりとりを見つめている。

あれほど大見得を切った藤九郎だったが、雛五郎の一件は座元に報告をしていない。芝居者に口封じは無理。座元に密告した話が漏れれば、小屋中が大騒動になるのは間違いなくて、万が一鬼が雛五郎ではなく別にいるのなら、騒動に乗じて悪さを働く可能性だってある。それならまだ藤九郎たちの中だけで留《とど》めておいた方がいいというのが魚之助の言葉で、藤九郎は素直に従った。それを知ってか知らないでか、雛五郎は魚之助を見つけるたび、にんまりと笑みを寄越《よこ》してくる。

そんなにいい女だろうか、と藤九郎は前柱にもたれかかる魚之助を盗み見る。

今日はまた一段と化粧が薄い。魚之助を抱えて小屋から逃げ出したあの日以来、日に日に魚之助の化粧が薄くなっているような気がするのは、己の勘違いなのだろうか。前は塗りつぶしていた二皮目のひだがよく見えるし、紅も一度塗ったきりで重ねて塗ってはいないようだ。だがそちらの方が元の目鼻立《めはなだち》がくっきり見えていいかもしれない、と考えたところで、いやいや、と首を振る。

何を考えてんだよ、藤九郎。この人は男。女子《おなご》としてみるのはそもそもがおかしい。魚之助は女子のふりをするために化粧をしているに過ぎないのだ。こいつは魚之助の仕事の話で、化粧が薄いやらどうやらと己は吝《けち》をつける立場にない。

そう心の裡《うち》で呟《つぶや》きながら視線を戻すと、いつの間にやら魚之助の体が前柱の上に乗っている。慌てて首根っこを捕まえたが、魚之助は前柱を抱きしめるようにして下りようとしない。

「一体、どうしたんですか」

「……あれは、剃刀《かみそり》やな」

「え？」

きっと舞台を睨《にら》みつけている魚之助は、それから口を開かなかった。何も教えてくれない相方にむかっ腹を立てていた藤九郎だったが、その意味が芝居が終《は》ねた後の舞台の上でようやくわかる。


「剃刀や！」

集まった芝居者たちを睨みつけるその剣幕に、藤九郎は思わず目を剝《む》いた。唾《つば》を撒《ま》き散らしながら怒鳴る口は、先ほどまで女の足にそっと吸い付いていたその口だ。静かに死出の旅路を歩いていた徳兵衛が、今は舞台で地団駄を踏んでいる。あんなに優しく扱っていたお初の着物の裾《すそ》を、徳兵衛がこうも荒っぽく扱うだなんて。

「こんなところにこそこそ仕込みやがって、一体どういう料簡《りょうけん》なんや！」

平右衛門が床に叩《たた》きつけた着物を藤九郎は拾い上げる。それは確かにお初の玉子色の縮《ちり》緬《めん》裲襠《うちかけ》で、その淡藤色のぼかしが入った裾には鋭い剃刀の刃が糸でくくりつけられていた。着物の折り目に沿わせているその隠し方は巧妙で、舞台の上、しかも芝居の最中であったならまず気づけない。藤九郎は先ほどの芝居を頭に思い浮かべてみる。徳兵衛はそうっとお初の足を持ち上げると、強張《こわば》る足首を一撫《ひとな》でする。そうして、足と裾の間に首を入れ、

しゅるりと勢いよく首を動かしていれば、

「勢いよく首を動かしていれば、俺の首はざっくりいってもうてた！　咄嗟《とっさ》に気がついたからよいものの、見落としていれば今頃、俺は三途《さんず》の川や！」

現実に近い所作を好む平右衛門は、刃に強く首を押し付けていたはずだ。藤九郎の首筋にはぞくりと寒気が走る。

「でも、」とおずおずと口を挟んだのは由之丞だ。「そいつは寅弥様の衣装じゃありませんか。蔵衣装じゃなくて、自前でご用意した衣装であらしゃったはず」

「刃の仕込まれた衣装は俺が使うんだぜ。てめえの用意した衣装でてめえの足を切っちまうような真似なぞ、死んでもするかい」

寅弥は由之丞の言葉を切って捨てるが、さわさわと囁き声が芝居終わりの舞台を漂い始める。

「それじゃあ、こいつも鬼の仕業か」とは誰かが言った。

「そうじゃ、そうにちがいあるめえ」とは皆が言う。

「また誰かに成り代わった鬼がやったんだろうさ」

「陰湿だねえ。鬼も人間のごとくに知恵をつけやがった」

「おいおい、鬼が聞いてなさるぜ。後ろからがぶりといかれちまうぞ」

「おお、怖《こえ》え」

舞台に集まった下回りたちが口々に物を言い、ゆるみ始める空気の中で、藤九郎もそうだ、そうだよ、と相槌《あいづち》を打つ。

そうだよ、鬼じゃあなきゃ、いけねえのだ。雛五郎のときのあの舞台の木の切れ込みとおんなじだ。こんな非道なことをするのが、人間であるわけが――、

「鬼じゃあねえ！」

平右衛門が吠《ほ》えた。

「断じて鬼じゃあ、あらへん。鬼のせいにするんやない。桜羽屋と同じようには俺はいかん。俺ぁわかったある。お前らの誰かがやったんや。誰かが俺を殺そうとしているんや！」

集まった役者たちを睨《ね》めつけるその目は、落とし忘れた紅よりも赤く血走っていた。だが、向けられたその視線に素直に身を縮める役者たちではない。

「ちょいと平右衛門さん。そいつはひでえや」

「そうだよ、これまで一緒にやってきたってえのに、そりゃねえぜ」

「俺らを悪者にしてえのかよ」

身を寄せ合って口を出す役者たちに、「江戸者がぁ」ひび割れた声が床を這《は》う。

「一緒くたになって俺を嵌《は》めようとしとるんやろが。虎田屋だって、どうして気づかへん！　芝居前に衣装さえ確かめないとは、とんだ手の抜きようだ！」

「なんだともういっぺん言ってみやがれ！」

声高に寅弥が平右衛門に摑《つか》みかかろうとしたそのときだ。

「言い争いをしても詮《せん》ねえだろうが」

　珍しく沈黙していた雛五郎が、飛びかかろうとしていた寅弥の袂《たもと》をくいと引っ張った。

「気づかなかったんなら仕方がねえさ。言い争っても埒《らち》があかねえ。が、そうだな、京谷屋さんが信じられねえってんなら、どうだい」

　舞台の上に残ったままの石の張りぼてに、雛五郎は軽く腰を下ろす。皆の視線が集まる中、ぺしりと一つ己の膝を叩き、

「ここはひとつ、白魚屋に確かめてもらおうじゃないか」

　その場にいる大勢が振り返った。刺さる視線に、舞台の端っこに佇《たたず》んでいた藤九郎は、背負った魚之助の尻《しり》をきゅっと抱え込む。ただひたすら嫌な予感がした。

「おい、白魚屋」雛五郎の声は藤九郎の太ももを上り、魚之助の足に絡みつく。

「その裲襠《うちかけ》を着てみてくれよ。それで、お寅が気づけたかどうか判断してくれな」

「なんであたしがそないなことをしなくちゃならへんのや。あたしゃやらへん」

　はたき落すその口調はしっかりとしている。だが、藤九郎の背中の着物をきゅっと握り締める両手は震えている。

「お前さんは鬼を探し当てるためにここにいるんだろ。だからこそ、お前は今、この中村座に立っていられる。そんなら、与えられた仕事をしてもらわなくちゃあいけねえなぁ」

「あたしはもう剃刀が仕込まれていることを知っている。剃刀に気づけたかどうかの判断なんてできやしまへん」

「おいおい、お前くらい年季の入った役者なら、その裲襠が妙に重《おめ》ぇのか重くねえのかぐ

らい、わかっちまうもんじゃねえの」

なぁそうだよなぁ、と周りの相槌を得ようとするところも鬱陶《うっとう》しい上に、意地が悪い。どうしてこうも魚之助にまとわりついてくる。魚之助がその剃刀付きの裲襠を着たところで、何がどうなると言うのだ。

「応《こた》えてやる必要なんてないんですからね」藤九郎は首をひねってこっそりと囁く。

「魚之助は役者じゃないんだ。嫌なら別に」

魚之助は藤九郎の背中を小さく蹴《け》る。魚之助、と呼びかけると、もう一度。藤九郎は渋々、もう一つの石の張りぼてに魚之助を腰掛けさせた。魚之助は剃刀のついた裲襠を受け取ると、それにふわりと袖を通す。胸元を合わせ、お初と同じようにするりと裾をたくし上げると、魚之助の白い足が姿を見せた。

しんとその場が静まり返った。大勢の目がじいと、魚之助の足を、人魚の尾っぽを見つめている。くすりと誰かが笑った。なにがおかしい。藤九郎は一人、役者たちを見回した。ただの足だ。足の先っぽを巾着袋《きんちゃくぶくろ》で覆っている以外は何の変哲もない、細く、白くて美しい女子のような足で——。

「なんでぇその大根足は」

先ほどまでの跳ねるような声ではない。雛五郎は眉《まゆ》を寄せて、吐き捨てる。

「どうして毛を剃《そ》ってねえ」

魚之助は何も応えない。ただ藤九郎をじっと見つめていた。助けを求めているのではないと思った。だから藤九郎はなにも言わずに見つめ返す。心の裡で魚之助に言う。いいじゃねえですか、毛の生えた足でいいじゃねえですか。だって、魚之助は町人だ。今は役者じゃねえんですから。

「よくもそんな間抜けな足を堂々と見せられたもんだな。はやくしまいねえ。反吐《へど》が出る」

ちっと舌を打たれても、魚之助は身じろぎひとつしない。

「俺っちは、もう拍子が抜けちまったよ。あとは勝手にやっておくんな。誰が平右衛門を殺そうとしたところで興味がねえや。ああ、なんだよ、興醒《きょうざ》めだ」

雛五郎がその場をあとにしても、誰も口を開かなかった。静かにひとりふたりと舞台から消えていく。渦中の平右衛門もいつの間にかその場からいなくなっていた。

どこにもいけぬ魚之助だけが、舞台の上に取り残されていた。

三日後、百千鳥の店じまいをし鳥の世話も終えた頃合いに、女子がひとり訪ねてきた。応対に出てきた藤九郎に、面皰《にきび》顔の女中、虎魚《おこぜ》は、お呼びだよ、とただ一言そう言った。藤九郎は何も言わずに虎魚のあとをついていく。

入った部屋には行灯《あんどん》がふたつ。床に折り重なる着物の色をおぼろげに照らし出す。膝をついた藤九郎の前には、一本鈍く光る剃刀が置かれていた。横座りをした部屋の主は、それを手に取れ、と言う。手にとって、足の毛を剃れ、と藤九郎に言う。行灯の明かりでは、横を向いたままのその顔が見えない。藤九郎は目の前の剃刀を手にとった。

投げ出された白い足にそうと触れ、己の膝の上に抱えあげる。

さり。

さりさり、と毛を剃った。

「……ちくしょう」

闇の中から滲《にじ》むような声がする。藤九郎はなにも聞こえぬふりをする。

「……ちくしょう……ちくしょうめ」

この人は、毛の生えた己の足を皆の前に晒《さら》すとき、どんな思いでいたんだろう。正直、藤九郎にはわからない。わからないけれど、なぜだか胸がはちきれそうなのだ。

もう役者じゃねえだろうと平右衛門に言われたあのときに、あんたは毛を剃るのをやめたのか。それじゃああんたは役者に戻る気はなかったのか。だが、その毛をもう一度剃り落としてしまうのはなぜなのか。町人になると決めていたのに、もう一度役者に戻るのか。剃り落えた足にすぐさま化粧水を塗りたくる魚之助の顔は涙に濡《ぬ》れていて、女子のように美しかった。


二丁町の南に構えられた表屋《おもてや》造りの家屋は、おそらく江戸でも五本指に入る有名処《どころ》だ。

だが、藤九郎は豪奢《ごうしゃ》なそれを目の前にしても一歩もひかず、二十畳もの部屋に通されても怯《ひる》まぬように胡座《あぐら》をかく。呼び出されたからと言って、あいつの手の内に行ってやる必要はないのだと、藤九郎は何度もそう言ったのに、魚之助は首を横にはふらなかった。ならば、と藤九郎は座ったまま肩を怒らせる。ならば、この俺が立ち向かってやらねえと。

五日前にあれほど罵《ののし》っておきながら、家の玄関柱に背を預けた雛五郎は満面の笑みで魚之助たちを出迎えた。声をかけられたのは昨日のことで、雛五郎の黒子《ほくろ》奥役からおずおずと伝えられたのは、雛五郎からの自宅へのお招きだった。今日は大道具の点検で芝居は休座だ。なにを考えての呼び出しかはしらないが、藤九郎には戦う準備ができている。ぐっと前のめりになりながら、前に座る雛五郎を睨みつけていると雛五郎は首をひねり「ほれ、はよう入んな」と後ろに向かって声をかけた。

つつ、と開けられた襖《ふすま》の先に赤を見つけたとたん、藤九郎はいつもの癖で己の体がきゅうと小さくなるのがわかった。膝を揃えて入ってきたのは、めるだ。こちらを見てその緑の目を大きく見開いている。

「わざわざ来てもらって悪かったな。今日呼んだのはほかでもねえ、こいつと引き合わせてやりたかったのよ」

雛五郎の紹介で我に返ったかのように、めるは慌てて頭を垂れた。

「髪の色を見りゃあわかるが、こいつは紅毛との間の子だそうだ。だが、怖がるない、蘭《らん》方医《ぽうい》としての腕は確かだぜ。俺っちは今、こいつにあるものを作らせていてねぇ。そいつを太夫《たゆう》、お前さんに贈りたいんだよ」

「……あたしに、なにをや」

「人魚のひれさ」

雛五郎はにやりと笑い、面をあげためるの顔は興奮からか輝いている。だが、めるが抱える錦《にしき》袋から大事そうに取り出したものは、めるの顔に負けず劣らず金ぴかと光る。畳に置かれた二尺足らずの棒の先には五つの突起が付いていて、それを雛五郎は軽やかに手で叩く。

「さすが毛唐の技術さね。今じゃあ銀がむきだしだが求肥《ぎゅうひ》をつけて漆《うるし》でこすれば、皮になるそうだ。いずれは本物の足と見間違うほどのもんになるんだとよ」

「義足です」と間髪を容《い》れずにめるは畳に手をつき口を挟む。「これは義足と言うんです」

「そいつをつけりゃ歩けるらしいぜ、なあ、太夫」

そんな甘い声を出されても、藤九郎はもう、あの口から息も凍るような冷たい言葉が吐き出されることを知っている。

「お前さん、いつまで陸《おか》に打ち上げられているつもりなんだい。もう、お前の足は舞台の上で泳ぎたくてうずうずしてる。俺っちにはわかるんだ。ほれ、毛も剃って、泳ぎやすい足になったんだろう」

なぜ知っている。藤九郎は慌てて魚之助の足元を見たが、着物の裾は乱れていない。この二日間、魚之助は裾の長い着物を着ていたはずだ。雛五郎は笑みを浮かべ、「わかるさ、白魚屋が考えていることならば」と言う。

「今もまたたびを足に塗りこんでんのかい。どうだい、前のように猫は寄ってくるかい。鱗《うろこ》は今も道端に落としてんのかい。贔屓どもの噂話は気持ちがいいよなぁ。よくもまあ、その赤手拭《あかてぬぐ》いを巻けたもんだ。そいつのせいでお前は足を切り落とすはめになったってのによぉ」

まくしたてた雛五郎は一旦《いったん》言葉を切り、そして、「無理さ」と羽毛で擽《くすぐ》るようにして魚之助に語りかける。

「無理なのさ、白魚屋。お前は根っからの芸狂い。芸のためにゃあ、なんでもしちまう。俺っちと同じ穴の貉《むじな》ってわけさ。お前さんは役者としてしか生きていけねえ。戻ってこい、魚之太夫。はよう俺の相方をしておくれな」

そのとき、藤九郎は自分の堪忍袋の緒が切れる音を聞いた。拳《こぶし》をぎゅっと握り、胡座をかいた己の太ももに打ち付ける。

「なにを手前勝手に決めてやがる。魚之助の道は魚之助が決めるんだ。それが役者じゃなくっても、お前が口を挟む隙はねえはずだ。魚之助は役者じゃなくとも生きていける！」

切った啖呵《たんか》はもう止まらない。だいたい、めるさん、と藤九郎は雛五郎の近くに堂々と座るめるを睨みつける。

「あんたどうしてそちらにいるんだよ。どうしてそんな鬼と一緒になって、魚之助を追い詰めるような真似をするんだよ！」

己が立ち上がるとそれなりの大きな図体《ずうたい》になるのはわかっているが、さすがの立役者はまったくびくともしていない。

「なんでぇ、お前ら知り合いかい」と菓子を口に運ぶ余裕さえあるらしい。

「こんな阿《あ》呆《ほう》な鳥と見知った覚えはありまへんが、魚様とは深《ふけ》ぇお付き合い。一緒に住んで身の回りのお世話をさせて頂いておりますす」

「そりゃあいい！　義足の手入れも毎日できんじゃねえか」

歯を見せて無邪気に喜ぶ様子が、余計に藤九郎の癇《かん》に障る。

「魚之助は、役者に戻るなんて一言も言っていやしねえ！」

「なら、話し合ってみるがいいさ」と雛五郎は胡座を解いて立ちあがる。

「俺ぁ、席を外してやろうじゃねえの。まあ、答えは、その艶《なま》めかしい足が物語っているように思えるがねぇ」

笑みを残し、家主が部屋を出て行くなり、「めるさん、あんた一体なんだってこんな……」いの一番に嚙《か》み付いてやったが、やはりいつもの通りにめるはこちらを見やしない。

「おめでとうごぜえやす」

額を押し付けた畳がごりごりと音を立てている。

「おめでとうごぜえやす、魚様、めるはこの日を待ち望んでおりやした。立ちあえるのが夢のようや。白魚屋、完全復帰の名場面」

顔を上げると、目が水浴びをしたての鶯《うぐいす》のように潤んでいた。

「蘭方医の弟子をやっていてほんまによかった。ですが、義足のことはご内密に。ただでさえ厳しい異国の品。秘密に貰《もら》い受けたのが、お上にばれたらお縄を頂戴《ちょうだい》することになるさかい」

だが、めるは魚様のためならすべてを棄《す》てられる、とめるは口調を強くする。

「今回、あの生っちろい役者の頼みを引き受けたのもすべては魚様の御為のことだったんだす。魚様のおみ足に合う義足は完璧《かんぺき》でなきゃあきまへん。いろんな人間で義足の具合を試しておこうとあいつについてきてみれば、目の前にいるのは当の魚様やおまへんか。めるはもう、嬉《うれ》しくって」

つまり、この男は足のなくなった人間で魚之助のための義足を試すつもりでいたと言う。

藤九郎は少しばかりぞっとする。

「めるは一生、魚様のおみ足となりましょう」

目を細め、魚之助を見上げるめるに、それまで黙っていた魚之助が、ぽつりと言う。

「……人魚に足が生えるんや。みんな小屋に押し寄せてくるやろね」

「そらぁ、当たり前だす。魚様が舞台に戻る日をみなが心待ちにしております。魚様は役者になるために生まれてきたんだっさかい」

その言葉に藤九郎はずいと前に出た。そして腹の底から声を出す。押し黙った魚之助の耳にもきちんと入るよう。

「役者だけが道じゃありません。生きていく道なんていっぱいあらあ」

「どうやって？　魚様が役者やのうて、どうやって生きていけると言うんです」

めるは藤九郎に向かってにっこり笑う。引き上げられた頰には歪《いびつ》な笑い皺《じわ》が刻まれている。

「ねぇ、魚様。お腹は痛くありませんか？」


とと。とと。

あほ。かってにへやに入ってくるんとちゃうわ。なんやお前、なくとほんまにとかげさんみたいやな。

とと、いたい？

こんなもん、いたくもかゆくもあらへんわ。ぶたれただけでだけでぴいぴい言うててどないすんねん。

うそや。とと、ないてたもん。

あほやな。あれはわざとや。ないてやれば、あいつはまんぞくするさかい。あしたもくる言うてたわ。んふふ。これであいつもおれのひいきやで。おれがたゆうになったらいっぱい金つかわせたんねん。

とと、さむいんか？

なんの話や。

……とと。ここ、さむいわ。ふるえが止まらんさかい、ぎゅうってしてや。

……しゃあないな。

なあ、とと。あたしもたゆうになる。とといっしょにたゆうになる。

そんなら、たゆうになるためのひみつ、聞かしたるわ。その頭にささってるもんもっておれのへやまできい。その代わり、お前今、お馬さんやろ。

うん。

そんなら、それをおれに教えろや。そのお馬さん、おれのものにしたるさかい。


めるとの会話を打ち切ったのは、藤九郎の勝手な判断だった。これから中村座で用事があるのだと嘘をつけば、めるは快《こころよ》く魚之助を送り出した。だが、芝居小屋へと来たものの、休座とあって芝居者たちの数は少なく、行くあてもない。三階の廊下をふらふらと彷徨《さまよ》っていると、魚之助がとん、と背中を蹴ってきた。指差すのは平右衛門の楽屋で、暖簾《のれん》の隙間から覗くと誰もいない。藤九郎はあたりを一度見回してから、中へと足を滑らせた。

「お腹は痛くありませんか、なんて聞くんなら、きちんと診てくれりゃあいいじゃねえか。あの人はお医者様だろ」

「……別に診てもらうほどのもんやありまへんから」

ちぇっと床を蹴ってみせると楽屋に置かれていた扇子を蹴飛ばしてしまって、藤九郎は慌ててそれを拾いにいく。平右衛門は今宵《こよい》も上方贔屓の宴会に出るのだと聞いた。今更楽屋に用があって鉢合わせとなる可能性はないだろうが、楽屋の物を動かして、ただでさえ無愛想な男の機嫌をさらに損ねるような真似はしたくない。

背中から下ろしてやった魚之助は、座り込んだままの姿勢でぼうとしていた。その静かさが藤九郎には不思議に思えてならない。

先ほどは雛五郎の決め付けたような物言いに思わず嚙み付いてしまったものの、よくよく考えればおかしいのは魚之助の方だった。めるが言うには、義足に慣れるには時間がかかるが、魚之助の体をもってすればひと月ほどで舞台に立てるようになるはずだという。義足をはめれば舞台に戻れる。どうしてそいつに飛びつかねえ。

役者だけが道ではないと藤九郎は訴えているが、魚之助が喜んでその道に戻るというのなら話は変わってくる。だが、魚之助は義足を差し出されても喜んだりはしなかった。ただ右手で腹をさすっていただけ。

実は、本当に腹の調子が悪いんじゃなかろうか。そのせいで、義足のことをきちんと考えられなかったなんてえことも。

めるが最後に残した言葉がやっぱり心に引っかかって、藤九郎は魚之助の背中へ声をかける。

「一回きちんと医者にかかったほうがいいんじゃないですか。近頃、お腹をさすっているところをよく見やす。腹にできもんでもあったら、ただごとじゃねえや」

「……こいつはそんなもんやない。月に一度の祭りみたいなもんやさかい」

「祭り？　腹が痛えのに祝い事ですか？」

「赤飯でも炊いてくれや」

小さく呟いた魚之助はぐるりと体の向きを変えてから、呆《あき》れたような視線をこちらに寄越した。

「そいつをいつまで握っとんねん。岡っ引きやなくて、盗人《ぬすっと》の真似事かい」

言われて、藤九郎は拾い上げた扇子をそのまま握りしめていることに気がついた。慌ててそれを簞笥《たんす》の上にでも収めようとすると、「ちょいと待ちな」と声がかかった。

「そいつを見せな」

眼前に持っていくと、ぐいと手首を引かれる。

「……骨の数が少ないねぇ」と魚之助は眉を寄せるが、藤九郎から見ればなんの変哲もないただの扇子。この江戸じゃあどこへ行っても目にする小物だ。

「なにか変ですかい」

そう小首を傾げる間にも、魚之助が床を這いずり回るから大変だ。細い腕が衣装行李《ごうり》を開け放つのを止めようとするが、

「鬼探しや。邪魔するんやない」

と一喝されては引き下がるしかない。引っ張り出した衣装を検分する魚之助の手元を、藤九郎はおずおずと覗き込む。へえ、と声をあげたのは、どれもが藤九郎好みの色合いだ

からだ。

「鼠色を基調に、渋みが走ったいいお着物ですね」

「ふうん、そういうもんなんか」と感心するような魚之助の物言いが珍しく、藤九郎の舌には脂が乗る。

「例えばこの着物なんか深川鼠《ふかがわねず》ですから、煙管《キセル》入れは黒紅できりりと締めてやるのがいいんです。そいつが江戸の流行《はや》りってもんです」

四十八茶《しじゅうはっちゃ》　百鼠《ひゃくねずみ》ですよ、と鳥屋の客から仕入れた言葉を得意げに披露しながら、部屋の中を見渡してみると、魚之助が荒らした鏡台の抽斗《ひきだし》に、むきだしで置かれた煙管が目に入った。手にとれば、使い込まれた銀色が鈍く光る。

「持っていくのを忘れちまったんですかね」

「こいつぁ、あいつの紋入りや。役者ともあろうもんが忘れていっちまうとは思われへん」

手を伸ばしてくる魚之助にそれを渡してやったとき、なにやらすんと鼻に匂うものがあった。思わず藤九郎はあたりを見回したが、いやいやとすぐに頭を振る。ここは芝居小屋。鳥屋じゃあない。だが、これは紛《まぎ》れもなくあの嗅《か》ぎ慣れた鳥の匂いで、藤九郎はまたすんすんと鼻をする。これが鶯の匂いであったなら気にならなかった。高直な鶯の糞《ふん》も役者なら丼いっぱいに購《あがな》って、毎日顔に擦り込めるはずだから。だが、こいつは鶯の匂いじゃあねえ。抽斗の中、重ねられた紅皿の山をちょいとのけて、はみ出た手拭いを引っ張ってやれば、そこには厚めの布切れに包まれた古びた徳利《とっくり》があった。その口を覗き込んでみると、何やら羽毛が浮かんでいる。人の物だと知ってはいるが、鳥だとわかれば商売柄、黙っていられない。徳利を傾け、流れてきた液体を近くにあった紅皿で受ける。そこに浮かんだ羽毛は、たしか――。

「急ぎましょう」

藤九郎は魚之助を振り返る。魚之助は目を丸くしているが、説明は道中だ。藤九郎たちは急がねばならない。

鬼が人を殺してしまう前に。

骨の多い京扇子で尻をぺんと叩かれても、酌をする手は絶対に揺らさない。

「ちょいと旦那《だんな》ぁ。酒が溢《あふ》れるさかい、やめておくんなさいよ」とへらへらと笑い、また酌をする。色鮮やかな紅柑子《べにこうじ》色の着物をもろ肌脱ぎにして、住吉踊りで膳《ぜん》を囲む贔屓衆の周りを回ったところで、贔屓たちはくすりともしない。ちょいちょいと手のひらで呼ばれて膝をつけば、頭の天辺《てっぺん》に銚子《ちょうし》の口があてられた。口端を大きく引き上げている頬に冷たい濁り酒が流れ落ちる。

「どういうことや」

銚子を畳に投げ捨て、でっぷりと太った贔屓は言う。

「昨日の芝居の体《てい》たらく、どういうことやねん、京谷屋」

襟まわりを酒で濡らしたまま、平右衛門が深く頭を下げても贔屓たちの悪口《あっこう》は止まらない。

「何度半畳《はんじょう》を投げ入れたろうかと思ったかしれんわい」

「こんな芸を見るために、わざわざ上方から下ってきたんとちゃいまっせ」

「見得を切ればええってもんやないことは、お前さんがよう知っとるやろが。立ったり座ったり江戸の芸はばたばた忙《せわ》しない」

「喧嘩《けんか》の幕が長いわ思うたら、肝心な愁嘆場の所作が短いったらあらへんし」

五人の男たちが次々と口を開くおかげで、蛭子屋の一室は下り酒の匂いで満ちている。

「どないしたんや。京谷屋はん。江戸のお菜《さい》はそないにおいしかったんか」

音を立てて扇子を開き、太い骨で平右衛門の頬をぺしぺしと叩く。

「江戸のお菜を食いすぎたら、芸も江戸仕込みになってまうんか」

平右衛門が思わずぐっと喉を締めると、贔屓たちはふん、と鼻を鳴らした。

「江戸なんぞに染まりおって、上方役者の風上にもおかれへん」

「ちいとは先達《せんだつ》役者の芸を見習わんかい、なぁ、太夫」

魚之助は何も答えない。ただ美しい笑みを浮かべて贔屓たちの猪口《ちょこ》に酒を注いで回るだけの魚之助を、贔屓たちは褒めそやす。

「太夫の舞台はそりゃあすごいもんやったで。上方の芸で江戸者を黙らせとった。これぞ上方芸の真髄やって、わしら贔屓も鼻高々やったのに。ああ、なんでこないなことに」

男はおそらく酔っている。赤ら顔を魚之助の太ももに寄せるとそのまますりすりと擦り付ける。魚之助はほんの少し身を捩《よじ》った。しかし、己の右手を汗塗《まみ》れの手の上にそっと置き、袖《そで》を口に当てて、うふふ、と笑う。

「だがそこでや、足の切られたその舞台で芝居をやり通すってのはほんまもんの役者やわ。しかも次の日には晒《さらし》の代わりに赤い手拭いを巻いての登場や。とんでもない乙粋《おついき》に、江戸中の人間が魚之太夫の噂をしたで。これこそ上方役者っちゅうもんよ」

「それにひきかえ、京谷屋はん」

はあ、と大きく吐かれたため息に吹き転がされるようにして、平右衛門の右手が畳の上を滑る。

「こないな芸を見せて、あんた恥ずかしいとは思わへんのか」

触れたのは羅宇《ラウ》を折られた煙管だ。桜羽紋の彫られたそれをぎゅうと上から握りこむ。

「番付にゃあ、銀臭《ぎんくさ》の上上やと、ああ、読み上げるこっちが恥ずかしゅうなるわ。極上上吉の太夫に上方の芸ってえのを教えてもらい」

平右衛門は顔をあげた。平右衛門の手の骨が煙管に触れてきしきしと音がしている。握り込んだ右手を思い切り振り上げて、

「へへへ、おっしゃる通りで」

頭の天辺に煙管をのっけて、おどけてみせる。笑顔を見せる平右衛門を贔屓たちが冷めた目で見つめている。宴会は続く。

大坂の堺《さかい》からわざわざ取り寄せた下り酒というのは、よほど度が強いものらしい。酔った贔屓たちは、部屋に入ってきた藤九郎が部屋の隅に居座っても、気にした様子を見せなかった。勿論、女将《おかみ》に通され一緒に入って来たのが、あの天下の白魚屋であったことも気にしない理由の一つだったろう。お店者《たなもの》のふりをしようと女将に借りた蛭子印の店半纏《たなばんてん》は随分と窮屈で、早く脱ぎたいとそればかり考えていたはずなのに、藤九郎は今、ぴくりとも指を動かせない。贔屓たちが部屋を出て行ったその瞬間から、部屋の空気は重く淀《よど》んで煮凝《にこご》っていく。酒や料理の匂いも部屋の底に沈んでいる。すべては、目の前の背中から立ち上る何かのせいだった。平右衛門は体を抱き込むようにして、蹲《うずくま》ったまま動かない。微動だにしないのに、藤九郎の後ろ手は思わず何か武器になるものを探してしまう。藤九郎は想像する。張り詰めたその背は今にぱかりと二つに割れて、角の生えた赤鬼がずるりと顔を出し——、

「笑いたければ、笑うがええ」

畳でくぐもったその低い声。先ほどまで素っ頓狂《とんきょう》な声を出していた同じ喉から発せられているとは思えない。

「だが、同じだけ俺もお前を笑ってやるで。お前は、象で、虎で、孔雀《くじゃく》で」

「笑わねえさ」

柱にもたれ掛かりながらぼう、としている魚之助だが、声にはしゃっきりと芯《しん》があった。

「あたしやって、生まれが大坂の上方役者。あんたの苦悩は身にしみてるんや。贔屓の心を摑むためやったら、何でもやった。こないな媚《こ》び売りなぞたいしたことやあらへん」

けどな、平右衛門はん、と言って、魚之助は平右衛門を見据える。

「人の一線を越えるようなことだけは、やったらあきまへんなぁ」

「……なんの話や」

顔を上げた平右衛門の顔は酒が入って赤く染まっている。あとは角でも生えていれば丁度いい、と藤九郎は思う。

「あんたの楽屋にちょいとお邪魔させてもろてね、ああ、怒るない怒るない。詫《わ》びはあとでするやないの。こいつのことを聞いてからね」

魚之助は袂から古い徳利を取り出した。布を詰め込んで栓をしているが、その徳利の口に魚之助が顔を寄せるから、藤九郎は思わず身を乗り出してしまう。

「中を見たら、羽根が入って小洒落《こじゃれ》とる。なんや、こいつは秘伝の化粧水か、異国の酒か」

徳利を揺らす細い指に、平右衛門の腕の産毛がざわりと立ち上がる。

「あら、異国やなかったたな。こら地獄の酒。鬼やら妖怪《ようかい》やらと酌み交わすための酒や」

「……なにを言っとる」

「呑《の》んだら死んじまう羽根入り毒酒や言うてんねん」

突然、はははは、と平右衛門は大口を開ける。魚之助を笑い飛ばすための声はあまりに大きい。

「なぜそないなことになる。羽根が入っているだけなんやろう」

「その羽根がいけねえんです」

藤九郎はそう言って、魚之助から徳利を取り上げた。帯に挟み込んでいた手拭いで栓の上から徳利の口を覆い、藤九郎は平右衛門を睨む。

「この羽根の持ち主は、鴆《ちん》。遠い遠いお国の鳥で、俺も実物を見たことはありやせん。だが数々の本には仔細《しさい》が載っている。その理由《わけ》はこいつが毒を持っている鳥、毒鳥だからです」

毒を持った蛇を喰《く》らい、鴆が飛んだあたりの草木はたちどころに枯れてしまう。書物によって書いてあることに違いはあっても、結句《けっく》はみな一緒。鴆の羽には猛毒がある。一枚の羽根で人を一人殺すのに十分で、それが無味無臭とくれば、暗殺にはもってこいの代物だ。唐国では幾度も使われ、日本でもあの足利直義《あしかがただよし》公はこの鴆酒で殺されたという説がある。

「羽根が入った酒を飲めば、体の中の肉がただれてお陀仏《だぶつ》だ。俺も絵図で見たのみで実物にお目にかかるのは初めてです。こんな危ねえもの、どうして抽斗の奥に隠しているんですか」

ここに来るまでに中の酒は抜いていたが、それでも手にすることさえ恐ろしい。しかし、平右衛門は頑《かたく》なに首を振る。

「俺は知らん。たぶん、仕組まれたんや。誰か俺を恨む奴に」

そこで「あら、ちょいと平右衛門はん」と平右衛門を遮る明るい声がある。

「その煙管折れとるんでっしゃろ。そないに握りしめたら危ないいんとちゃいますか。……あら、なんやその吸い口の紋、どこかで見た気がするわいなぁ」

「重ね扇に抱き桜は桜羽屋の紋ですよね」

「そないなもんどうして、あんたが持っとるんやろか」

とぼけたような魚之助の言葉に、とん、と藤九郎は得心した。

「そうか……。あなたは雛五郎さんを殺そうとしていたのか」

この人は芝居の初日にも雛五郎の楽屋に現れた。雛五郎に気にする様子はなかったし、おそらく普段から何度も楽屋を訪れていたんだろう。ならば、雛五郎がいない楽屋に入ろうとも、その姿をあやしく思われることはない。煙管を盗むのは簡単なはずだ。その吸い口に鴆酒を塗って、雛五郎の部屋に戻しておけば――、

「どうしてこんなことをするんです。あなたは、素晴らしい役者さんなのに」

口から転げ落ちた言葉に、平右衛門はゆらりと顔を上げた。引き攣《つ》った笑みに藤九郎は少しだけ腰をひく。

「素晴らしい？　俺のどこが素晴らしいいんや、のう、俺に教えてくれや」

血反吐でも吐き出すように、平右衛門は問いかける。

「客の評価は、日に日に落ちていく一方や。上方臭い芸風や言われて、江戸好みにすぐ振

りを変えた。そしたら、つぎは上方贔屓の罵声《ばせい》が待っとった。江戸なんぞに染まりやがって、お前は江戸に魂を売ったんか」

握りしめた拳を荒々しく上に振り上げると、それを己の額に押し付ける。

「その通りや……その通りなんや。江戸やない。俺は芝居に魂を売ったんや。すべては評判のため。番付に書かれる文字を一寸でも大きくするために俺はすべてを売っぱらう。上方に媚《こび》を売り、江戸に媚を売り、誇りを売り、魂を売り。俺ぁ、いつからこんなになっちまった」

平右衛門の握りこんだ拳には、爪が食い込み血が垂れる。

「俺ぁ、いつから人まで殺せるようになってもうたんや」

その手で鴆の羽を触り、その手で鴆の羽を酒に浸したのだろうか。

「鴆の話を聞いたのは偶然やった。俺の贔屓に阿蘭陀商館に勤める女中がいて、なんでも鴆の羽が蘭方医に送られてくる、と教えてくれた。そいつが毒になることは知っとった。南北《なんぼく》の『桜姫東文章《さくらひめあずまぶんしょう》』しかり、芝居にゃ毒がつきものやからな。ひとつ口を吸うてやれば、一枚かすめてきてくれたわ」

もうそのときには、俺ぁ、鬼になっていたんやろうなぁ、と語るその顔は穏やかだ。

「雛五郎を殺すことで頭がいっぱいになっとった。こいつさえいなくなれば、俺は認められる。はよう殺さな。はよう殺さなってな。けどな、俺は雛五郎と同じくらいお前も憎かったんや白魚屋」

魚之助に向かって、ふと微笑む。

「お前は上方の演技を貫いて、それでこの江戸で評価された。お前が小屋に現れるようになって、お前の姿が俺の目に入るたびに、俺の心の臓はきゅうと音を立てとった」

魚之助はなにも言わない。笑みも浮かべずずっと平右衛門を見つめている。

「お前の連れが、鳥に詳しい人間だとは、誤算やったなぁ」

そう語る平右衛門のその目が憎々しげに燃えてくれていればよかったのだ、と藤九郎は思う。

「……どうやねん信天翁。こいつが鬼かい」と、聞かれて、はいと答えられるくらいに。

「……その答えは一旦預からせてください。他のお人の本性を暴かねえと俺には決められない」

黙って聞いている平右衛門はやっぱり穏やかな顔をしていて、藤九郎は唇を噛んだ。

部屋を出ようと魚之助の腕をひくと、後ろからかかる声がある。

「白魚屋。お前いつまで役者気分でいるつもりなんや。はよう芝居から足を洗えや」

藤九郎は思わずかっとなる。

「魚之助に当たらないでください。負け惜しみなんぞ格好が悪《わり》ぃ」

吐き捨てるように言ったつもりなのに、睨めつけた平右衛門の目は優しかった。

「お前、ほんまに象や虎や孔雀になるつもりなんか」

魚之助は一寸黙った。そして、

「あたしは人魚役者。ほんものの人魚になるのもええかもしれんわいなぁ」

ぼんやりとそう言った。


平右衛門を残して蛭子屋を出ると、魚之助にちょっと寄ってほしいところがあると頼まれた。大通りへ出ると、夕暮れ時にもかかわらず、小体《こてい》な小屋に人が群がって沸いている。

「見世物小屋や」と説明されずとも、これくらいは藤九郎だって知っていた。異国から来た火食鳥《ひくいどり》なるものを見に行ったこともある。今日は浜に打ち上げられた海豹《あざらし》とやらが出されているらしいが、それは一度見世物となったことがあるからか、以前ほどの人の群がりはない。それなら、人一人背負っていても入れるだろうと足を進めると、突然首がきゅうと絞められた。文句を言おうと顔だけで振り向くが、

「なあ、信天翁」と問う唇に口をつぐんだ。

「もし、このあたしがあの海豹の隣に座ったら、お前は見に来てくれるかい？」

見上げた魚之助は唇を嚙みしめていて、歯には口紅がついている。魚之助の化粧は、毛を剃り落としたあの日から、元の濃いものに戻っていた。

「急になにを言うんですか」

「舞台に男が飛び乗ったときは、ああ、また阿呆が釣れよった、と思うた。あたしの色気に当てられる客なんぞごまんといる。流し目ひとつでひっくり返る。けど、その日の客は、右手になにやら光るもんを持っとった。なんやと思うたら、刃物や。魚を下ろす出刃包丁

や。それを見て腰《こし》を抜かしたあたしを見て男は笑《わろ》うた。けったいな顔や、涎《よだれ》が垂れとる。そう思ったときには、刃物は振り上げられとって、そのまま下に。熱《あち》ぃと思った瞬間、赤が飛んだ」

魚之助はまるで昨日の夕飯のことを喋《しゃべ》るかのように、さらりと語る。

「足の傷はそないにたいしたものやなかった。包丁で皮と肉を薄う切られただけで、筋まではいってへん。檜《ひのき》舞台にもすぐに立てる、て聞いて、あたしはしめた、て思うたわ」

しめた、神さんからの贈りもんや！　魚之助の大きな声に、前に立つ小屋の客が振り向いている。

「そん時の芝居の客入りがな、良くなかったんや。同じ二丁町にある市村《いちむら》座の外連《けれん》が受けに受け、客を持っていかれる一方やった。せやから、あたしは自分の足に赤手拭いを巻いた。舞台で切りつけられた事件はもう、江戸中を回っとった。それを聞きつけた客が中村座の舞台を見りゃあ、血の色をした手拭いを巻きつけた白い足があらわれる。どうや、想像するだけでぞくぞくするやろ。江戸中の女があたしの真似をしたわいな。白魚紅の紋入り手拭い、片方の足にきゅっと巻くんが流行りやったんやで」

魚之助はそっと目を下にやる。

「でもな、あたしの足、なくなってもうた」

切ったんや、と言って、両腕を藤九郎の首に艶かしく回す。

「お医者様が言うにはな、傷口に悪い虫が入り込んだらしいねん。手拭いをきつう巻いとったんが悪いんか、洗う暇もなかった手拭いを使っとったんが悪いんか、なんや、足が腐ってきたんやと。上に上がってくる前にはよう切り落とさなあかん、てな。金積んでえらい有名な医者に頼んだ結句の答えや、しゃあないわ、言うて」

ばつん、て。

「そしたら、こんなんになってもうた」

魚之助がゆっくりと足を揺らすのがわかる。

「どうや、このあたしの姿。海豹《あざらし》の横におってもおかしくないやろ」

小屋の中から嘲《あざけ》るようなどよめきがあがっている。思わず脇に入れている魚之助の腿《もも》をぎゅうと挟む。

「……どうして魚之助が見世物小屋に並ぶんだよ。魚之助は芝居小屋に戻るんじゃないんですか」

「あたしが戻る芝居小屋は、見世物小屋になるんや」

「どういうことですか」

「あたしが役者に復帰したとして、お客はんらは役者の白魚屋を見に来るんやない。足のねえ人間を見に来るのや」

藤九郎は一寸息を止め、それからあぁ、と喉を絞り上げるような声を出す。平右衛門はそれがわかっていたのか。だから、あんなことを言ったのか。

なんだかここにいてはいけない気がして、魚之助の了承も得ずに藤九郎は踵《きびす》を返す。

「さあさあさあさあ、お立ち会い」

魚之助の声が背中から聞こえてくる。藤九郎は黙って足を進める。

「よっておくんなせえ、見ておくんなせえ。世にも奇妙な足のねえ役者。今夜はそいつの一世一代の大舞台」

見世物小屋特有の口上が藤九郎の背中を滑り落ちていく。

「お代はあとでよろしいでござんすよ。ほら、この哀れな姿、一度は見ていっておくんなよ」

魚之助の声は、小さくともこしがあって、透き通っている。役者のようないい声をしていることが、藤九郎にとって今はなによりも辛《つら》かった。

胴は山猿に、尾っぽは鮭。つい先日までこの小屋にいた人魚というものは、背中に背負った人魚役者とは似ても似つかないほど小さく干からびていたらしい。


玄関に腰を下ろし、背負った魚之助をゆっくり離すと、背中にびゅうと隙間風が入る。時刻は暮六つ。今日の江戸の夜風はほんの少し冷たいが、紅殻《ベンガラ》塗りの扉を開ければ、なぜだかふわり暖かい。玄関には女中たちが肩を寄せて待っていた。あれだけぶすだなんだと言われているのに、女中たちは魚之助に優しい。あの金目銀目だってそうだ。昼はどこぞをほっつき歩いていても、魚之助が家に帰る時には必ず玄関で出迎える。足を揃え、金目銀目をつい、と細め、甲高い声で、ねうねう、と。

かあ。玄関の格子戸を閉めようとした藤九郎は、思わず顔を上げる。見れば、紅殻扉の縁に、烏が三羽止まっていた。胸毛をこれでもかと膨らませ、かあ、と鳴く。夜烏は不吉の表れだ。ついと返してしまったこの踵が、ただの杞憂《きゆう》ならそれでいい。部屋の襖をするりと横に滑らせた途端、女子の部屋に勝手に入ってくるんやないわ、この阿呆鳥《あほうどり》。罵りと一緒に手拭いが飛んでくれば、藤九郎は安心して帰路につける。

女中はもう部屋に戻ったのだろうか、襖から漏れる灯《あか》りをたよりに、誰もいない廊下をわたる。足裏を前に出すたび、不安は募ったが、襖の前に見えた人影に小さくほう、と息が出た。

どの女中さんかなと思い、一瞬の内にその考えをうちすてる。藤九郎だって伊達《だて》に芝居を見てきていない。男だ。この立ち姿は女ではない。顔には手拭いがぐるぐると巻かれているためわからないが、男であることは間違いない。男は懐からきらり光るものを取りだし、部屋の奥へ消えていく。刃物だ、魚之助！　叫びながら部屋に飛び込んだ藤九郎は、勢いそのままに立っていた男に飛びかかった。覆いかぶさられるほどの小柄ななりだが、藤九郎の腕を抜け出そうとするその力は強い。発条《ばね》が畳まれたかのように筋肉が詰まっている。足腰が殊更、頑丈なようで、藤九郎がいくら床に引き倒そうとしても、ちっとも動かない。

「大丈夫か、魚之助！」と見回せば、魚之助はいつものように着物の海の上で手をついて座り込んでいる。上半身が裸なのは、着替えの途中だったからか。呆然《ぼうぜん》としている魚之助に、もう一度強く呼びかけると目が合った。とたん、ぼう、と顔が赤らんだ。目の前に散らばっている振袖の一つを勢い良く摑むと、胸のあたりまで手繰り寄せる。

こんな時まで女のふりなんぞしなくていいだろ。

思わず気を抜いた隙に、腕の中の男が暴れ出す。藤九郎を突き飛ばし、男が魚之助に手を伸ばす。振袖の海の中、魚之助は動けない。その瞬間、ぱん、とひとつ、音が弾《はじ》けた。藤九郎はそろりと耳を触ったが、耳たぶは飛びちってはいない。そのままゆっくり後ろを振り返ると、

「なにをしてはるんですか」

鼻を突く臭いをさせて一筋煙を上げるそれは確か、短筒《たんづつ》と言ったか。黒く光る鉄を支える指の先には、また人の腹でも開けてきたのか、洗い残した赤い血がついている。

「大事な大事な魚様を、そないに床につき転ばして」

いくら自分に辛くあたってきていても、それは魚之助を慕うあまりのこと。性根は優しく人懐こい、そんなお人だと思っていたのだが、

「なにをしとるかって、聞いているんや！」

部屋の入り口に立ち、銃を構えるめるは激昂《げきこう》している。藤九郎ばかりか、襲いかかってきた男もなにも言えず立ちすくむ中、魚之助だけが振袖の海を這い進む。

「藤九郎、める坊を止めろ！」

声に弾かれるようにして、咄嗟にめるの手首を押さえたが、銃口はいまだ突っ立っている男に向けられている。

「てめぇも死にたくないんやったら、はよう刀をおろさんかい！　舞台の上でもうまく扱われへんお前が、現《うつつ》でうまく扱えるはずがあらへんやろ！」

どういう意味ですか、とは聞かずともよかった。魚之助の一喝に、男はびくりと肩を震わせると、のろのろと顔の手拭いに手を伸ばした。あらわになったその顔は、毎日舞台でお目にかかっている馴染《なじ》みのものだ。

曾根崎の森で徳兵衛の震える刀に手を添えた、あのときの気丈なお初はどこへやら、青くなって震える寅弥がそこにいた。

にぎにぎと魚之助の右手を握りこんでいるその手が、先ほどまで短筒を握りしめて離さなかったあの恐ろしい手だとはどうも思えない。

「はよ奉行所に突き出してやればええやないですか。どうして、めるたちの家にあげなあかんのだす。魚様のお部屋が汚れてもうたら、どないしますのん」

めるはぷくりと頬を膨らませる。先ほどまでのこの男には、鬼でも取り憑《つ》いていたんじゃなかろうか。

「阿呆、お前が一番汚しとるやろ。撃ちやがった一発であたしの襖に穴が開いてもうた。あないな得物、持ち歩くんとちゃうわ」

「堪忍してください」と、めるは隣の魚之助に擦り寄る。

「家に着いたと思ったら、いきなりのことですよ。はようこの男の動きを止めな、ってそれだけしか考えられへんくて。威嚇のためにぽかんと一発撃ってまいました。ああ、短筒は、阿蘭陀のお医者様が持ってるのをひとつくすねましたんや。ばれるような真似はしてへんから安心してください。これからもきちんと懐に隠しときます。こないな人間がまた襲うてきたら大変でしょう」

鶯色の目がすう、と細められると、向かい合う男の肩がびくりとする。体を震わせるその姿は巣から落ちた雛鳥《ひなどり》のようで、思わず背中をさすってしまう。人を殺すなどとそんな鬼のような所業を、この女形ができるようには思えなかった。

「ちょっと。そんな人間になにを肩入れしとるんだす」

「別に、理由くらい聞いてあげたらいいじゃねえですか」

刃物はすでに取り上げている。藤九郎が寅弥に体を寄せると、めるはわかりやすくため息を吐く。

「なにを甘いことを。あんた反省してはらへんやろ。めるがいなかったら、魚様は殺されてたかもしらへんのや。これやから、お傍にいるんはめるのほうがええとあれだけ言うてたんだす」

「自分が選ばれなかったからって、八つ当たりをしねえでくださいよ」

「なんやて……」

今にもまた短筒を取り出しそうな声を出すが、魚之助が、

「める坊。あたしもこの女形の理由を聞いておこうと思っとるんや」なんて話しかけてやれば、すぐに機嫌を直すのはいつものことだ。

「あたしを殺そうと思ったその糸筋が気になる。芝居の役にも立ちそうやろ」

芝居話までちらつかせてやると、「ほうですね！　芝居の役に立ちますね。それならいいんです」と頬を染める。だが、その芝居話で釣れたのは、めるだけでなかった。

「……やはりあの噂は本当か。小屋に戻ってくるのか。白魚屋」

寅弥は喉の奥底でそう唸《うな》る。両手を畳につき這《は》い蹲《つくば》る姿に、上物の着物が似合わない。

「噂？」

「からくり仕掛けの鉄の足。お前、そいつをつけて舞台に戻るんだろ」

そう言って、寅弥は魚之助の足を睨みつける。

「桜羽屋の家付き女中が見たんだとよ。あの桜羽屋が自ら客を出迎えたってんで気になって、襖の隙間から覗いてみれば、客はあの白魚屋。桜羽屋と二人してこそこそと額を突き合わせてやっていて、手元には見慣れぬ金ぴかだ。ようく目を凝らせばそいつにはきちんと足の指がついていて、白魚屋の顔はぱあっと明るいってんだから、答えはひとつだ」

幾分多く尾ひれがくっついているが、寅弥はそのままを信じてしまっているようだ。ふうん、と鼻で笑うめるは勿論、その答えを否定しない。

「魚様に舞台に戻られちゃあ困るんやね。やから、あんたは魚様を殺そうとした。よう、

女中らに見つからんと、このお家《うち》に忍び込めたもんや。花魁《おいらん》やのうて、五右衛門《ごえもん》でもやったらええんとちゃいますか」

「どうして舞台に復帰するくらいのことで魚之助を殺さなきゃならないんです」

藤九郎が思わず心の裡に浮かんだ言葉を口に出すと、めるが呆《あき》れた顔をこちらに向ける。

「魚様が稀代の女形なのを知りまへんのか。そんなお人が檜舞台に戻ってみい。寅弥なんぞ誰も見向きはしませんなぁ」

「そんなの芝居小屋の中で競ってみないとわかりません」

むきになってそう告げた言葉に言い返したのは、めるではなかった。

「わかるんだよ！」

寅弥は、前のめりになって顔をこちらに向けている。

「競わなくともわかっちまうんだよ！」

寅弥は一旦口籠《くちごも》り、「下手くそなんだ」と小さな声で吐き捨てる。

「俺はな、下手くそなんだよ。平右衛門に相方を断られそうになって、雛五郎にも追い出されそうになっているのを、あんたはその目で見たじゃねえか」

ぎゅうと寅弥が拳を握る。その手は舞台で見るよりも随分と小さい。

「そんな下手くそな俺が本櫓《ほんやぐら》の板に乗れてんのは、すべて家柄、虎田屋の名前と、肌の下を流れるこの赤い血のおかげ。俺の贔屓はみな親父殿の贔屓だ。俺を持ち上げる取り巻きも、みんな親父殿の息がかかってやがる。俺の周りにゃ、誰もいねえのさ」

ただの一人も、と呟く寅弥が芝居小屋にいるときのことを藤九郎は思い出す。寅弥はいつだって一人だった。楽屋の中が弟子で溢れかえっていても。茶屋の人間がおべっかを使いに楽屋を訪れていても。

「だけど、俺は芝居が好きだ。小せえ頃から稽古《けいこ》漬《づ》けの毎日で、そりゃあ辛《つれ》え日もあったが、あの冷えた家の稽古場の板に足を乗せりゃあそんなの吹き飛んだ。好きだから、うまくなりてえ。稽古をした。毎日一生懸命。稽古をして稽古をして、でもなぜだろう、うまくならねえ。親父殿には身を粉にしろと言われた。それで、身を粉にして芝居に打ち込んで、毎時芝居のことを考えた。でも、駄目だ、駄目なんだ。そんならどうすりゃあいい。一生懸命頑張っても駄目なときは、どうすりゃあいいんだ」

「だからって魚之助を殺そうとするなんて間違ってます」

強く訴えると、寅弥は顔を上げてほんの少し笑った。

「……殺さなかったよ。その男が止めなくとも、俺は白魚屋を殺さなかった。いや、俺は」

寅弥は喉を絞り上げて言葉を落とす。

殺せなかったんだ。

「なあ、お前ならどうした。白魚屋」寅弥は目で魚之助にすがる。

「どうあがいても勝てねえと思う相手がいたとき、そいつが生きてちゃ己の道がなくなっちまうとき、お前はその人間を殺せたかい」

魚之助は答えない。

「俺は殺せねえ。俺は必ず怖気《おじけ》付《づ》く。たぶん考えちまうんだ。今から殺すこの人間には、でえじな家族があって、死んだことを泣いてくれる友がいる。考えて、俺は握っていた短刀を振り下ろせない」

「そう思うことのなにを嘆くんです」藤九郎にはわからない。「それは人としてあるべき姿じゃあねえですか」

「ちがう、俺は人でありたくはねえんだよ」

俺は鬼になりてえんだ。寅弥は言う。

「芸のためなら、人なぞ捨てられるくらいの。芸のためなら芸者を騙《だま》しちまえるような、芸のためなら己の足を腐らせちまえるような、芸のためなら人を殺せちまえるような、そんな役者になりてえんだ。でも、俺はなんだ。鬼になれねえどころか、鬼が怖《こえ》えときたもんだ」

へへへ、と寅弥は口の端を歪《ゆが》める。

「本の前読みをやったあの夜、俺は小便をちびった。怖かった。ここにいちゃあ鬼に殺されちまう、はやく逃げねえとってさ。だが、腰が抜けて立てやしねえんだ。ぶるぶる震えるだけで、八百吉に抱きついたのかどうかさえ覚えてねえ。助けてくれ、どうか喰わないでくれぇ。泣きわめきそうになったとき、誰かがぽつり、こう言ったのさ」

おもしれえって。言葉が涙と一緒にこぼれ落ちる。

「そいつが皮切りだった。みなが立ち上がって互いに言い合う。おいおい、人の皮をかぶってんのはお前じゃあねえのかい、そんならはよう顔かたちを見せてくれ、顔の大きさを測りてえ。お前さん、口を開けてみなしゃんせ、鬼の牙《きば》ってえのは何色なんだい。角ってのはどうだい重いのか、一等先に俺に触らしてくんな」

その時のことを思い出しているのか、宙を彷徨っていた腕がぱたと落ちる。

「俺はそこでやっと気づくのさ。ああ、こいつら、芸のたしにしてえのか。俺はそんなこと、頭の端にも思わなかった。そう、思えなかった」

床に小さな体がゆっくりと沈みこむ。

「俺は鬼じゃあなかったんだ」

その場にうずくまる寅弥の背中は決して割れたりしない。鬼は這い出してきやしない。どんなに本人が望もうとも。

「……なあ、白魚屋。鬼は見つかったか」

寅弥はただひたすら背中を震わせていた。暫《しば》くしてから、小さな声が魚之助を呼ぶ。

「……いや、まだや」

「見つけたら、教えておくんな。俺に。一等先に」

「……ええで」

「鬼にな、教えてもらうんだ。鬼の演じ方ってやつをよ」

突っ伏していた顔が少しだけ持ち上がる。薄暗闇の中、寅弥の目は涙に潤んでらんらんと光っていて、藤九郎は一瞬息を飲む。

「顔の大きさを測って、鬼の牙の色を調べてやるのさ。角の重さを知っているのは俺だけだ。誰にも渡さねえ。鬼は俺のものだ」

藤九郎は、寅弥の顔に鋭く大きい牙くらいは似合ってほしいような気がした。

だが、この役者に似合うのはどうやら鬼の牙じゃあなく、猫のそれだったらしい。泣き疲れ、背を丸めて寝入ってしまっている寅弥には、恐ろしい角はなくとも長い尻尾《しっぽ》はありそうだ。その寅弥にあの魚之助が優しい手つきで布団をかけていて、どうやら藤九郎が寅弥を家まで送り届ける必要はないらしい。それなら、と藤九郎が己の家へ帰ろうと立ち上がった矢先、魚之助はこんなことを口にする。

「ほれ、背中」

振り向く藤九郎に魚之助は墨の入った眉を上げてみせる。

「このあたしが男と一緒の部屋で寝たりできるかいな。お前らの立ち回りのせいで埃《ほこり》もたってもうとる。喉でも悪ぅしたらどないすんねん」

「それなら違う部屋で寝りゃあいいじゃないですか。余ってる部屋なんていくらでもあるでしょうに」

「日頃使ってへん部屋がほとんどや。あのぶすらがこまめに掃除をしとるとも思われへんし、布団を運びこむんも面倒や」

「じゃあ、どうするおつもりですか」などと問うてみたのが運の尽きだ。魚之助は、口元の黒子《ほくろ》をきゅうと上げる。

「案内せえや。阿呆鳥の巣ぅの中」

そう要求したのは他の誰でもない魚之助自身だと言うのに、しぶしぶ連れてきてやった藤九郎の家に入るなり「なんや臭いわ」と鼻をつままれては腹も立つ。

「だから、やめときましょうって言ったんです。うちは鳥屋。生き物の臭いがするのは当たり前なんですから」

背負った魚之助を振り落としたくなってくるが、そこは背後に光る緑の目。

「ほんまだすか？　毎日掃除をしてへんから、こないな臭いになってるんちゃいますのん」

めるは魚之助に寄り添いながら玄関に入ると、眉を寄せて板間を見回している。母はもう寝付いている刻限だ。今宵の鳥番である丁稚《でっち》は百千鳥にいるのだろう、家の中は真っ暗で、家と棟続きの店から聞こえる鳥たちの声だけが、藤九郎を出迎える。

「早く部屋に案内してくださいよ」

勝手に行灯に火を付け、催促するめるを「ちょっと待ってください」と制止した。

「魚之助に見せたい仔《こ》がいるんです」

実のところ、一夜の寝床を断らなかったのはこれが理由だった。

小走りで階段を上り、一番手前の己の部屋の中、並んだ鳥籠のひとつを抱えると、魚之助たちの元に急ぎ戻る。訝《いぶか》しげな魚之助の前にそれをゆっくりと置いてやる。

「ほらこの仔、見覚えがないですか」

　黒布で覆った竹作りの鳥籠《とりかご》に眉根を寄せていたが、布を払えば魚之助は目を開く。

「金糸雀《カナリア》です。俺たちが初めて会ったのも、この金糸雀を魚之助が俺から購ったからだったでしょう」

「……ああ、せやったっけかな。なんや、死んどらんかったんかいな」

　鳥にしては人懐こい金糸雀は、歪《いびつ》に曲がった両羽を羽ばたかせ、餌をくれと藤九郎にねだっている。籠の扉を開け、小さな体を両手でそっと包みこむ。美しい金色の羽毛は柔らかく、その下にある心の臓が跳ねるたび、藤九郎はあの日のことを思い出す。

「ほら、手を出して」

「阿呆、逃げたらどないすんのや」

「逃げやしませんよ。それは魚之助が一等知っているでしょう」

　思わず鋭くなってしまった言葉に魚之助はなにも言わなかった。両手で金糸雀を持ったまま、じっと座り込んでいる。

　購った金糸雀の両羽を折り、床に転がしていた魚之助を、藤九郎は許したわけでもないし、許すはずもない。だが、藤九郎は魚之助にこの金糸雀に触れてほしいと思った。

「この仔、実はすごくいい声で鳴くんです。魚之助にそれをどうしても聞かせたくって」

呟いた瞬間、魚之助がはっと藤九郎を見た。眩《まぶ》しそうに目を細め、じわり言葉を滲ませる。

「……お前は、変わらへんなぁ」

なんのことです。聞き返そうとした言葉は、硬い声に遮られた。

「魚様、こんな冷えたところにいては足に悪い。はよう部屋にいかんと」

「……こいつと積もる話があるさかい、信天と一緒に先に行っときぃ」

めるが苛々《いらいら》と立ち上がり、藤九郎が付き添って廊下を進んでも、魚之助は金糸雀を包んだまま手元から目を離さなかった。

ぱん、と布団を叩く音は、鳥の鳴き声が一瞬止まるくらいには荒々しい。いくら鳥屋だからって、どこもかしこも汚れてるわけじゃあねえ。そう思いつつも、藤九郎はこの男がわざと大きな音をさせていることなど、百も承知だった。

「今回のことでようわかりました。やっぱり藤九郎さんは魚様のお傍にいてもなにもなりやしまへん。早く魚様のもとから去《い》んでください」

またぱんぱん、と魚之助の布団の埃を払う。犬でも追い立てるような手捌《てさば》きだが、犬はむしろこの人の方だ。

「めるさん、あんたは一体どうして、そうまで魚之助に尽くそうとする」

「めるは、魚様に救って頂いたんだす。化け物やと後ろ指を指されていためるを遊郭で拾うて頂いてから今日までずっと、めるは魚様のお傍にいる。こないに長い間、魚様と一緒にいるめるには、なにが魚様にとっての幸せなのか、わかるんだす。魚様は、これからも女として生き、女形を続けていく。そいつが一等幸せなんや」

堂々巡りだ。だけれど藤九郎は、嚙みつかずにはいられない。

「それはただのあんたの思い込みじゃねえか。魚之助は、男として生きていく方が幸せかもしれねえだろう」

布団を叩くのをやめ、細めた鶯色の目が藤九郎を見る。

「男として？」めるは嗤《わら》う。「今更、あの人がどうやって男に戻るというんです」

「ああ、やっぱりあんたはあの人のことをわかってあらへんのやなあ。あんたはあの人の底に溜《た》まった泥の色を知らん」

嘲るような口調に、むっとする。

「泥の色って、急になんの話ですか」

「いややわあ、足を切った後の傷口から滲む膿《う》み汁の色のこってすやん」

けらけらと笑う男の目の奥に、藤九郎は蠢《うごめ》くなにかを見る。

「足が生えるなんて如何様《いかさま》もんを信じて一日中塗りたくっていた薬の色も、赤手拭いを破き続けて爪の剝《は》がれた指先の肉の色も、己の首を絞めた時にできる痣《あざ》の色も、あんたは何も知りやしない」

藤九郎の頭の中に、薄くはたかれた白粉《おしろい》の色と桜貝のような爪先の色と滑らかな首の色が、浮かんで消えた。

「ああ、でもあんたも、ちぃとは勘付いてはるんかな」

「……なにをです」

「魚様が自分のことを呼ぶとき、なんて言うてはるか。あたし、や言うたり、わっち、や言うたり、女のを使いはる。ああ、最近は俺、やなんてのも使いはるようになりましたが、思い出したときにちょこっとや。すぐに女のものに戻ってまう」

黙っていると、めるは「毛はどうです」と言ってくる。

「……毛？」

「あんたは己の足の毛ぇを見せられますか」

「……見せたくはねえですが」

「めるだって見せたくはありまへんけど、見せよう思たら見せられます」

裾をめくり上げた足には赤茶けたすね毛が生えている。

「魚様は耐えられへんかった」

あのとき、めくり上げた魚之助の足には細く消えそうな、だがしっかりとしたすね毛が生えていた。

「お可哀想に。皆の目の前に毛ぇの生えたおみ足を晒して、とんで帰ってきたと聞きました。無理して伸ばすのはやめなはれと、めるはずうっと言うていたのに」

つるりとした細く白い足の上、落ちた涙が滑っていくのを、藤九郎は思い出す。

「さっきもありましたなぁ。急に起こったことへの反応は、その人の地ぃが出るものや。

男が部屋に入ってきたら、あんたは胸を隠しますか。体を見られて恥ずかしくなって顔がぽうっと赤うなりますか」

藤九郎は何も言えない。己の唇を噛みしめる。

「あんたは月に一度、腹は痛《いと》うなりまへんか」

血の道はきやしませんか。

「……なんです、血の道って」

その答えは返ってこなかった。ぎり、とめるは奥歯を噛みしめる。

「そんなことも知らへんあんたがなぜ魚様に選ばれる。なぜ魚様はあんたなんかに会うために怪我した鳥を拾ってこさせる。怪我した鳥がいなけりゃ、どうして鳥屋で鳥を購ってこさせる！」

「ちょっと待って下さい。俺に会うためって、それってどういう——」

藤九郎が戸惑いながらたずねたその時、天井でばさばさとなにかが落ちる音がして、思わず二人して腰が浮き上がる。母が目を覚ましたのかと思ったが、この上は丁度、藤九郎の部屋。めるはすぐさま「魚様！」と悲鳴に近い叫び声をあげて、玄関口に魚之助を探しに行く。藤九郎が己の部屋へと駆けつけてみれば、いつの間に階段を上っていたのか、魚之助が簞笥の抽斗を開けている。金糸雀の鳥籠を返しにきたのかと思いきや、

「なんや綺麗《きれい》に片付けられとっておもんない。掘り出し物はないんか」

黙って睨みつける藤九郎をその人は、ふふん、と笑う。

「なんやその顔。金糸雀はちゃんと籠の中に入れたがな」

「俺の部屋に勝手に忍び込んで、なにをしてんです」

話す間も、掻巻《かいまき》の下やら抽斗の中やらに蠢《うごめ》く手に眉を寄せていると、

「今宵はお前の家のお世話になるさかい、信天の夜のお供はんにもお目もじかなっとかなあかんやろ」

「夜のお供……？」

思い出すのは、すらりと立った妙に長い男の小指、左太ももの黒子、男が女の太ももに指を食い込ませているあの枕絵で――。

「あ、ありませんよ！　そんなもの！」

「なんやの。そないに恥ずかしがらんでもええやないのん。ワ印なんぞ男なら誰でも持っとるもんやろうが」

藤九郎は、その言葉に魚之助を阻む手を止めた。そうだよ、いくら女として生きていても、男の性《さが》はそう簡単には捨てられねえ。先ほどのめるの話では、めると魚之助が出会ったのは遊郭の中だと言う。つまりは魚之助も遊郭に足を向けていたということ。魚之助の体には藤九郎と同じものがついている。その証《あかし》に今だってこうして枕絵を探している。

「……俺の、夜のお供。見やすか」

手伝いたいと思った。魚之助が男にもどる手伝いをしてやりたい。男の性をつっついて、そのままこちらに引きずり込むのだ。藤九郎は抽斗の底にしまった枕絵を引っ張り出す。

「こいつが俺のお勧めです」

「へえ」とあげた声はいつもより高くて、藤九郎は前のめりになって話しかける。

「この太ももがいいんです。男の小指がすらっと立ち上がって、残りの指がぐいと太ももに食い込んでるところがなんとも乙たぁ思いませんか」

魚之助が目を見開くものだから、こちらの説明にも熱が入る。

「鼻の頭がぽう、と赤らんでるのも可愛らしいじゃあありやせんか。男たるもの、好いた女子にはこんな顔をしてもらいたいもんです」

ついには紙を奪い取り、覗き込んでいる魚之助にここで最後の畳みかけ。

「とどめにゃ、この内股の黒子。俺ぁ、目ん玉がいつも吸い寄せられちまうんです。ほら、左についてるやつでさ」

紙から上げた魚之助の顔は輝いていた。

「でかした藤九郎。こいつはええワ印、……いや、芝居絵や」

木戸もまだ開いている刻限だというのに、誰もが家路へと足を急がせるのは、この夜風のせいだった。草木の目もまだ爛々《らんらん》としている夜五つ。頬かむりをした手拭いは鼻まで覆われているが、今宵の乾いた風は毛穴をこじ開けるような荒々しさだ。額の白粉はひび割れていて、割れ目からはいくつもの縮緬皺《ちりめんじわ》がのぞいている。道の途中で立ち止まるたび、袂から竹筒を取り出し中身を顔に塗りたくる。仕上げにぴたぴたと頬を張るのを忘れない。立派な表屋づくりの家屋を前にして、女はふうと息を吐いた。格子戸に手をかければ、中には付帳を持った女が一人立っている。ほら、と筆で口を指され、紅のひいた唇が軽く開き、閉じ、また開く。

「あれ、今日の合言葉はなんだったっけ」

頬かむりの頭が横に傾くと、「またですか、歌蔵さん」筆を持った女が鼻に皺を寄せた。

「二度も忘れないでくださいよ。今日のは、五牛さんの黒子《ほくろ》の数ですよ」

「あっ、そうだったね。思い出したよ。ほれ、耳を貸しておくんなよ」

歌蔵が口を動かせば、女の首がこくんと縦に動いて、筆の尻が奥の部屋を指す。

「外はすごいお風だよ。こんな夜に修行講の声がかかるのは困ったものだね」

「あのお方のお声とあっちゃあこざるをえませんよ」

手拭いを外す歌蔵を横目で見遣り、女はふと、その目を白髪交じりの頭に止める。

「あら、歌蔵さん、可愛らしい簪をつけているんですね」

歌蔵は一寸動きを止めた。目を細め、女を見る。女の、肌のぴんと張り詰めたその瑞々しい富士額。

「教えてやろうかい。この長簪の使い方」

歌蔵が歪に口端を上げると、白粉がぱりぱりと音を立てた。

客間ではもうすでに件《くだん》の手紙を真ん中に若い女たちが騒ぎ立てている。歌蔵が部屋に足を踏み入れても、女たちは頭を突き合わせたままで話を止めない。

「仕返しだなんて、この子あたしらになにをする気いなんだろ」

「素直に尻尾《しっぽ》巻いて、大坂に帰っとけばいいのにさぁ」

「言ってるだけよ、言ってるだけ。ただの脅しでしょ。怖いことなんてなにもないさね」

「でもさ、女って何をするかわかんないじゃない。あの芸者みたいに出刃包丁持って現れたらどうすんの」

「で、でもわちきらは、姐《ねえ》さんに言われただけだもん。姐さんに言われて苛《いじ》めてただけなんだから」

「そうだよねぇ。姐さんのご指示だから、あたしらは恨まれる筋合いないよね」

焦ったように舌を湿らせていた女形たちがいきなり、ひいっと喉をひきつらせた。歌蔵の背後に何かが立っている。何かが歌蔵を見下ろしている。背中の皮を突き破り、心の臓の薄皮にゆっくり爪を立てるようなその視線。常であれば、いつ何時も目元と口元に滲んでいるほのかな笑みが、すべて剝《は》がれ落ちてまるで能面だ。一歩、二歩と近づいてくるその歩みは遅いのに、足裏に霜がおりたかのように誰一人として動かない。能面の女、由之丞が身を寄せ合う女形たちの前で足を止める。垂れた目がすうと細まったその瞬間、凛《りん》しゃんとした声がその場を貫いた。

「そうかい、姐さん、やっぱりかい！」

部屋の隅、一際輝くような目元の女がひとり立ち上がると、頬かむりを取って捨てた。

魚之助が声を上げたと同時に、裏庭に身をひそめていた藤九郎は飛びつくようにして縁側に上がる。そのまま客間へと踏み込み、立ち上がっている魚之助を支えると、そこにいた女形たちはざわめいた。由之丞だけが眉《まゆ》ひとつ動かさない。

「これは魚姐さんと藤九郎様じゃあございませんか。こんな襤褸家《ぼろや》にようお越しくださいました」

丁寧に裾《すそ》を払って座り、指をついてこちらに辞儀をする。

「うちの下のものが、気づいていませんとはとんだ粗相を」

固まっている女形たちがみな、ぽかんと口を開けているところを見ると、どうやら魚之助の変装はばれてはいなかったらしい。「女は化粧で化ける化け者やさかい」なんぞと見得を切っていたが、今ならそれも信じられる。口元を手拭いで覆っていた上に、女形たちが件の手紙に怯《おび》え、家に上がる人の数に頓着《とんちゃく》していなかったのももっけの幸い、魚之助はまんまと由之丞の取り巻きとして家に上がり込んだ。一方その頃の藤九郎は、由之丞の屋敷の裏手。忍び込んだ魚之助に家人のための勝手口を開けてもらい、そのまま庭の松の木の裏で息を潜めていた。部屋の中の様子は、これまた魚之助が開けた襖の隙間から。今宵の風は肌によいだなんてそんな手習い子の転合のような話が通じたのは、これが女形の集まりだったからだろう。

「化けていただかないでも、魚姐さんだと言って頂ければ、お通ししましたえ。こんな可愛らしい悪戯《いたずら》をしなくても」

　由之丞は女形たちの真ん中に置かれていた手紙を拾い上げると丁寧に折り畳み、「お返しいたしますね」畳の上をすいと滑らせた。

　由之丞に送りつけた手紙が富吉の名を騙《かた》った魚之助の仕業だということに、由之丞はもう気づいているらしい。だが、富吉を苛めていた女形たちがここにこうして集められている。手紙を受け取った由之丞の心玉は不安に揺れたというわけで、魚之助の悪戯は成功したということだ。

「それに、そのおみ足、どうなされました」

　そして、こいつも皆が魚之助の正体に気づかなかった理由だろう。魚之助が着物の裾をほんの少し持ち上げると、取り付けられた義足が鈍く光る。女形たちが目を見張る中、魚之助は歪《いびつ》ながらも歩いてみせた。

「こいつは雛五郎にもろたんや」

「そうですか」と答えた声が少し低くなったのは、藤九郎の気のせいではなかったらしい。

魚之助はその場に座り込むと「どうや、嫉妬《しっと》しはった？　今、嫉妬しはった？」と前のめりになって、執拗《しつよう》に聞く。

「嫉妬ってなんのことですか」

　思わず藤九郎が魚之助に問うと、魚之助はにやりと口端をあげる。

「あたしにはどうもわからんことがあった。この女がなんでこないにも平右衛門を陥れようとしとんのか」

「平右衛門さんを陥れる？」

何を言っているんだと藤九郎は少し笑ってしまうが、魚之助は口を止めない。

「平右衛門の女房役、富吉が苛められたんはなんでなんか。平右衛門の力になりそうな役者を取り除くためや。苛めたおかげで富吉は中村座を去った。筋書き通りになって万々歳。だが、それだけでは飽き足らん。女形たちを使って平右衛門を鬼に仕立て上げようとした。ほれ、信天に見せてきたあの痣《あざ》や。それもすべて由之丞が指示したこと」

「で、でも由之丞さんは女形さんたちを叱っていました」と否定する言葉はすぐに蹴飛《けと》ばされる。

「この阿呆鳥《あほうどり》。お前は人の表面しか見ておらん。あたしやって女形を束ねていたことのある太夫《たゆう》やで。女たちの仕草を見ていりゃ、だれが手綱を持っとるかなんてすぐわかる」

軽くあしらった魚之助は、由之丞の前にゆっくりと膝《ひざ》を使って躙《にじ》り寄り、

「だが、その理由。ただの上方嫌いかと思えば、違《ちご》うてたんやねぇ」

由之丞を覗《のぞ》き込む顔は輝いている。

「こいつを見て気づいたわ」

袂《たもと》に手を入れる魚之助に藤九郎はもぞりと体を動かした。取り出した紙を大仰に広げられ、居た堪《たま》れないのは藤九郎だ。

「由之丞、お前さん、雛五郎に恋をしちまったんやね」

絵の中の男は女を押し倒していた。すうらりと小指を立てた細い手で、黒子のある女の太ももを持ち上げているこの男は尾山雛五郎なのだと魚之助は言う。そして、太ももを持ち上げられている女は、藤九郎が顔をあげれば目の前に――。

「あたしもようけ描かれたもんやわ。芝居の濡《ぬ》れ場を描かれるんはまだええほうや。蛸《たこ》やらエイやらとまぐわっとる絵なんか描かれた時は魂消《たまげ》たなぁ。あたしの顔が別嬪《べっぴん》やさかい、すぐに誰の顔かわかってまうのが困りもん」

藤九郎が買った枕絵は、この春に興行された芝居の絵で、雛五郎と由之丞の濡れ場を描いたものらしい。見てみい、とあの夜、藤九郎の部屋で、魚之助は絵に人差し指を突き立てた。すうらりと立った小指なんぞ、煙管《キセル》をもった雛五郎の手つきとそっくりやないか。

「よくある話や。板の上だけの関係が、板を降りても続いてまうことなんてな。せやけど、芸者の心中騒ぎの様子じゃあ、お前さんとだけ恋仲だったとは思われへん。お前さんも雛五郎にええように使われてるだけとちゃうんか」

「……平右衛門さんのことは、誰に頼まれたわけでもござんせん」由之丞がするりと紙を裏返す。「わっちが勝手にやっていることとですから」

その爪先が力を込められたせいで白くなっているのを見て、魚之助は頬を上気させる。

「ええやないの！　恋人のために他人を貶《おとし》める。ええよ、ええ筋書きや。のう、ちょいと顔を見せておくれや」

口端が上がって、ああ、魚之助は嬉《うれ》しいのか、そうわかった瞬間、藤九郎は思わず叫んでいた。

「これは筋書きじゃねえ！」

　魚之助の驚いた顔がこちらを向いた。

「雛五郎さんと由之丞さんが恋仲ってなにを言ってんだ。雛五郎さんも由之丞さんもどちらも男なんだ。舞台の上では恋仲でも、それはただの芝居の中の話でしかねえ。どうして舞台を降りてもその関係が続くんだよ！」

　ぶちまけたその言葉をふふふと笑うのは魚之助ではない。

「可愛らしいねえ。魚之太夫のお傍にいながら、そんなことが言えるとは」

ねえ、藤九郎様、と由之丞は優しく問う。

「藤九郎様から見て、舞台を降りた魚之太夫は男ですか」

めるの嗤《わら》う顔がちらついて、頭の中を声が巡る。あの人がどうやって男に戻るというんです——。

「女形にも色々と種類がありまして、尋常から女として過ごす女形と、尋常は男に戻って過ごす女形。どちらが良いってえことはござんせん。名女形《めいおやま》にはどちらの型もいらっしゃった」

　由之丞はすらすらと語る。

「橘屋《たちばなや》、芳沢《よしざわ》あやめは、尋常から女で過ごすことを説いておりました。濱村屋《はまむらや》、瀬《せ》川菊之《がわきくの》丞《じょう》も尋常は女の姿でしたが、舞台の上の女こそ女の理想と弟子に伝えている」

その橘屋も濱村屋も、藤九郎は耳にしたことがあった。あやめ結びに瀬川帽子。有名な女形ともなれば、帯の結び方や帽子の色形《いろかたち》にその名前が付けられるのだとおみよたちは言っていた。

「ここに集まった子らは皆、尋常から女として過ごしております。尋常から女物の小袖を着て、髪に剃刀《かみそり》も入れやしません。言葉も女で化粧もする。身も心も女にしてようやく、板に体を乗せられる」

「身も心もって……、それなら恋仲ってのはなんですか。あなたは雛五郎さんを、女として好いているっていうんですか」

思わず笑う藤九郎に、由之丞は微笑みを返して言う。「当たり前さね」

「わっちは、女として接吻《せっぷん》するし、女として床もともにいたします」

「……いつからそんな風になっちまったんですか」

「いつからなんざんしょ。遠い昔に忘れちまったわいなぁ」

由之丞はふと遠くの方を見て、

「ああ、そうだ。たぶん、簪の正しい使い方を忘れちまったときから、かねぇ」

「かんざし？　髪飾りのことですか」

尋ねると、由之丞は可愛らしく首をかしげて見せるから、藤九郎は言葉を重ねる。

「髪飾りですよ。こうやって髪に挿す」

「あら、あれは、髪にさすものでしたっけ」

ありゃあ、尻《しり》の穴にさすものやないでしたっけ。

　喉仏を動かす藤九郎に、由之丞は「よく、苛められたもんですよ」と目を細める。

「元来女形ってえのは立役より身分は下。太夫にまで上り詰めりゃあ話はちがいますが、普通の役者より辛《つら》い思いはするもので。わっちがまだ若え頃、流行《はや》っていたのがぐにゃ征伐。立役が子分を引き連れてわっちら女形の部屋にきて、ぐにゃぐにゃしている役者に征伐やと言って、尻にぶすりと刺しはるんです」

　思わず後ずさる藤九郎を見て、由之丞はころころと笑う。

「まあ、役者は子供。悪戯《あくじゃ》れのようなものですけれど、どうも簪を見ると思い出しちまう。寅弥様の頭に挿さった美しいきらびやかな簪を見ると、殊更」

「寅弥さんもそういうことを」

「あのお人がそんなこと、するわけがありません。たぶん知ってもいやしないでしょうね。温かいところでぬくぬくと育ってきたあの人は、この道は才能と努力でどうにかなる世界だと思っておられる」

　あのお人。綺麗《きれい》な着物を着て、高直な小物を揃え、美しい簪をしていた寅弥は、己には才能がないと泣いていた。由之丞はそれをおめでたいと言う。

「この世界で生きて行くには、捨てなきゃいけないものがたくさんあります。簪をさしたその穴、使うこともありますえ。穴に入れさせて、わっちを主役に本を書いてもらえるなら、いくらでも入れさせてやる。何度でも、毎日でも」

ふと藤九郎は思い出す。身を投げようとしていた富吉が、居酒屋で由之丞のことを語った時の魚之助とのあの会話。「でも、あのお人は、あまり大部屋に来られまへん。いつも違うお部屋におられますさかい」「三階の、階段からふたつ奥の部屋やな」その部屋の主はたしか、芝居の本を書く――。

出した答えに藤九郎は頭を振る。藤九郎の常識がこの世界では通じない。もう藤九郎にはわけがわからない。

「そんなに役者でいることが大切ですか⁉　芝居なんて一時浮世の憂さを忘れるためのただの娯楽です。身を捧げたって所詮《しょせん》は嘘の世界。そんなもののために女になって、身体も売ってなにになるってんだ！　気味《きび》がわりい。まるで化け物だ！」

「おやめくださいし」

由之丞の冷たい声が、叫ぶ藤九郎の喉を刺す。

「わっちらにとってこの世界こそがすべて。この世界でわっちらは食って、寝て、息を吐き、生きている。お前様にそしりを受ける覚えはござんせん」

「魚之助、行こう」藤九郎は立ち上がる。

「ここは駄目だ。狂っていやがる。やっぱり魚之助はこんなところ、戻っちゃいけねえ。魚之助はきちんと男として生きるんだ」

わざと大きな声でそう吐き捨てて、無理やり背中に魚之助を乗せた。部屋の隅に身を寄せている女形たちを一瞥《いちべつ》してから、藤九郎は襖《ふすま》を開ける。

「五牛さん、今年で御歳五十四だとか」

振り返れば、由之丞が遠くを見ながら呟《つぶや》いている。

「この前、抱いていただいたお体にはしみがたくさん増えておりましたが、なんです黒子の数は昔から、変わっておりませんのねぇ」

沈黙が流れ、そして誰かの口が開く音がした。

「……せやね。昔から、変わってはらへんのやねぇ」

背中でそう囁《ささや》くのが聞こえた。


んふふ、その徳利《とっくり》に入っているんは水やのうて、葛湯《くずゆ》でござんすよ。喉が渇いたんやったら、あたしがお注ぎいたします。

おお、太夫、起きたのかい。どうだい、体は大丈夫かい。無理をさせてしまったねぇ。

ええんですよ、布団の中におってくださいな。お前様はやっぱりお優しい。そないなお人やから、あんな涙を誘う台帳《ほん》が書けるんやねえ。

いやいや、そんなこと。

先の芝居に出てきたお姫さんも可愛らしいなかに艶《あで》があって。お手本となる女子《おなご》がおりはるんですか。

いやぁ、滅多にいるもんじゃあないからね。

そんなら、ねぇ、五牛さん、目の前にいる女子はどないでっしゃろ。

うん？

あたしでええ台帳、書けますやろか。

ははは、勿論《もちろん》。書きますよ。此度《こたび》の事はそういう約定でしたからね。きちんと書いてあげますから、もう一度口を吸ってくれやせんか。

そんなら、お口を出して……うふふ、お髭《ひげ》がくすぐったい。あら、五牛さん、葛湯がほれ、背中についておりまっせ。

へへへ、そんなら、それも吸ってくださいな。

背中に可愛らしい黒子を持ってはるんですねぇ。ちょいと数えてみてもええですか。ほら、ひとつ、ふたつ、みっつ、よつ……。


　こうなれば、もう鬼が自ら角を出してくれるのを待つしかない。

　藤九郎は前柱にしがみつき桟敷《さじき》席から落ちそうになりながらも、目を皿にして舞台を見つめる。藤九郎にはもうなにがなにやらわからない。どうあれば人間で、どうあれば鬼であるのか。なにがあれば女で、なにがあれば男なのか。

　由之丞の家を飛び出したその日から、一晩たっても二晩たっても、藤九郎の頭の中はぐるぐると回っている。隣に座るこの人だって、男であるべきなのか、女であるべきなのか。

はてさて人間なのか、それとも――、

「鬼の見当はついたんか」

芝居の最中にかけられた声に、呆《ほう》けた顔で「え」と返事をすると、

「なにを素直に舞台を楽しんでんねん、この阿呆鳥。あたしらの目的は鬼探し。そのために、これまでいろんなやつの本性を暴いてきたんやろ」

扇子でぺんと鼻先を叩《たた》かれる。だが、それ以上、魚之助は藤九郎に何も言わなかった。藤九郎が返事もせずに呆けたままでも、怒りもせず蹴ることもしない。ただ凪《な》いだように舞台を見つめている。一人ぐるぐると考えを巡らせる藤九郎が答えを出すのを待つかのように。

「魚之助はどうなんですか」

思わず、そう聞いていた。

「魚之助は誰が鬼だと思っているんだい」

魚之助は舞台を見つめたまま、眉一つ動かさない。暫《しばら》くして、冬の花のつぼみが綻《ほころ》ぶように口が開く。

「化けもんに化けもんのことを聞いたらあきまへん」

ああ、この人は、鬼が誰であるかに気づいている。

しかし、藤九郎はこれ以上、魚之助を追及しようとは思えなかった。これは藤九郎が己の力で答えを出さなければいけないものなのだ。

「さあ、信天。のこりは二人や。そのどちらかが鬼ってこともありえんで」

おそらく、魚之助はそれを望んでいる。

「……雛五郎さんと平右衛門さんを殺そうとした下手人《げしゅにん》もまだわかってませんしね」

毒酒を作った平右衛門だったが、舞台の大道具には細工をしていないと言っていた。すると残りは猿車と八百吉だが、藤九郎にはどうも二人に角と牙《きば》が生えている姿が想像できない。猿車は役者内で上下隔てなく誰とでも仲がよい。雛五郎の芝居にも平右衛門の芝居にも合わせられる腕をもっている、みなに目を配れる名脇役だ。だが、八百吉だって、誰かがこの人の悪口を言うのを聞いたことがない。芝居に対する思いは純粋で、ただただ楽しそうに舞台に立っているように見える。この二人の中身をどうやって暴けばいいものか。

黙りこくった藤九郎をみかねたのか、「化けもんにはあかんけど、人間にはなられへんもんには聞いてみよか」と急にわけのわからないことを言い出した。

「なんですかそれ」

釣られてやると、魚之助がにやりと笑って手を差し出すから、こちらも素直に背を貸した。

「鼠やら猫やら猪やら犬やら魚やら、お前の好きな鳥もおんで」

桟敷席を静かに抜け出し、慌ただしく走る芝居者をうまく避けながら藤九郎は階段を下りた。

ほら鳥さんやで、と言われて目の前を鳥が通るが、藤九郎はなにも嬉しくはない。その鳥はただの張りぼて。繋《つな》がれたたこ糸をもって黒衣《くろご》が走り抜けていくのは、曾根崎の森で飛び立つ鳥の出番のためだろう。

「ここはなんですか」

これまで歩き回っていた三階、中二階とは違い、芝居小屋の一階はあまり足を踏み入れてきていない。

「稲荷町」と答える声がくぐもっているのは、魚之助が手拭《てぬぐ》いを鼻に当てているからだ。

「下回りの大部屋のことや。ほれ、その梯子《はしご》の横にお稲荷《いなり》さんが祀《まつ》られとるやろ。せやから名前が稲荷町。台詞《せりふ》もつかへん役者たちが放り込まれとる」

「役者ってんなら、人間じゃないですか。人間になれないものってさっき言ったのに」

「人間の扱いやないからな。三階さんが呼んだら、へい言うて駆けつけて洗いもんから炊き出しまで、なんでもする」

だから部屋へ歩を進めるたびに、こんなに色々な臭いがするのか。

「ああ、臭え」と文句を垂れるなら来なければいいと思うのだが、なにやら稲荷町に話を聞かなければいけないことがあるという。

「三階の雑用を請け負っとる人間は、三階さんのこともよう知っとるやろ、猿車か八百吉か、話の種くらいはもってるはずや」

部屋に入ったとたん、饐《す》えた匂いが鼻をつく。中には六人ほどの役者がたむろしていた。

色のはげた煙草盆を囲みながら「なんぞ御用で」という嗄《しゃが》れ声は客席奥まで通る雛五郎のそれとは程遠い。

「ちょいと話をきかせてほしくてねぇ」

畳の上におろすなり、手拭いを敷き始める魚之助に肝が冷えたが、稲荷町たちに気にした様子はない。藤九郎も隣に腰を下ろすと、砂でも散らばっているのだろうか、尻のあたりでじゃりと音がする。最初は胡乱《うろん》げな目つきを寄越していた男たちだったが、

「こいつは土産や」と笑顔の魚之助が差し出した巾着《きんちゃく》袋を見て口元を緩めた。

「お下は雀の涙ほどの身上《しんじょう》や、お前さん方も大変やねえ。蔵衣装も皆で回してりゃ、これくらい汚のうなるわいなぁ。こいつは少ねえがあたしからの祝儀《はな》だよ」

巾着袋を受け取った荒れた手が、ざくざくと袋の底を揉《も》む。

「こいつはありがてえ。猿車さんからもらった酒代ももう底をつきそうだったもんでして」

「ほお」と魚之助は黒子ごと口端をあげる。「猿車はようここにくるのんか」

「あの人は稲荷町の出ですからね、三階に楽屋をお持ちでも、よくここにきてくれる。それでわしらとしようもない話をしてまた戻っていかれるんでさ」

思っていた通りに剽軽《ひょうきん》でそれでいて優しいお人のようだ。なぜだかほっとした心持ちになって藤九郎は、身を乗り出す。

「猿車さんは、小屋の外でもあのような感じで？」

尋ねてみると、白髪の交じった頭を振られた。

「いや、芝居が終《は》ねた後は知りやせん。あの人はいつもすぐに小屋をでちまうので」

「そうなんですか」

「なんでも鳥が大事なようで。今日も急いで準備して、鳥に会いに行くのだと聞きやしたぜ」

　思いもかけない返答に思わず腰をあげてしまう。

「猿車さんは鳥を飼ってるんですか」

「とんでもねぇほどのええ声で鳴く鳥ですよ」

　へへへ、と周りから上がる下卑た笑い声は耳に入ったが、藤九郎にはなんの鳥かを推量することのほうが大切だ。良い声で鳴くなら駒鳥か、それとも大瑠璃《おおるり》か。

「そりゃあ日々の癒《いや》しになりますねぇ」

　うっとりと呟くと、稲荷町たちは顔を見合わせて、また、へへへと笑う。

「ただ餌は高いらしくてねぇ。いろいろな小間物売りに声をかけて、小屋に売りに来させているんでさ」

「小間物売り？　そんなものに頼むから高くつくんです。蚯蚓《みみず》なら俺に言うてくれりゃあすぐ揃えるのに」

「蚯蚓じゃあだめだよ、蜥蜴《とかげ》じゃねえと」

　それなら体が大きい鳥だろう。思い当たるのは鷲《わし》か鷹《たか》、鳶《とび》ってこともありえるか。顎《あご》に手をあて考え込んでいると、肩をとん、と叩かれる。

「ほうら、噂をすれば、小間物売りのお出ましだ」

　振り返ると大部屋の暖簾《のれん》をくぐり、老人が一人、畳に腰を下ろしたところだった。ふう、と首に巻いた手拭いで拭う顔は穏やかそうだが、蜥蜴を高直で売りつけるふてえ野郎だ、そう簡単には信じちゃいけねえ。藤九郎が睨《にら》みをきかせる一方で、稲荷町たちは陽気に小間物売りに声をかける。

「おう、じいさん。今日は猿車さんはここにはいねえぜ。三階じゃあねえのか」

「おや、それならもっと早く言うておくれよ。広げちまったじゃねえか」

　よっこいせと風呂敷《ふろしき》を背負いあげる老人の目がこちらを見て、ぴかりと光る。いやらしい商人の目だ。

「どうだい、お前さんがた、手にとって見てみねえかい」

　ふん、と藤九郎は鼻を鳴らし、小間物売りの前にどすんと荒く腰を下ろした。風呂敷なんぞで蜥蜴を包むその頭のねえ運び方。飼い鳥が病気でもしたらどうすんだ。文句のひとつでもつけてやろうと、広げられた風呂敷の中を覗き込む。と、横からするりと伸びてきた細い指がなにかをひょいとつまみ上げた。

「この蜥蜴、ひとつもらうわ」

　魚之助が小間物売りに向かって笑いかけると、老人はお買い上げぇ、と皺くちゃの喉から声を張り上げた。

本当にあげちゃあいけませんからね、と芝居小屋の裏手口をくぐってからも、何度も念押ししてしまうのは、鳥を日々世話しているものなら当然のことだ。銀でできた蜥蜴の根付けなど飲んでしまったら、どんなに大きい鳥でもいっぺんにお陀仏《だぶつ》だ。

「お前はほんまに阿呆鳥やの」

背中からかかる声は、日も落ちかけの夕闇の空気より冷たい。

「こいつをほんまもんの鳥に喰《く》わせるとでも思うとるんか」

「だって、鳥にやるんでしょう」

唇を尖《とが》らせてそう言えば、耳に口を寄せられる。

「猿車の飼ってる鳥っちゅうんは、立派な羽で身を包み、夜に甲高い声で囀《さえず》る籠《かご》の中の鳥のことや」

遊女やがな。耳慣れない言葉に唾《つば》を飲み込むと、魚之助がその喉仏をつついてくる。

「心の裡《うち》を打ち明けるにはええ相手やね。いっぺん着物を剝いでしまえば、心の皮を剝ぐのにも躊躇《ちゆうちょ》はいらん。裸での打ち明け話は、心も裸になれるんや。それに打ち明ける相手は、お歯黒溝《どぶ》に囲まれ、逃げられない籠の中。他人に漏れる心配もあれへんわいな」

「猿車さんも心の裡を打ち明けてるってえことですか」

上気した頭を、すうすう、と息を吸って落ち着かせながら、「でも」と藤九郎は言葉を続ける。

「でも、誰に打ち明けているかなんぞわからねえじゃねえか。江戸中の遊女に聞いてまわるつもりですか」

「すかたん。そのための餌がこいつやないか」

肩からぬらっと突き出てきた腕には、先ほど小間物売りから購《あがな》ったばかりの銀色の蜥蜴。

「猿車は蜥蜴の形をした小物をいつも土産にしていたんやと。あたしの知る限り、蜥蜴を餌に好む籠の鳥は江戸に一羽」

駕籠屋《かごや》で駕籠を二丁用意してもらうと、魚之助は問答無用とばかりに一つの駕籠に藤九郎を押し入れる。体を小さく縮めて乗り込みながら、魚之助が駕籠かきへ指示する声を耳にする。

「吉原《よしわら》の玉鶴屋《たまづるや》へ」

この大きな図体《ずうたい》が乗った箱を肩だけで支え、こんなにも長い距離を走ってくれたのだから、もののついでに大門まで通り抜けてくれりゃあいいものを、ここからは己の足で行かねばならないという。勘弁してくれ、と藤九郎は泣きそうだ。こんなところ、まっすぐ歩ける気がしねえ。

藤九郎は鳥屋として、これまで色々な鳥籠を見てきたが、目の前にあるのはとんでもなく美しい鳥籠だった。大門から延びる通りを挟むようにして、引手茶屋がずらりと並び、庇《ひさし》の下の誰哉《たそや》行灯《あんどん》が闇の中に灯《あか》りを連ねている。漂ってくる白粉《おしろい》と酒の匂いには、たっぷり艶が練りこまれ、案の定、大通りを歩く藤九郎の足はふらりふらりと揺れる。そんな藤九郎の股座《またぐら》の大事なところを、魚之助はいきなりぎゅうと足で押さえつけてくるのだ。思わず前かがみになってしまうのも仕方がない。

「なにをするんですか！」

首だけ回して怒る藤九郎だが、魚之助はどこ吹く風だ。

「もうたたせてんのかと思うてなぁ」

身を乗り出し、にい、と向けてくる笑顔は、誰哉行灯に照らされて美しい。

「お前と違って、俺ぁ、もうたっとるけどな」

俺、との己の呼び方に、藤九郎は寸の間口を引き結ぶ。いつの間に拭ったのやら、その顔からは紅と白粉が消えている。

「莫迦《ばか》なこと言わねえでください」

そう言い返すと、魚之助は「たたせといたほうがええで」と歯を出して笑う。

「今から会う女郎は、江戸じゃあ三本指に入る花魁《おいらん》。金を積んだとてちょっとやそっとでは会われへん。鳥屋のお前なんぞ、一生かかっても姿を見られん。そいつを擦《こす》る時間も惜しんだほうがええ」

魚之助はまた、藤九郎の大事なところをぎゅうと押した。

細い指の差す方向の通りに進み、豪奢《ごうしゃ》な妓楼《ぎろう》の前で立ち止まる。構えられた門を通り抜け、これまた魚之助の言葉の通りに店に入れば件《くだん》の花魁へと辿《たど》り着けると思ったが、

「申し訳ありません。うちは引手茶屋を通して頂きませんと……」

若い番頭が藤九郎の袂《たもと》を引いた。慌てて藤九郎は背中を揺するが、案内人はなぜだか口を開かない。店口で立ち往生する藤九郎の姿をじいと見ていた番頭だったが、その口端に嘲《あざけ》るような笑みが滲み出てくる。

「初めてじゃあ仕方がありやせんが、うちはそこいらの安女郎屋とはちがって、ちゃんと手順を踏んでもらわねえと」

それくらいなら藤九郎も知っている。花魁のしきたりには色々あって、金を払えば、すぐさまさあ床へ、というわけにはいかないのだ。

「そんな粗末な着物しか買えねえお人が用意できるとは思いませんけど」

値踏みするような目で言われてみれば、藤九郎の今の姿は着の身着のまま。こんな豪奢な店の前に突っ立っていては、店の格も下がるというもの。藤九郎はすごすごと背中を向けたが、その背中の背中に声をかける者がいた。

「あら、魚之助。久しぶりじゃないか」

振り向けば、店奥から出てきた女がこちらに向かって手招きをしている。背丈は小さめ、丸く肉付きの良い姿は可愛らしい感じだが、番頭は慌てて頭を下げている。

「ご無沙汰《ぶさた》しておりやした。女将《おかみ》はん」

魚之助がなんの気負いもなくそう返すものだから、こわごわと店の敷居を跨《また》ぐと、女将とよばれたその人は板間に慣れた手つきで座布団をしく。

「最近は来ないから、諦《あきら》めたかと思ったが、まだ懲りてなかったようだね。しかも、お連れさんまでいるとは仰天だ。だが、残念だよ。今日はあんまりあんた好みの子はいなくてねぇ」

「今日はその件じゃあねえのさ」

座布団の上で胡座《あぐら》をかいた魚之助は、ぺん、とひとつ膝を叩く。

「俺ぁ、蜥蜴に会いにきたんや」

その言葉に、水を差したのは先の番頭だ。

「女将、蜥蜴は数月先まで埋まっておりやす」と、大福帳を取り出して訴える。

番頭は青い顔で震えているが、震えたいのはこちらも一緒。三本指に入るだなんだは魚之助お得意のただのはったり、蜥蜴という花魁が、それほどまでに格の高い女だとは信じていなかった。その話が真実《まこと》ばかりか、ふらりと立ち寄ってその花魁に会わせろなんぞとのたまうこの男は一体なにを考えている。

「今はどなたさんだい」

女将はゆったりと番頭に聞く。

「馴染《なじ》みの伊丹屋《いたみや》さんが、裏をかえしにきております。そしてその後は中村座の役者さんで……」

「おや、空いてねえのかい」

そう声高に尋ねる魚之助の腰を肘《ひじ》でつく。空いてないのが明白なら、このまま魚之助を

抱え上げて失礼するのが双方一等よい道のように思えたが、

「いんや、空いてるさ」

　目を動かせば、女将の苦い笑み。

「蜥蜴は朝餉《あさげ》に食うたものが悪かったらしくてねぇ、お客さんの相手をしている最中に、癪《しゃく》がでちまうのさ」

「そうかい、そいつぁ、よかったよ」

　魚之助はそう言って、歯を見せて笑った。


　案内された部屋の中、指を揃えて待っていた花魁は、腹痛なんて抱えた様子もなく、切れたての尻尾のようにぴんぴんしていた。藤九郎が後ろ手に襖を閉めると、しゃなりと数え切れない簪を揺らして、顔をあげる。

「ご指名がかかって嬉しいです。ようやっと抱いてくれるのかえ」

　じゅわりと口の中に涎《よだれ》が溜《た》まるのは、用意されている豪勢な料理のせいだと思いたい。あんぐり開けた口から垂れる涎を慌てて拭っていると、ふん、と横から鼻を鳴らす音が聞こえる。

「悪《わり》ぃな、お前の顔は好みやないんや」

　そう言って、つん、と顔をそむける魚之助の気がしれない。鶴の胸毛のような真っ白の肌。薄く紅をはたいた鋭い一皮目がそっと開く様は、湯が滲みでてくるようで、えも言われぬ神秘さがある。柳葉のようなその唇が言葉を乗せるたびに動くのを、傍でずうっと見ていたい。こんなにも美しい人のことを、好みじゃねえなんてどうかしている。

「は、腹はでえじょうぶなんですか？」

ちらりと花魁の顔色をうかがうと、

「うふふ、こなさんのかわいい顔を見たら、治りんした」と笑うものだから、藤九郎はまた俯《うつむ》く羽目になる。熱が集まる耳の中へ入ってくるのは、友とするような軽いやりとりだ。

「おいおい、そいつは俺の足や。腑《ふぬ》抜けにしてもろうたら困るやないか」と魚之助が言えば、

「あら、切られてから、えろう丈夫そうな足に生え変わりんしたな」と蜥蜴が返す。

ここのところずっと一緒にいた藤九郎でさえ、ぎょっとしそうな転合《てんごう》だったが、魚之助は「丈夫なだけであんぽんたんや」などと笑って答える。

この二人が一体どういう糸で繋がっているのか、藤九郎にはてんで想像がつかない。

「そんで」と蜥蜴はこちらに向き直る。

「わちきを抱きに来たんやないんなら、一体なんの用でござんすか」

「お前にちょいと教えてもらいたいことがあるんや」

魚之助が袂から出したのは、銀色に光る蜥蜴の根付。

「お前の客に役者がおるやろ。猿車っちゅうやっちゃ」

すると蜥蜴はすんなり、「ああ、猿車はんでござんすか」と得心する。

「謙虚な遊び方をしはるから、店も上客やとは思ってはらへん。いつ金詰まりになっちまうかと遣手《やりて》は気を張っているそうで。しかし、優しいお客はんでありいす。そうそう幾度も通われへんからその代わりにと、よう贈り物をしてくださりいす」

黒漆の抽斗《ひきだし》を見せてもらえば、そこには蜥蜴をあしらった小物が所狭しと並んでいて、猿車の執心ぶりがよくわかる。

「そんなら、お前にしか話せへん話もようけあったやろうなぁ」

魚之助が蜥蜴との距離をついと詰める。

「そいつがこれまで布団の中、身も心も裸にしてお前に語った内容を教えておくれや」

蜥蜴はしばし黙っていた。と、

「ここは廓《くるわ》でござんす」

三つ重ねの仕掛けをぱあっと払うと、裏の柄がよく見えた。

「籠で飼われている鳥がお外に向かってむやみにぴいぴいと遠鳴きするもんやありいせん」

黒縮緬《くろちりめん》に金糸で縫われた相思鳥の風切羽は、きちんと切られてある。

「だから、鳥は籠の中だけでさんざ囀ります。ほうら、お耳をおすましなませ。聞こえてきますよ、鳥の鳴き声が」

言われた通りに耳をすましてみると、たしかになにやら声が聞こえる。そいつは甲高く、甘くて、時折啜《すす》り泣く。藤九郎は一気に顔を赤らめる。

「この籠の中、わちきの囀りが隣の部屋にまで漏れ聞こえちまうのも、そりゃあしょうがねえお話でござんすねぇ」

隣の部屋へと続く襖をひくと、

「どうです、お聞きなさいますか。わちきはいっちいい声で鳴きますよ」

そう言って、蜥蜴は笑って、ぴぃと鳥の鳴き真似をした。

籠の中の鳥が鳴いている。だが、この妓楼中に響いている鳥の声は藤九郎がいつも聞いているものとはあまりにも違った。ぴっちりと閉めていても襖はなんの役にも立たない。唯一、隣に続く襖だけ、細く隙間を開けている。顔色ひとつ変えず煙管をつかうこの人には、聞き飽きた声なんだろう。だから、涼しい顔をして、「どないやろうねぇ」と藤九郎に話しかけたりできるのだ。

「猿車は果たして鬼なんか、それとも人なんか」

魚之助の使う煙管の煙が天井で渦を巻いている。それを見ていると、思わず、

「……鬼ってなんなんでしょう」

腹の中でずうっとぐるぐる溜まっていた問いが口から出た。片眉を上げた魚之助がこちらに向かって煙を吹きかける。

「おいおい、お前の頭は阿呆鳥やなくて雀の頭か。お粗末すぎるんとちゃうか。鬼は残酷で非道な生きもん。せやから、役者衆の本性を暴いていっとんのやろ」

「そうです。そうして暴いた役者衆の中身はひどいものだった。表はあんなに綺羅《きら》があるのに、中身は欲やら嫉妬やらが黒々と詰まってる。己の欲のために人を切り捨て、挙句、人を殺そうとする。なにがあっても許しちゃいけねえ」

だけど、だけれども、

「その欲望だとか嫉妬だとかが、なぜだか俺の心の深いところにずんと刺さる。その黒い心玉は醜いのに俺は一寸《ちょっと》の間だけ、その人をぎゅうと抱きしめてやりたくなるんです。そんなこと思っちまう俺も、鬼なんでしょうか。そもそも、鬼と人との境目ってえのはどこにあるんですか。そんなら、男と女の境目は」

その言葉の続きは、薄い手のひらに遮られた。魚之助は藤九郎の口を覆うと、

「あらわれよったで。猿車や」

そう言って、腹をするりとひとつ撫《な》でた。

蜥蜴という名は、つり上がって離れた目から来ていると思ったが、どうやら違っていたらしい。酒を注いでくれている両手のひんやり冷たそうな肌も似ているが、なにより人の心の隙間に入り込む術《すべ》こそが蜥蜴なのだ。

「ようやった！」と魚之助も胡座をかいた足に手をうちつける。

「流石《さすが》は天下一の花魁、蜥蜴様や。あないに人の心に張り付いて、ぽろぽろ中身を口から

零させるとは」

そんなに大きな声を出さないでほしいと藤九郎は思う。隣の部屋で眠る猿車が起きたらどうしてくれる。だが、蜥蜴も気にする様子はない。

「同じ太夫に褒められるのはいい心持ちでありんすねぇ」

「そういや、上等な女郎を昔は太夫と呼ぶんやったな。せやったら、この魚之太夫が認めたる。お前は大した役者やわ。嘘をつくのが至極上上吉や。女郎の誠と四角い卵は信じたらあかんと言われるだけのことはあるやないか」

「あら、嘘だけじゃあいけません。それは、こなさんがいっち知っておりやしょう」

魚之助に酒を注ぎながら、蜥蜴は続ける。

「廓は芝居小屋とよく似ておりいす。嘘と誠を一緒くたに、板の上、いや布団の上にあげてはじめて、客は身を浸すのです。嘘の中に誠があって、誠の中に嘘がありいす。廓の仕来たりもそれ。祝言の式の真似事のように杯をかわすことで、閨《ねや》の中のことが本当になるのでござんす」

「浮気をしねえとの誓約も、起請文《きしょうもん》を書いて信じ込ませるんやろ。しかも、熊野詣《くまのもうで》の文を使わなあかんとは、徹底してるやないか」

「熊野の烏に誓うんざんす。誓いを破ったら烏は死んでしまうのやけれど」

「おい、阿呆烏、お前の好きな烏の話やで」

だが、烏と言われても、藤九郎はすぐには反応できないでいた。

「いつまでそうやって固まっとるつもりやねん」

魚之助は眉をひそめるが、そうやって蜥蜴と軽快に話せるほうがおかしいのだ。

「男ならしょうがないんです。魚之助も男なら、俺の気持ちがわかるでしょう」

藤九郎の耳からは、猿車と蜥蜴が交じり合う音がいつまでたっても抜けてくれない。

「……俺はお前のように初蔵《うぶぞう》やないんでな。こないな女の声いくら聞いてもなんともあらへん」

そう言って酒を舐《な》める魚之助の腕を、蜥蜴はぎゅうっと抱きよせる。

「それならどうです。今日はわちきの艶声を聞いてみやしませんか。この声も布団の中やとちいと違って聞こえましょうや」

「せやから、お前は好みじゃないというてるやろが。男ってのはもっと乳と尻がでかいほうがええねや。なあ、信天翁」

「いや」ちらりと蜥蜴を見ると、自分でも顔が赤くなるのがわかる。「俺は別にどちらでも」

「ふん、そんなら、お前、抱かせてもらい」

仰天して、魚之助を見る。

「天下一の太夫、蜥蜴の一晩なんぞ、鳥屋のお前にゃ、富くじを当てねえかぎり、一生かかっても味わえへんで」

「魚之助が勝手にきめることじゃあないでしょう！　それに蜥蜴さんの今晩の相手は隣で

寝ている猿車さんのはずだ。起きたりしたらどうするんです」

「そこは安心しておくんなんし」

渦中の人物は、呑気《のんき》にほほ、と袖を口に手を当て笑っている。

「猿車様はお事を済ませてお眠りになったら、わちきが起こすまで起きいせん。お眠りになっている間に他のお客人と会って、朝になったら布団に入ることも少なくない」

「そいつぁええ。俺も一晩ゆっくり楽しめるってわけやな」

魚之助は藤九郎が止める間もなく、短い足で立ち上がると、「今日はどの女郎にしようかいな。さんざ可愛がってやらへんと」大きすぎる独り言を言う。

「おう、阿呆鳥。お前もせいぜい楽しめや」

襖を開けて出て行く魚之助の背中を蜥蜴はじいと見つめていた。

部屋に入って来た禿《かむろ》が布団を敷き終わると、目の前の花魁はつと三つ指をつく。

「今宵《こよい》、敵娼《あいかた》を務めますは、玉鶴屋蜥蜴。どうぞ可愛がっておくんなまし」

縁は天鵞絨《ビロード》、内は羅紗《ラシャ》。裏は緋《ひ》縮緬の布団の上にいる蜥蜴の顔は照り輝くように美しい。

しかし、藤九郎には、聞かねばならないことがある。

「魚之助のことを教えてください」

「今は他のお人のことなんてお忘れなんし。楽しい夜を過ごしましょう」

するりと小指が握られても、どうしてか心は動かなかった。この心の底に沈んでいる重《おも》石《し》がなにであるかを藤九郎は知っている。

「魚之助のことを教えてください」

蜥蜴はにこりと笑みを浮かべるが、その目の奥に鈍く光るなにかを藤九郎は見た。

「あの人はあの人で楽しうやっておりいす。こなさんにはそないに魚《とと》のことを考える義理なぞありいせん」

「魚之助は今、己の道を探している。きちんと男として生きようとしてるんです。俺はそれを手助けしたい」

「きちんと、とはどういうことでありんすか」

蜥蜴はわざとらしく小首をかしげる。

「あの人にとって、男として生きるのがきちんと生きることになりいすか」

「たしかに魚之助は女形です。女子のような着物を着て、女子のような言葉遣いもする。それでも体は男です。女子を抱くから今、女子と床に入っている。男として生きるのが正しいんです」

その言葉に、蜥蜴は口の端をきゅうとあげた。目も細まったのが相まって、なにやら蚯蚓《みみず》を食う前の本物の蜥蜴に見えてくる。蜥蜴は、白い腕を袖口からすうと伸ばし、「おいで鳥さん」とひらひら手のひらを動かす。

「ええものを聞かしんしょう」

一緒に隣の襖の前まで来ると、蜥蜴は襖にそっと耳を当てる。

「ほら、ここでござんす。ここにお耳をお当てになって」
言われるがまま、耳を当てると、「なにをしてはりますか」鳴き声が聞こえる。

だが、それは先まで聞こえていたような、甲高く、甘くて、啜り泣くようなものではない。低く、苦く、獣が唸《うな》るようなその声は、

「わちきが答えんしょう。頑張ってたててはるんです、あの人が自分の懐刀を。こなさんには自然にたっちまうものが、魚《とと》にはどうにもできやしない。わちきは何度も止めんした。それでも、魚《とと》はくるたびくるたび」

くるたびくるたび、女を抱こうとして、あのような唸り声を。

「魚《とと》に女子が抱けるはずがありいせん。あんな血の道がきてしまう体なんぞで」

「血の道……」

ずうっと聞けずにいたその言葉。

「女子の体ってえのは難儀なものでありんして、月に一度障りがあるのでござんす。股から血ぃが流れてくる。そいつを血の道、お馬と呼びまして、腹が痛うなったり、気がたったりと大変なんです」

「でもそれは女子の体に起こることなんでしょう。どうして、魚之助の股から血が流れるんです。あいつの体は男のはずだ」

「魚《とと》の股から血はでません」と蜥蜴は静かに言う。「でも、お腹が痛うなるんです」

魚之助が自分の腹を撫でる姿が、頭をよぎった。

「役者のときはそれでよかった。女のごとく装って、女のごとく生活をしていたから。女を真似れば真似るほど、女形の芸に磨きがかかる。そう思っていらしゃった。真似をしはじめて。血の道も、腹に響くと駕籠を止めさせていた女子をたまさか見かけてから、真似をしはじめて。血の道も、きもよう聞かれたものざんす。尻に何を巻くんやとか、血ぃはどんなけ出るんやとか。何月か続けていたら、いつの間にか決まった周期で腹が痛くなるようになりんした。でも、魚《とと》は役者をやめた。やめたのに、腹は月に一度痛くなるうえに、男ものの着物を着ようと思うたら、またお腹がぎうぎうと」

なにも口にできない藤九郎を見て、蜥蜴はくすり、と笑う。

「散々、体に自分は女やと言い聞かせてきた罰でありいす。今更それが嘘だったなんて、体は許しんせん。先にも言うたとおり、芝居小屋と吉原は似ておりいす。芝居小屋は板の上に、吉原は布団の上に嘘事をのせますが、それを本物に仕立て上げるためにいろいろな誠を使いんす」

蜥蜴は、おもむろに小さな竹筒を取り出すと、それをこちらに手渡した。蓋《ふた》を開けて中身を傾けてみれば、それは水飴《みずあめ》のように粘っこい。

「それは、葛湯。布団の上にのせる誠でありんす。輿の乗らない女子のあそこに塗るためのお情けのお水。板の上で本の水を使うのと一緒でござんすよ」

びくびくと畳の上に竹筒を返す藤九郎を、蜥蜴はこれまたくすり、と笑う。

「切った薬指も布団の上の誠でありいす。誠というても、本の指を切るわけじゃありいせん。新粉で練った細長い団子のようなもの。それを殿方にお渡しして誓いんす。板の上じゃあ、本の烏の死体を使うらしいでござんすが」

そうしているうちに、と言って、蜥蜴は遠くのほうを見た。

「嘘がいつの間にか誠になることがありいす」

きゅっと唇に歯を立てたのは、一瞬のことだった。

「仮初めの色事かと思っていたら、本気に思ってしまっている。そのときの苦しみは一等。だからこそ、嘘が誠になってしまった魚《とと》に、わちきらは皆優しくなってしまう」

そうして、蜥蜴はまっすぐに藤九郎を見た。その目の中からは先ほどの淀んだような鈍い色は無くなっていた。

「魚之助と蜥蜴さんはいつから……」

藤九郎は、ついと一歩尻を進める。

「あれは十にもなった頃……。同じ大坂の小屋で客を取り始めたときからでござんすなぁ」

「客をとる……」

「あの子は蔭間《かげま》でありんしたから」

藤九郎は押し黙る。藤九郎は間違って、蔭間の描かれた枕絵を買ったことがある。年端もいかぬ小さな男の子が裾を破って尻を出している。そこにかぶさるのは上背のある大きな男。枕絵の中、その男は、小さな子の背中にむしゃぶりついている。

「あら、蔭間を経験した役者は珍しいことではありいせん。むしろ蔭間出の女形は大成するんやと。小さい魚《とと》はわちきによう聞かせたものでありいす。俺は日本一の女形になる。だからお前も日本一の花魁になって身をたてるんやと。魚《とと》は客に虐《いじ》められることが多かった。ああ、虐められる言うてもかわいいもんやござんせん。殴る蹴る噛《か》む締める。目を引く花は手折りたくなるものでござんしょう？　魚《とと》は客を拒むことはありませんでした。今のうちに贔屓《ひいき》がつけばもうけもんやと、小さい体のすべてを使って太夫へ手を伸ばしておりんした。わちきはそれほどの覚悟がありませんでしたから、ぴいぴいと泣くだけ。そんなわちきに魚《とと》は簪の使い方を教えてくださんしたなあ」

「……簪ですか」

藤九郎は、由之丞を思い出す。たぶん、簪の正しい使い方を忘れちまったときから、かねぇ。

「そのあと、わちきは玉鶴屋の女衒《ぜげん》に見初められ、江戸に連れて行かれましたが、魚《とと》も女形になって江戸に来た。姿を見せにあらわれた魚《とと》は長い簪が頭によう似合うておりんした」

気味《きび》がわりぃと吐き捨てた俺の胸をどうかその長い簪でついてくれ。

「言ってしまいました」

藤九郎は頭を垂れた。

「鳥様？」

「きちんと、男として生きろ、と、俺は魚之助に、言ってしまいました」

なんてことを言ってしまったのだろう。握りしめた拳《こぶし》を両膝に押し付ける。己はどれだけ魚之助の心玉を砕いたことか。蜥蜴は藤九郎の背に手を置いて、「こなさんは優しいおみ足でありんすねぇ」そう言って、優しくさする。

「わちきは花魁。この玉鶴屋の稼ぎ頭。だから、女将さんも己の揚代を払えば、わちきのお願い事を聞いてくれるようになりんした。魚《とと》が訪れたら魚《とと》を優先させるわちきを許してくれる。会っている客を追い返してくれる。ただそれだけいろんな男をとる」

顔をあげた藤九郎の前で、蜥蜴は懐から数枚の紙を取り出した。そこには鳥の絵が描かれている。

「こなさんのような優しいお人と一緒になれたらどんなにええか」

ぴりと破いたのは起請文。

「三千世界の鳥を殺しちまって、こなさんと朝寝がしてみたいものでござんすなぁ」

「……ほんものの鳥は殺さないでください」

「うふふ」と蜥蜴は笑った。

よくもこんな真似ができますね。

あら、その死に損ないの鳥、持って帰ってくれるんかいな。そんなら、揚巻、はようその鳥屋はんにお渡し。玩具《おもちゃ》で遊ぶんはもう終《しま》い。ほれ、転がしたらあきません。

一番太え骨が折れてる。しかも、そのまま放っておいたのか。これじゃあ骨はくっつかない。もうもとのようには飛べやしない。

へえ、あれで太い骨やったんかいな。ちょいと力を入れただけでぽきぽき折れるんやもの。折りがいがまったくあらへんで、つまらん。

……わざと折ったんですか。

鳥屋はん。その子、殺したったほうがええんちゃいますか。

あなたみたいな人に売るのではなかった。

手当なんてやっても無駄とちゃいますか。飛べなくなった鳥になんの価値がありますのん。地べたを這《は》いずり回ることしかできへん。この子の人生はもう終いや。

終いじゃありません。飛べやしなくても、この子には歌う喉がある、跳べる足がある。この子はこれから始まるんだ。

……………。

この子は俺が引き取ります。いただいたお代はのちほど、お返しを。

いらへん。その代わり、なあ、鳥屋はん。お前さんの名前を教えておくんな。

明け烏が断末魔のような声を上げて鳴いている。床に手をつき布団から這いずり出ると、「あら、珍し」と布団の中からくぐもった声がする。

「猿車様が、頰《ほ》っぺたを引っ張らなくともお目覚めになったんは初めてのことやわいな」

「お前、その声はどうしたんだい。随分と嗄《か》れてんじゃねえか」

眠気覚ましか煙管を使い、胡座をかいた猿車が布団を一寸ばかり持ち上げながら、そう聞くと、

「あら無体なことをいわっしゃる。このような声にしたのは主でありいす。いくら鳴くのが得手な鳥でも、限度というもんがござんすよ」

拗《す》ねたような口をききながらも布団に顔を隠そうとしている蜥蜴に、猿車はへへへ、と薄くなった頭を掻《か》いた。そのとき、遠くでどどん、と肚《はら》に響く音が鳴る。

「一番太鼓の刻限ですえ。準備はよろしいんですか」

「あれはわしが出るようなものじゃねえからな」

「ああ、さいでした。はじめは中通りのお芝居でしたね。此度はどういう筋立てでありんすか」

猿車は驚いたように、床の中にいる蜥蜴に目を落とす。

「どうしたんだい昨日から。やけに芝居の話をせびるじゃないか」

「好きな人の好きなものは、ちいとでも知っておきたいと思うのが女心でござんすよ。それにこれもかわいらしゅうて気にいりました」

布団の中からにゅうと伸びた白い手が、煙草盆近くの煙管入れをつまみ上げるのを見て、猿車は頰をかあっと赤らめる。

「そ、そうかい、そんならこれはどうだい」と煙管入れと同じく自分の紋のついた手拭いを引っ張り出すと、白い手がするりとこれを取って、布団の中に引き入れた。

「これも素敵なお猿さんがついてありいす」

「素敵か」猿車はぼんやりと言う。だが、見る見る胸を膨らませ、

「そうだ、素敵だ！」はちきれんばかりの声を出す。

「わしの芝居は素敵なはずだ！　わしの贔屓《ひいき》にならない人間がおかしいのだ。顔だけを見ての顔贔屓、同じ土地で産湯をつかったからという根生い贔屓。芸も見ず、不埒《ふらち》な理由で贔屓を決める芝居客が、この中村座には多すぎる。そんな客なんぞ本物の芝居贔屓でない。だが、わしがもっと表に出れば、みな、変わる。本の芸を目の当たりにすれば、目も覚める！」

猿車は一枚着物を羽織り、ぐるりとあたりを見回した。汗やら汁やらを拭って丸めた懐紙に、猿車は順繰りに手を振っている。

「わしの紋入り手拭いを持った客が小屋一杯に押し寄せるだろうぜ。わしが舞台に現れただけで、やんややんやの大騒ぎ！」

「猿車様が花道からぱあっと走って来はるんやね」

「走り六法、檜《ひのき》舞台の手前でちぃと止まってな、顔をぐるんと回して睨《ね》め回してやるのよ」

「あら、でも、そいつは雛五郎さんの登場の仕方だわいな」

さらりとした蜥蜴の言葉に、猿車は一寸、息を詰めた。

「そ、そんなら、趣向を変えちまおう！　頬かむりをして親指で歩いているかのようにつつつぅと小走りだ。すっぽんの手前で頬かむりを外して、手拭いで目元を拭うのさ」

「そいつは平右衛門さんの登場の仕方やねえ」

布団から伸びた手が猿車の足に触れた。

「さあ、次はどんな登場の方法をお聞かせくださるんですか？」

「…………」

「おいおい、なぜそこで止まるんや」

冷えきった言葉が、猿車の心玉を刺す。

「ここには誰もいやしまへん。だから、芝居の派手な雛五郎に合わせて高くトンボを切る必要はあらへんし、平右衛門に合わせた細かい所作も必要あらへん。あんた自身の芸を見せてほしい、と言うてるだけや」

猿車は煙管の火種を消した。布団から数歩後ずさったところで尻餅をつく。

「よいしょの太鼓で頭がいっぱいになっちまうとこないな人間になるんかいな。己の芸を忘れ、猿真似しかできんようになる」

壁を支えに立ち上がろうとする猿車の目の前で、一気に布団が捲《まく》りあがる。襦袢《じゆばん》を肩から落とし諸肌《もろはだ》を見せている蜥蜴の喉仏が上下する。

「上り詰めるために己の芸を忘れてしまった役者なんぞ、末代までの恥やと思え！」

現れた喉仏を持つ蜥蜴、否、魚之助に猿車は両目を見開き、あっと声をあげた。体は後ろに倒れそうになったが、踏みとどまる。そのまま、布団の上の魚之助を睨みつけながら、猿車は嗄れ声を出す。

「おいおい、蜥蜴ぇ。お前、やけに熱くなってたんじゃねえか。あんまり口に力を入れるからほれ、鬚《ひげ》が伸びちまってるぜ」

白い指がさわりと己の顎に手をやったのを見て、猿車はへへ、と歪に口端を吊り上げる。

「お前さんの言葉にわしは傷ついちまったよ。お前さんは女なんだろう、そのでけえ乳で昨夜のようにわしを抱きしめて慰めておくれよ」

動かない、動けやしない人間のその平らな胸板をじっと見つめ、猿車は低く呟く。

「……出来ねえだろうが」囁いてから、思い切り叫ぶ。

「出来ねえだろうが！」

魚之助は肩を震わせた。

「女の真似なんかして、お前の方がよほど猿真似じゃねえか。なんだい、お前は人魚じゃなくて猿だったのかい。いいや、猿だって自分が雄か雌かぐらいわかってやがる」

白い手がそろそろと襦袢の上を動くのを見て、「腹を触ったって、そこにはなにもねえ」吐き捨てた。

「上まで上り詰めるために己の性を忘れてしまった役者など末代までの恥だと思え！」

襖が音を立てて勢いよく開く。部屋に飛び込んだ藤九郎は、魚之助の横に座りこむと、腹の上を滑る手をぎゅうと握りしめた。

藤九郎が握りしめる魚之助の両手は、こんなにも細いのに力が強い。この白い手は、魚之助の意思なぞなくとも、どうしても腹を撫でたい、と動くのだ。

「ようもこけにしてくれた」

床を這う低い声は、魚之助の隣に座りこんだ花魁に向けられている。

「天下の花魁、蜥蜴ともあろうものがこんな真似をしでかすとはなぁ。わしが触れ回りでもしてみぃ。お前と楼の名はすぐに地獄に落ちるぜ」

「お前にそないな真似できるわけがあらへん」

藤九郎の手を振り払い、魚之助はぬるりと猿車に差し向かう。

「なんでえ」と血走った目はこちらを向いた。

「中村座付き役者、猿車による雛五郎殺し、および平右衛門殺しを触れ回ると、そう言うてんのや」

魚之助の突然の言葉に当の猿車は黙ったままだったが、代わりに藤九郎は叫びたい。

魚之助、お前、一体なにを言ってんだ。

「媚《こび》を売り続けてきたお前にしかあのような殺しの仕立てはできへんのや」

そう言いきってから魚之助は、「太鼓持ちも生易しいことやありまへんなあ」と急に声を柔らかくする。

「太鼓を叩くんでも豪儀に大きく打ち鳴らすんが好きなお客はんもおれば、静かにしっとり鳴らすんが好きなお客はんもおる。客の好みやら癖やらを頭に入れておくんが太鼓持ちの腕の見せ所なんやろうね。しかしお前さんは長い間修練をつんだ太鼓持ち、雛様の檜舞台の上での好みや癖をきちんと心得てはるわ」

そうだ、と魚之助の褒め言葉に藤九郎は小さく頷く。猿車は素人《とうしろ》の藤九郎から見ても中村座きっての名脇役だとわかる。

「台詞の間取り、大仰な立ち回り、すべて雛様好みに仕上げているんは恐れ入谷《いりや》の鬼子母《きしも》神《じん》や。そんなら、雛様が女客の入りが多い日の口説き場には、木に寄りかかる癖があることに気づかないはずがないわいなぁ」

思わず猿車を見やったが、猿車は口を開かない。

「あの日、お前さんは女客が多なることを知ってたんやろ。表方とも仲のよいお前さんのことや、桟敷番にちょいと尋ねれば、札の売れ行きなぞすぐに教えてもらえたはずや。せやから、お前さんは大道具の木に深い切れ込みを入れた。前の日の夜にでも入れておけば、誰もわからへん。大道具方もいちいち毎日検分せえへんわ」

息を継ぐ間も、猿車は言葉を返さない。ひたすら黙って聞いている。

「対して、平右衛門は雛五郎とはまったく芝居の仕方が違っとるから、他の役者も大変やったろうねぇ。あいつはしっとり静かな芝居を好む。口説きでたっぷり時間をとるんは、平右衛門の味つけや。お初の足に首をすりつけるのも精魂こめてたっぷりとする。着物をきちんとたくし上げてな。雛五郎のようにただなぞるだけなんてありえへん」

　魚之助は声を潜めて「だからお前さん、剃刀を仕込んだな」淡々と告げる。

「うまいもんやね。寅弥の足には当たらへんところ、平右衛門がたくし上げる着物の枚数も測って刃をつけるんやもの。真面目な平右衛門やからこその殺し方や」

　藤九郎は猿車が何も言い返さないのが不思議だった。魚之助が語った話は、これまでの事件をすべて猿車を主役にして書いた正本のようなものだ。それを真実とする証拠はどこにもない。案の定、猿車は声をあげて笑い出す。

「よくもそんな筋書きがぽんぽん思いつくもんだ。それだけ頭の中が芝居でいっぱいなら、己の乳のあるやなしやもわからんようになりそうだ」

「なんや、お前さんの頭ん中はちがうんか」

　魚之助がふと返した言葉に猿車が一寸、息を止めたのがわかった。

「頭の中はいつでも芝居でいっぱいや。寝ても覚めても考えてまう。色っぽい女子の食べ方はどないなもんやろ。とろろをどうやって食うんやろ。熱燗《あつかん》はどうやって飲むんやろ。落ちたものを拾うとき、女子はどないしてかがむやろ。どないしたらあたしは舞台の上できらりと光って、華やかに……」

　うおおおおお！

　突然雄《お》叫《たけ》びをあげて立ち上がる猿車を見て、藤九郎は咄嗟《とっさ》に体を前に出した。魚之助を覆うように体を伸ばすと頭に衝撃が走る。目の前に火花と灰が散り、煙管で殴られたのだと察した。畳にどうと倒れたが、痛がってなどいられない。起き上がり、二人の姿を急ぎ探す。二人は動かず、そこにいた。逃げようとして出来なかったのか、それとも逃げようともしなかったのか、どちらなのかはわからない。ただ、先と同じ場所に座り込み、蜥蜴が魚之助を抱き寄せている。そして猿車もまた、煙管を振り上げたまま動かないでいた。

「美しいなぁ」涎の泡が飛び散っている口からぽつりと言葉がこぼれ落ちる。「お前さんたちは美しいなぁ」

猿車はすとん、とその場に座り込む。

「わしもそうです」猿車の手から煙管が転がる。

「頭の中はいつでも芝居でいっぱいで、寝ても覚めても芝居のことを考えておりました」

空を見つめながら、そう話し出した猿車の顔からはまるで毒気が抜けていた。

「一等安い切土間で、父親の膝の上に乗りながら芝居を見た、あのときからずっと。役者になるんだと決心したが、たかが棒手振《ぼてふ》りの三男坊。後ろ盾もなにもない。稲荷町からの出発だ。掃除に炊き出し、なんでもやった。長《なげ》えことかかった。相中だ。上上吉だ。馬や猫じゃねえ、人間の役をもらえて台詞ももらえる。だが、舞台に立つわしを見て、皆が言うのさ」

あいつには華がねえ。こちらを見て、へへへと笑う男の目の奥を藤九郎はまっすぐ見られない。

「わしが必死になってトンボを切っても、雛五郎が小指をそうっと立てただけで評判記は雛五郎を褒めそやした。そんなら、その華盗んでやる。そう思って上の役者たちの真似をした。勉強をした。上に倣っていい女も抱いた」

　猿車は布団の金襴《きんらん》をぐしゃりと握りしめる。

「蜥蜴のもとへ通ったのはそのためだ。無理をしてでもいい女を抱けばそれだけの箔《はく》もつくと思った。……だが、どんなに頑張っても、わしの評判は変わらなかった。華が修練で身につかねえことを知ったのはいつだろう」

　ぽん、と陽気に手のひらを叩く姿は、茶番芝居のようだ。

「そうだ、いっち高くトンボを切ったときだった。どの役者よりも高いところにいるわしを誰も見てはいなかった。それに気付いたときにはもう、わしは引き立て役の価値しかなかったのさ。番付評にはよい漬物と書いてあったが、魚や米にはなれそうもない。そして、今のわしはその漬物の座も怖くて手放せないんだ。今更味を出して、違う役者にとってかわられちまったらわしはおしめえだ。上のきらりと光る方々に揉み手をして、使ってもらわなきゃ生きていけないのさ」

　猿車は言葉を切って、蜥蜴と魚之助をじいと見た。

「どうしてお前らはそないに美しい」目を細めると、縮緬皺が余計に目立った。

「どうしてわしはそないに美しくなかった。どうして鼻が高くなかった。どうしてわしの声は透き通らない。どうしてわしの体はもっと大きくない。どうしてわしは代々続く役者の子じゃない」

妬み嫉《そね》みが猿車の体中を蛆虫《うじむし》のごとく這いずり回っていた最中のことだったという。鬼が小屋に現れた。

「役者が一人食われちまったんだ」そう言って、猿車は口が裂けたかのような笑顔を浮かべる。

「喜んださ！　天恵だ！　これなら、雛五郎と平右衛門を殺しても鬼の仕業にできる。華のある役者が死ねば、もしやわしに主役が回ってくるかもしれない！　わしが主役に、わしが座頭に、わしの芝居に！」

手を叩きつける膝が真っ赤になっている。そうして浮き上がってきた傷跡は数え切れないほど無数にあって、藤九郎は思わず「……どうしてそんなに、芝居なんかに」そう呟いた。

「どうして？　そんなの決まっている」猿車は顔を真っ赤にさせる。

「好きじゃ！　芝居が！」前のめりになって、藤九郎を見つめる。

「上へのぼればのぼるほどいい役にありつける！　いい芝居ができる！　いい芝居を見てみなが泣き、みなが怒り、みなが笑う。浮世を忘れ、手を打ち騒ぎ立てる。そうしてまたみなが小屋に押し寄せる。芝居のためならば、わしはなにをしたってのぼりつめてやるのさ！」

叫び終え、胡座をかいて丸めた背中は震えていた。

「この心玉をお前が鬼というのなら、たぶんわしは鬼なんだろうなぁ。役者はみんな鬼であるんだろうなぁ」

　すると、その背中にするりと寄り添うものがある。猿車は顔を伏せたまま、おどけた口振りで言い放つ。

「おい、どうした籠の鳥。わしゃ、鬼だぜ。お前のこと食っちまうかもしれねえぜ」

　蜥蜴は、大事そうに懐から出した手拭いで猿車の目元をそっと拭う。その手拭いに入った猿の紋を見て、猿車は背中を震わせて泣いた。


　明け烏が鳴いた。と思った声は、どうやら部屋見張りの番新の嗄れ声で、「勘弁しておくんなまし」と部屋を出るなり、老烏は諫《いさ》め口をきいた。

「いくらなんでも今日のは癇癪玉《かんしゃくだま》が大きすぎます。他のお客様もいらっしゃいやすし、畳だってただではありいせん。うまく事が運ばへんからと言って、暴れたらあきませんえ」

　どうやら魚之助がいつも癇癪を起こしていたおかげで、朝方の騒動は深く調べられずに済んだらしい。魚之助は「ふん」と鼻を鳴らしただけで、番新に何も言うことはなかった。

　あのあと、藤九郎たちは、猿車と蜥蜴を部屋に残し、隣の部屋で大門が開く刻限を待った。猿車は多分蜥蜴の不義理を言いふらしたりはしない。藤九郎はそう思っている。

　朝日が昇る前の白けた道を、藤九郎は魚之助を背負って歩く。番頭が駕籠を呼ぼうと申し出てくれたが、断った。駕籠屋までの道のりをゆっくりゆっくりと進む。

「どうや、信天。鬼が誰だかわかったかい」

背中から聞こえてきた魚之助の声は、明るかった。

「猿車が言うには、役者はみんな鬼なんやと。さあ、どないしよ」

「……鬼はもう、いいんです」

藤九郎は、言う。

「……鬼は、もうわかりやした」

「ほうか」

魚之助はそれ以上なにも聞いてこなかった。

曾根崎の森は虫の息遣いさえ聞こえてこない静けさだった。

お初は結んでいた浅黄染めの帯をほどくと、それに剃刀をさり、と入れる。震えるお初の手を、徳兵衛はむんずと掴み、帯をずんずん切り裂いた。松と棕櫚《しゅろ》が絡まりあった木に二人は体をくくりつけるようにして、腹のあたりに幾重にも帯を巻きつける。

「きつう締めておくれ。こいつは連理の木。わてらがあの世でも離れ離れにならんよう、しっかり結ばなあかんのや。これで恋の手本となるんやで」

『帯は裂けてもわてらの仲はさけまへん』

お初がそう答えるから、徳兵衛はにっこりと笑う。

『さあ、徳様、はよう、はよういかせて』

そう泣くお初に、徳兵衛はよし、と抜いた短刀を喉にあてる。

「わてもすぐにいくさかい、あちらで待っていておくれ」

細い喉笛に狙いを定め、そのまま、えいやっと――。


「よっ、八百吉！」

薄暗闇の中、響き渡った声に徳兵衛は短刀を取り落とす。慌てたようにしゃがみ込み、さわさわと檜舞台を撫でているのは、どうやら板に傷がつかなかったか確かめているらしい。

「腹から出しとるええ声や。それに口が大きいさかい、にっこり笑顔が素敵やねぇ」

藤九郎が次々と灯《とも》していく行灯のおかげで、舞台の上には徳兵衛の、いや、八百吉のぽかんと開けた口がよく見える。

「せやけど、その女声はお粗末や。書抜を読んどるだけとは芸があらへんのとちゃうか」

平土間の客席で、粗い半畳の上に座っている魚之助は、舞台を退いたといっても中村座の太夫を張っていた役者。伝説の女形に己の女声を聞かれたとあって、八百吉はこれ以上ないほど顔を赤らめる。

「す、すいやせん、女子の役はやったことがねえもんで」

「だいたい、心中物を一人でやろうとすんのが無理があるわいな」

魚之助が零すと「ただの稽古のつもりやったんです」と八百吉は慌てて取り繕う。頭を掻いているその姿を見て、魚之助は悪戯《いたずら》っぽい笑みを浮かべる。

「そんなら、このあたしが付き合うたろうやないの」

「ほんとですか！」

その歓声は、真夜中の静まりかえった芝居小屋の中によく響く。

「名女形に稽古をつけてもらえるとは、この八百吉、一生の名誉でごぜえやす！」

藤九郎は魚之助を抱きかかえ、ゆっくりと舞台に乗せてやる。平土間に戻るなり、膝を折って背筋を伸ばす。藤九郎は舞台を見る。まっすぐに舞台を見る。藤九郎はそれが己の役目だとわかっている。

「お前さんがこないに熱心に練習してはるんは知らんかったわ」

ゆらゆらと短い足で立ち上がった魚之助は、舞台の上にそそり立つ連理の木にそっと手を滑らせる。

「お前さんはなんや騒ぎがあってもいつだって、どこか不思議な顔をしてたからな。あたしには関係あらへんわってな顔で騒ぎに係《かか》わろうとはせえへんかった」

「おいらはただ芝居が好きなだけなんです。ただ芝居ができればいいんです。だからなぜみんな争っているのか、おいらにはちょいとわからなくって」

ひよこのように魚之助の後をついて回る八百吉はとんでもなく嬉しそうだ。

「それだけ芝居が好きなら、今の役は不満やろうね。遊郭の主人は一幕しか出えへんからな。台詞も主役と比べれば雲泥万里の差。夜な夜な小屋に忍びこんで一人芝居をしちまうのも無理はあらへんな」

言うなり、「いいえ！」と八百吉は、仰天したような顔で首を振る。

「不満なんぞちいともありゃあしませんよ！　それどころか、周りは素敵な役者様ばかりで感謝しているんです。皆々様の芝居が毎日近くで見られるなんて、おいらぁ幸せものだなぁ」

魚之助は何も答えなかった。そして、「……ほれ、その刀をとっておくれな」と板の上に落ちている短刀を指差した。


曾根崎の森は虫の息遣いさえ聞こえてこない静けさだった。

お初は結んでいた浅黄染めの帯をほどくと、それに剃刀をさり、と入れる。震えるお初の手を、徳兵衛はむんずと摑み、帯をずんずん切り裂いた。松と棕櫚《しゅろ》が絡まりあった木に二人は体をくくりつけるようにして、腹のあたりに幾重にも帯を巻きつける。

「きつう締めておくれ。こいつは連理の木。わてらがあの世でも離れ離れにならんよう、

『帯は裂けてもわてらの仲はさけまへん』しっかり結ばなあかんのや。これで恋の手本となるんやで」

お初がそう答えるから、徳兵衛はにっこりと笑う。

『さあ、徳様、はよう、はよういかせて』

そう泣くお初に、徳兵衛はよし、と抜いた短刀を喉にあてる。

「わてもすぐにいくさかい、あちらで待っていておくれ」

細い喉笛に狙いを定め、そのまま、えいやっと――。

「わちきが愛《いと》しいだすか？」

短刀が突き刺さる寸前に、お初がそう問いかける。徳兵衛は思わず目を大きくしたが、

「……当たり前やないか、初。お前を殺して、わても追いかけて死ぬくらいやもの」

そのまま徳兵衛は芝居を続ける。

「せやね、わちきは徳様にはよう殺して、と頼みましたものね」

「せや、死んだら一緒になれるんやから。殺すことが初への愛しさの証なんや」

「せやけど、徳様。今、お前さんが突きたてようとしてるんは、睦言《むつごと》を交わし合った愛しい女子の喉元だっせ。それをみても、何も思わはらへんのか」

「だから、はよう殺してやらなとそう思うとるんやろが。心中とはそういうものや」

「……ほんまはね、死にたくありまへんのや」

短刀を持つ手をそっと撫で、お初は徳兵衛を仰ぎ見る。

「できるなら、この世で一緒になりたい。徳様が身請けをしてくれはるんが一等ええけど、それはむつかしい。せやから年季明けまで待ってくれはったら、って。でも、徳様は偽判の罪で島流し、それとも引き回しに獄門やろか。わてらが会える日はもうありまへん。そんなら来世と言いましたが、わてらは来世でほんまに一緒になれるんやろか。わちきは徳

様をきちんと見つけられるんやろか。もし、徳様が人で、わちきが猫やったらどないしまひょ。もし徳兵衛が鳥で、初が魚やったら？」

　徳兵衛との心中に震えていた声が今は凜しゃんと耳を打つ。お初は、いや魚之助は言葉を切って、徳兵衛を見つめる。

「ほんまは、二人とも死にたくないんや」

　お初の喉元に短刀を当て、涙を滲《にじ》ませていた目玉が今は子供のように透き通っている。徳兵衛は、いや八百吉はその言葉に小首をかしげる。

「ならば、どうして死を選ぶんです？　死にたくないのなら、九平次を殺してしまえばいいじゃないですか」

「せやろうなぁ、お前さんにはわからへんねやなぁ。せやから、帯の切れ目もまっすぐ進む。心中前の最後の会話でも、そないににっこりいい笑顔ができる、腹からずんと声がでる。喉に当てた刀も震えず、すぐに愛しい女子の肉に押し込められる」

　でも、しょうがあらへん、と魚之助は朗らかに言う。

「だって、お前さんは鬼やもの」

　八百吉は、いや鬼は、微動だにせず、魚之助をまっすぐに見下ろす。

「生きるために人を喰らうお前さんには、愛のために人を殺すなんてこと、わからなくて当たり前だわいな」

　八百吉の口の両端から頬まで線が浮き上がったかと思うと、びりびりと皮膚と肉が音を立てて裂けていく。にゅうと上顎から伸びる二本の牙は濁った黄土色をしていて、左の牙の根本には一本長い髪の毛が絡まっている。

「嫉妬、やっかみ、向上心。そんなもんが殺しの理由だなんてわかりゃあせんわいなぁ」

腕と足を引き千切られた生き物がのたうち回るかのように顔の肉が蠢《うごめ》いている。目玉ははちきれそうになるまで膨らんで、睫毛《まつげ》がはらりと抜け落ちる。

「そら、皆が争っている間、あないな顔にもならはるわ」

火消しの腕のような角がめりめりと音を立て、頭蓋《ずがい》を割って飛び出してくる。びっしりと黒く鋭い毛が生える体は見る見るうちに隆起し、皮の下を走る蚯蚓のような血管が脈打っている。

「最初はえらい純粋なお人やと思いましたんや」

赤黒い七尺を超える化け物を前にしても、魚之助は顔色ひとつ変えずにそう続ける。

「でも、みなの心を暴いていくうちに、お前さんだけがぽつねんとひとり蚊帳《かや》の外」

雛五郎は、己の評価のために寅弥を陥れようとした。

平右衛門は、己の地位のために雛五郎を陥れようとした。

由之丞は、己の恋路のために平右衛門を陥れようとした。

寅弥は、己の嫉妬心のために魚之助を陥れようとした。

猿車は、己の向上心のために雛五郎と平右衛門を陥れようとした。

「陥れ陥れられの複雑に絡み合ったこの糸に、お前さんだけがかからへん。お前さんの名前だけがでてこおへん。そして、ふとあたしは気付いたんや」

そないなことがあるかいな。きれいな心にきれいな体のままで、この檜舞台が踏めるかい。

「汚いからあかんのやない、きれいやからあかんのや」

魚之助の言葉に、鬼は黄色い目玉で己の体を見下ろした。

「おいらの体はきれいなのか」

「きれいや」魚之助は即答する。「動物のごとくな」

鬼はじっと魚之助の言葉に耳を傾ける。

「動物がきれいなのは純粋やからや。腹が減ったら飯を食う。鳥なら木の実を。魚なら苔《こけ》を。熊なら狐を」

鬼なら人を。魚之助は問いかける。

「食うた人間は、八百吉はうまかったかい？」

「うまかった？　どうだろう、うまかったんだろうか」

首をかしげる鬼に魚之助は一寸口をつぐんだ。そして、

「……お前さんはどうして成り代わった？」そう問うた。

「腹が減って人を喰うたのなら、成り代わる必要はなかったはずや」

「どうしてだろう。どうしておいらはあいつを喰ろうて、成り代わったんだろう。前の日、おいらは図体の大きい男を喰ろうて腹はいっぱいだったはずなのに」

「……腹はいっぱいだったのかい」

「次の日には大事な前読みがあったんだ。腹からずんと声を出さなきゃいけねえだろう。だから丸々一人腹に入れたよ。嫌いな右のかかとも残さずに」

魚之助は目を細めて、鬼を見つめる。

「化け物の中にも芝居好きがいるとは、役者冥利《みょうり》に尽きるねぇ」

「おいら毎日、暇さえあれば舞台を見てた。江戸に大坂に陸奥に周防《すおう》、どこへでも行った。それで一年ほど前、上総《かずさ》の小芝居の舞台に立つ男を見かけたんだ。おいらは目が肥えてる。なにせ四百三十九年分だ。そいつは、必死で稽古《けいこ》をしているが才がないのが丸わかりだった。声をかけたのはただの暇潰《つぶ》しのつもりだった。まずはぺろんと足首を舐《な》めてやって、足裏をしっかと板につけろと言ったんだ。あいつは飛び上がって、泣き叫びながら自分の稽古場にしていた廃屋から飛び出していった。でも、次の日、懲りずにまた来る。だから次は上から髷《まげ》を引っ張ってやった。首をそんなに回しちゃいけないよ、背筋を伸ばして、腰を落とすのさ。そうしているうちにあいつも、おい、鬼よ、次はどこを直しゃあいい、なんて聞いてくるようになった。ついにはおい、鬼よ、お前も舞台に立ってみたいかい、なんて」

「そんなら、お前さんは八百吉に成り代わって芝居をしていたのかい」

「おいらは何百年と生きている鬼だよ。何人もの人気役者の芝居を見てきた。死んだそいつらの真似をすれば、客はみな沸いたんだぜ。八百吉の評判はどんどん上がった。いい役がどんどんついた」

鬼は天井を見ながら、くるりと目玉を回す。黄土色の牙《きば》が行灯《あんどん》の明かりで鈍く光っている。口元が緩んでいるのは多分見間違いじゃない。

「一年と三月も続いたんだぜ。よく逃げなかったもんだよな。あいつは怖いと右耳がぴくぴく動くんだ。口が大きいもんだから、口端がびくついているのもすぐにわかるが、嬉《うれ》しいときもわかりやすい。あいつは歯を見せて笑うからね。鼠も殺せねえようなその丸っこい歯が見られた日は、おいら、なんだか気分がよかったよ。背が高い女が好みらしくてな、でも事を急《せ》くからすぐに振られちまう。犬が苦手で、ところてんは醬油《しょうゆ》じゃなくて蜜《みつ》で食う。そんで、芝居が一等好きだった」

あの日、と鬼は、口を強張《こわば》らせる。牙がかちかちと音を鳴らす。

「あの日、八百吉は廃屋に飛び込んでこう言った。おい、鬼よ、聞いて驚くない、大芝居だ大芝居。本櫓《ほんやぐら》の中村座からお声がかかったぜ。前読みが明日だとよ。俺ぁ、それに呼ばれたんだ。あいつは凄《すご》く嬉しそうで、だからおいらは人を喰《く》うた。本櫓の大舞台のための前読みだ。気合いを入れなくちゃいけないからね。腹もくちて、八百吉に成り代わって、さあいくぞ、というところで、八百吉はおいらの目の前に立って、言うんだよ」

俺がやる。

「その頃には、芝居はほとんどおいらが成り代わっていた。おいらが演じりゃあ評判はあがり、あいつが演じりゃあ評判は下がった。おいらも八百吉も気づいていたよ。それなのに、あいつは俺がやる、己の力をためしてみてえ、と言う」

　鬼の目玉がくるりくるりと動いている。鬼の腕の毛がすすきのようにざわざわと動く。

「やめておけ、とおいらは止めた。なにせ本櫓の大芝居だ。失敗は許されない。あいつは引かなかった。わかっている、わかっている、と言った。よく見れば目は血走って、唇はぱりぱりに乾いている。でも着物はぴりと糊《のり》がきいていて、新しく下ろしたやつだとすぐにわかった。あいつは浅草寺《せんそうじ》に再三詣《もう》でてから、中村座に向かったよ。腹を壊して何度も厠《かわや》に行って、それでやっと辿《たど》り着いた部屋の中、ほかの役者と一緒に車座になった。立作者が読む正本も大詰めだ。そのとき、ゆらり蠟燭《ろうそく》の火がゆらめいて、闇に隠れていたおいらは見ちまったんだ。あいつの顔が火照って赤らみ、目がきらきらと瞬いて、大きい口がぐうと笑みを浮かべていた」

　だから、喰った。鬼はぽつりと言う。

「あいつを腹からざんぶり喰った。骨までしゃぶりつくして、落ちた頭も残さずに」

　鬼はぽつりぽつりと言う。

「おいらはどうして喰うたのだろう」

　鬼は赤い首をひねっている。ひねってひねって一回転している。

「鬼が人を喰うのは、腹が減ったときだ。富士の山が火を噴いた日も、おいらは腹が減ったから人を喰うた。伊勢《いせ》で土が蠢いた日も、おいらは腹が減ったから人を喰うた。四百三十九年、腹が減ったから、人を喰うた。でもあの日、おいらは、前の晩に人を喰ろうていた。腹はくちていた。なのに、どうしてあいつを喰らう必要があったんだろう。どうしておいらはあいつを、八百吉を」

「好きだったのさ」

魚之助も同じようにぽつりと言った。

「……なんだ？」

「お前さんは八百吉が好きだったから喰うたんや」

「どういうことだ」

「お前さんは見たくなかったんや。今火照っているその顔が、青ざめちまうのを。今きらきらと輝いているその目が、涙に濡《ぬ》れるのを。ぐうと笑みを浮かべているその顔が、挫折《ざせつ》に歪《ゆが》むのを。お前さんが好きだったその男が、大芝居に出て恥をかき、己の才のなさに絶望するところをお前さんは見たくなかったんや」

「おいらは鬼だぜ。鬼は、好き、で人を喰わぬ」

「お前さんは愛を知っちまったのさ。鬼でありながら人間に近づいちまった。わかってよかったじゃねえか、そいつが愛のために人を殺すということさ」

鬼は答えない。

「お前が逃げずにそのままあいつに成り代わった理由も、今ならわかる気がするよ」

魚之助はゆっくりと続ける。

「己であいつを喰ろうたくせに、八百吉という存在がこの世から消えちまうのが嫌だったんだね。だから、愛《いと》しいあいつを腹の中に入れて、お前はあいつに成り代わった。ああ、そいつが化け者なりの心中ってわけかい」

鬼は長い間、黙り込んでいた。行灯の灯芯《とうしん》だけがじりじりと音を立てていた。そして、

「……おとろしい。人間は、愛で人を殺してしまうのか。人間というものはおとろしい」

「でも、そのおとろしい人間のあいつがお前は愛しかったんだろう」

「……うん」鬼は素直に頷《うなず》いた。そして、鬼は己の腹をゆるりと撫《な》でた。ああ、と藤九郎は思った。

ああ、魚之助が腹を撫でる姿とおんなじだ。

鬼が腹を撫でるたび、鬼の輪郭は夜の闇に滲《にじ》んでいく。鬼が鬼でなくなっていく。それでも鬼は撫でる手をとめない。鬼の毛がさりさりと擦《こす》れる音だけが降り積もっていく。

「さあ、八百吉、どこへ行こうか」

囁《ささや》くようにそう言って、鬼は夜に溶けて消えた。

瞬《まばた》きと瞬きの間のことだった。

音の消えた芝居小屋に、ばちりと雷鳴のようなツケが鳴る。いや、と藤九郎は首を動かす。附木じゃない、それは扇子だ。

「あっぱれ、信天翁！　鬼の中身当て。ようも暴いてみせはりました」

舞台の上、四つん這《ば》いの魚之助がこちらに向かって扇子を突きつけている。行灯の灯《あか》りが揺らめいて、白魚縮緬《ちりめん》の銀刺繍《ぎんぬい》を光らせる。

「人の中身をようけ見てきた甲斐《かい》があったやろ。あたしがお前を連れ回したおかげで、どんな中身であれば鬼か、どんな中身であれば人間か判断がついたってえわけや。せやから、なあ、藤九郎。ついでにもひとつ、中身当てをしてってくれや」

両手のひらを使って板を這いずり、舞台の真ん中で魚之助はゆっくりと立ち上がる。艶《なまめ》かしいその姿はまるで舞台の一幕のようだ。真っ白な袂《たもと》を持ち上げ、魚之助は藤九郎に問う。

「あたしは、人間か、それとも鬼か」

「……人間です」藤九郎は平土間で立ち上がる。

「そんなら、おいらは、男か、それとも女か」

魚之助はするりと白の裲襠《うちかけ》を脱いだ。淀《よど》みない手つきで白い襦袢《じゅばん》も脱ぎ捨て、裸になった白い体の真ん中で、ふるりと小さな魔羅《まら》が揺れている。

「あたしはもうわからへん」

魚之助は笑っている。

「あたしは何者や。誰に聞いても答えがちがう。だから己にも聞いてみた。でもこいつらも皆、答えがちがうとる」

目を閉じて、両手でぴたぴたと己の体に触れていく。

「胸にきけば、男やという。腹にきけば、女やという。毛は剃《そ》っても剃っても生えてくるし、口が一等ふてえ野郎だ、男や女やところころ答えを変える。己のことを、わちきと言うたり、俺と言うたり、あたしと言うたり、おいらと言うたり。ほんまにどうしようもない」

魚之助は拳《こぶし》で裸の腹を叩《たた》く。何度も何度も。何かを潰すように。

「男か女かわからんさかいに、生き方もわからんようになってしもた。あたしは芝居者に戻るんか、それとも俺は町人になるんやろうか。尾ひれのない魚は、板の上で跳ねて見せりゃあええんか、それともせまい金魚鉢で沈みつづけりゃええんやろうか」

わからへん、と小さく頼りない声が口から転がり落ちる。

「わからへんから、藤九郎、お前、」

決めてくださんせ。

「今ここで、決めてくれたものの通り生きやしょう。あたしはその役を一生かかって演じやしょう」

透き通った声は悲しいほどに舞台に響き渡る。

「さあ、決めておくんなさい。白魚屋田村魚之助とは、一体何者だい」

舞台の真ん中で、裸の人間が笑顔で両手を広げている。すね毛を剃り、紅を塗り、魔羅を揺らし、美しい顔の、

「魚之助は、」

口を開くと、その言葉は水のようにするりと腹の底から湧き上がってくるのがわかった。だから、これが藤九郎の心のままの答えだ。

「大丈夫」目の前の白い生き物を抱きしめる。紅と墨が混じった涙を袖《そで》で拭《ふ》き取り、唇まで鼻からは鼻水まで垂れていて、ぷうと鼻提灯《はなちょうちん》ができるのを藤九郎は笑う。

「男でも女でも、別にどちらでもいいじゃあねえですか。男であることが正しいわけじゃない。女であることが正しいわけじゃない。あんたが男でも女でも、あんたが人間でも鬼であっても、魚之助は魚之助で、俺が魚之助を好きなことにかわりはねえんです」

ううう、とそこらへんにいる野犬のように唸《うな》る魚之助の目から涙が落ちると、紅と墨が一緒に流れてまるで化け者のようだ。

「魚之助が女なら俺は黙って腹をさすりましょう。血の道に効く薬だって、きちんと煎《せん》じてみせるから」

檜《ひのき》舞台の縁に手をかけよじ登れば、魚之助の顔が不細工にしかめられる。

「魚之助が男なら俺はともに遊郭へと参りましょう。魔羅がたたなかったら、帰りに絵草紙屋で枕絵を一緒に選ぶんだ」

舞台に近づきながらそう告げた。魚之助は顔をあげる。唇を噛《か》みしめる歯に紅がついている。

「大事なのは、藤九郎は魚之助が好きだということです」

「……なんやそれは。しょうもない」

一寸《ちょっと》黙り、魚之助はちいい、と舌を打つ。

「魚之助は、魚之助です」

で垂れた鼻水を親指で拭《ぬぐ》う。そのべちゃべちゃを藤九郎は愛しく思う。

「役を演じなくてもいいんです。舞台の上にいようとも俺がちゃんと見ていますとも。着物の海の中にいようとも、俺がちゃんと見ていますとも。ちゃんとお傍におりますとも」

なあ、魚之助。

とん、と何かが舞台に乗る音がした。横目で見れば、金目銀目の揚巻が尻尾《しっぽ》を揺らしながら、ゆっくりこちらに近づいてくる。綺麗《きれい》好きで遠出の嫌いな揚巻が、涙と鼻水に濡れている飼い主の顔をちろりちろりと舐めている。幾度となく毛づくろいを日課にしているこの猫が、魚之助にふわりと体を擦りつける。藤九郎は笑う。そうかい、お前も俺と一緒だな。美しい声も響かせず、ごろごろと低い声で揚巻は、魚之助にずっと寄り添い続けていた。

藤九郎は、一晩かけてようやっと枕絵から口吸いの仕方を覚えたというのに、今目の前でちうちうと音を鳴らしているのは、おみよの唇ではなく、金糸雀《カナリア》の嘴《くちばし》だ。小さな嘴から覗《のぞ》く舌の上に粟玉《あわだま》をのせてやりながら、藤九郎はため息をつく。

神無月になったばかりの昼下がりの縁側は、時折涼やかな風が吹き込むものの、空気には染み出してくるような温《ぬく》みがある。腰掛けている藤九郎は思わずうとうととやってしまいそうになるが、目の端に動く白魚のごときの指を見つけ、慌てて背を伸ばす。

「だから、餌はもうやらんでくださいと言ってるでしょう！」

「だって、信天。この仔《こ》、こないに口を突き出してきとるんやで」

粟玉をつまんだまま唇を尖《とが》らせた魚之助は、己の両手の中を覗《のぞ》き込むと「あ」とわざとらしく声を上げる。

「さては高尾《たかお》、お前さん、芝居をうってたんかいな。なんやの飼い主に似てきたやないの」

折り畳んだ膝《ひざ》の上で金糸雀の頭を撫でているこの男の変貌《へんぼう》といったら大したものだ。羽を折って床に転がしていた飼い主とは思えない溺愛《できあい》っぷりに、藤九郎はへっと唇を曲げる。

ああ、大変、大変や、高尾が病気になってもうた、と百千鳥へ何人も女中を遣わせてくるものだから、急ぎ魚之助の家へと様子をみにきてみればなんのことはない。金糸雀はただの太り過ぎ。歪《いびつ》な歩き方も足が肉に埋れているせいなだけ。魚之助の手から抜け出した高尾は、膨れた体で縁側をころころと転がっている。

「きちんと飯は決まった量だけやってください。太るのも体に毒なんですから」

そう窘《たしな》めると、魚之助はふん、と鼻を鳴らす。

「そいつは座元にも言うたってくれや。あの人、この頃餅《もち》がとまらんさかい」

鬼が八百吉であったと伝えたあとの勘三郎の風呂敷《ふろしき》の畳み方は素早かった。いつもと同じようにその日の芝居の幕を閉め、それから二度と幕を開くことはなかった。

心中芝居の興行とあって、お上から睨《にら》まれていたことを逆手にとり、上からのお達しでの幕終《まくじま》いと銘打てば、贔屓《ひいき》たちの不満が中村座に向くことはなかった。長月芝居はひと月も続かないうちでの取りやめになった形だが、強引に黒字に持っていくところが中村座座元、勘三郎の手腕のなせるわざだった。芝居人気が高まるにつれて、日に日に木札の値段を釣り上げていたらしく、そりゃあ餅も購《あがな》い放題というわけだ。

「餅なんかあたしが喰うわけないのに、ほんまいらんもんを大量に持ってきおって。犬の餌にでもしたろかな。ああ、安心しい、お前の餌はええ粟を使っとるからな。ほら食い食い」

金糸雀の前に小鉢を差し出しているその腕を藤九郎は思い切り、引き寄せた。

「あの座元がここへ来たんですか」

「ああ、昨日のことやで」

「なにをしに」

あの座元はまた、魚之助の手をとってしきりに舞台に立つことを囁《ささや》いたのだろうか。はち切れそうな腹の底にあるものが、藤九郎はいまだ怖い。だが、魚之助は藤九郎の強張《こわば》った手を「お礼やと。鬼を暴いた件のな」とそう言って、優しく外す。

「餅に加えて金子《きんす》も持ってきおったわ。あとで分けるから持って帰り。万事がおとなしくおさまったのはあたしたちのおかげやとね。たぶんあの鬼は戻ってけえへんやろうし」

中村座では、霜月から新たな座組で興行が始まることとなった。役者の入れ替わりはどこも激しい。昨年から続いて中村座の座組に腰を下ろす役者もいれば、他の二座に引き抜かれた役者もいる。地方の芝居小屋へ旅まわりにいく役者も少なくないから、一人役者がいなくなったところで誰もその行方を気にしない。幸い八百吉は身寄りがなかったらしい。鬼からの音沙汰《おとさた》はない。八百吉と鬼はふたりして消えてしまったのだ。

そう、まるで心中のように。

「役者衆はもう誰一人として鬼のことを口に出さん。大道具の細工やら剃刀《かみそり》の仕込みやらは座替えで有耶無耶《うやむや》にされたっちゅうことやな。座元も掘り起こす真似なんぞ死んでもせんやろし。騙《だま》し合いも一旦《いったん》幕引きやな」

あの五人の役者のうち、誰が座に留《とど》まっているのか、誰が江戸を去ったのか、藤九郎はなにも知らない。だが、あの中に芝居をやめる役者がいないことは間違いないと藤九郎は思う。今日もどこかで、あの化け者たちは芝居をしている。

「またよろしゅう頼むて言うてたで」

藤九郎に持って帰らそうと、餅を風呂敷に包みながらそう告げる魚之助の言葉に、がらりと障子を開ける音がかぶさった。

「座元さんはこうも言ってはりましたよ。此度《こたび》の同心役もよかったですが、お姫さんの役も懐かしいとは思いませんかって」

魚之助に優しく話しかけてから、藤九郎に、ふん、と鼻息を荒くするのはいつものことだ。現れためるに首を縮ませる藤九郎を見て、くすくすと笑いながら魚之助は言う。

「せやなあ、懐かしいなあ」

「そんなことを言っていると、人魚役者のそのおみ足が錆《さ》びついちまいますよ」

「錆びついた尾びれで浮かんでみるのも一興や。のう信天翁」

魚之助は、時折外に出ては義足を使って散歩をするようになった。呼び出されるのは大変だが、鳥屋の店仕事の息抜きには丁度良い。

「また、外でゆらゆら遊ぶ気ですか」

外から帰ってきた揚巻が、高尾にちょっかいをかけているのを眺めながらめるが言う。

「そろそろお腹が痛くなる時期やないのですか」

藤九郎はめるを見る。その顔は縁側に差し込む光の逆光になっていて、藤九郎には表情を確認することができない。だが、「ええねん」と柔らかい声が藤九郎の耳たぶを撫でる。

「ええねん。どこかの誰かさんがさすってくれるそうやから」

「ああ、そいつは俺に任せてください」

胡座《あぐら》をかいた己の膝にぱしんとひとつ手を叩きつけると、なぜか向けられたのは冷たい視線だ。

「……ほんま鳥さんの羽毛よりも軽い〝好き〟やわ」

「ん？」

「まあ、ええわ。覚悟しとき。いつか、照れて照れて照れ腐ってあたしの腹なんか、触られへんようにしたるさかい」

魚之助に言葉の真意を聞こうとしたが、めるがぎりぎりぎりと奥歯を擦《こす》り合わせる音が聞こえて、藤九郎は上げた尻《しり》を元の位置に戻した。

「それにこないして揚巻を抱えたら、腹が痛いの少しはなおるさかいに」

抱き上げようとした魚之助の腕を揚巻はするりとかわした。好き勝手に部屋を歩き回る高尾を、尻尾《しっぽ》をふりふり、揚巻は追いかけ始める。

「これ、揚巻。ちょっかい出すんは休憩せえ。高尾が遊ぶの疲れたって言うてるわ」

お茶を入れながら、めるはそれを目で追っている。

「もう、飛べもしないのにちょこまかと歩き回るんですから」

魚之助は高尾を抱え上げた。揚巻がねうねうと甘えたように鳴く。

「ええやんなぁ。鳥が飛べなくとも、魚が泳げなくとも」

なあ、高尾。

縁側に降り注ぐ温かな光を浴びながら、金糸雀は類《たぐ》い稀《まれ》なる歌声でぴろぴろと歌い上げている。

了

【主要参考文献】

『曾根崎心中・冥途の飛脚・心中天の網島』近松門左衛門、諏訪春雄訳注／角川ソフィア文庫
『江戸時代の歌舞伎役者』田口章子／雄山閣出版
『江戸の役者たち』津田類／ぺりかん社
『芝居にみる江戸のくらし』吉田弥生／新典社
『歌舞伎入門』犬丸治／世界文化社
『大いなる小屋』服部幸雄／平凡社
『歌舞伎文化の諸相』鳥越文蔵編集責任／岩波書店
『歌舞伎の身体論』鳥越文蔵編集責任／岩波書店
『大江戸飼い鳥草紙―江戸のペットブーム』細川博昭／吉川弘文館

本書は、第十一回小説 野性時代 新人賞受賞作として選出された作品を改稿し、「小説 野性時代」二〇二〇年八月号に一挙掲載されました。書籍化にあたって、さらに加筆修正しています。

蟬谷めぐ実（せみたに　めぐみ）
1992年大阪府生まれ。早稲田大学文学部で演劇映像コースを専攻、化政期の歌舞伎をテーマに卒論を書く。広告代理店勤務を経て、現在は大学職員。2020年、本作『化け者心中』で第11回 小説 野性時代 新人賞を受賞し、作家デビューする。

化《ば》け者心中《ものしんじゅう》

2020年10月30日　初版発行
2022年４月30日　７版発行

著者／蟬谷《せみたに》めぐ実《み》

発行者／堀内大示

発行／株式会社KADOKAWA
〒102-8177　東京都千代田区富士見2-13-3
電話　0570-002-301（ナビダイヤル）

印刷所／大日本印刷株式会社

製本所／本間製本株式会社



●お問い合わせ
https://www.kadokawa.co.jp/（「お問い合わせ」へお進みください）
※内容によっては、お答えできない場合があります。
※サポートは日本国内のみとさせていただきます。
※Japanese text only

定価はカバーに表示してあります。


ISBN 978-4-04-109985-8　C0093